MÉTO

Couverture illustrée par Thomas Ehretsmann

ISBN : 978-2-74-850891-8

Yves Grevet

MÉTO

Tome 3

« Le Monde »

SYROS

À Paul

CHAPITRE
I

– Tu dois en avoir des choses à nous raconter, Méto, n'est-ce pas? susurre le petit homme à la peau froissée et aux lunettes épaisses. Tu sais qui je suis, bien sûr?

– Vous êtes Jove, le père de Rémus et Romulus. Vous êtes le créateur de la Maison...

– C'est bien. Les présentations étant faites, nous t'écoutons.

Je contemple les deux César. Je n'en reconnais qu'un. L'autre porte le numéro 3 mais ce n'est pas celui que je côtoyais à la Maison. Il n'a pas le même regard froid et sévère. Jove s'agite sur son siège. Je suis sans doute trop lent à réagir. Quand il tourne la tête, je vois que ses cheveux sont attachés à l'arrière de son crâne par un élastique. Je ne sais pas exactement ce qu'ils veulent m'entendre dire. Je me lance :

– Où sont Claudius et Octavius? Et Marcus?

– Je crois que tu ne comprends pas vraiment la situation, intervient César 1 d'un ton sec. Tu es ligoté devant nous. Tu nous as désobéi et tu devras payer pour ça. En attendant, tu n'as pas d'autre choix que de t'excuser du mal que tu as causé et de tout nous raconter. Tu dois sans rechigner mettre en cause tous tes complices, à commencer par ceux qui t'ont permis de croire qu'une fugue était possible. Et un conseil en passant, tes copains ayant été très coopératifs, n'essaie pas de nous tromper.

L'image de mes deux frères de révolte jaillit soudain devant moi. Je suis sûr qu'ils n'ont rien dit. Je devine qu'ils ont subi des violences et, tout à coup, un frisson me parcourt le corps. Je dois me dominer et répondre tranquillement. Mais aucun mot ne sort de ma bouche. L'angoisse de trop en dire me paralyse. Je ne suis pas prêt.

Jove lève la main comme pour annoncer la fin de la partie. Il s'exprime sans élever la voix :

– Rafraîchissez-lui un peu la mémoire, à ce petit. On reprendra demain. D'ici là, pas de nourriture.

Avant de quitter la pièce, il se tourne vers moi et ajoute, comme une menace :

– Ne me déçois pas, Méto.

Le frigo. Tout recommence comme avant. Je m'étais pourtant promis de ne plus jamais y retourner. César 1 me guide en me touchant l'épaule. Je découvre les couloirs de l'«autre Maison». Nous ne croisons personne. Je n'ai aucune idée de l'heure qu'il est. Dans la cuisine, mon accompagnateur me pince la peau pour me faire stopper. Il appuie fortement son index et son majeur sur mes paupières pour m'empêcher de voir. La porte du frigo s'ouvre. Je perçois des odeurs que je pourrais reconnaître entre mille: celles de mes amis dans leurs vestes de Puants qu'on fait sortir. Je lance:

– Ça va, les gars?

– Méto! s'exclame Claudius. Ne t'inquiète pas pour...

– Taisez-vous, sales chiens!

J'entends les coups qui pleuvent sur mes copains pendant qu'on me pousse violemment dans la chambre froide. Bang. La porte est close. Après quelques minutes d'hésitation, j'entreprends de faire le tour du lieu. Rien n'a changé. Pourrait-il en être autrement? Je m'approche de l'autre porte, celle qui donne sur la Maison des enfants. Je ne crois pas que j'aurai, cette fois-ci, la visite de Romu. Je dois mettre à profit mon séjour en solitaire pour envisager le meilleur moyen de récupérer au plus vite un peu d'autonomie. Je ne dois pas perdre de vue mes objectifs: retrouver tous mes amis et quitter avec eux cette île. Pour cela, je vais être obligé de dominer ma colère et pactiser du moins en apparence avec Jove et ses complices. Il faut que je prenne exemple sur Gouffre, l'homme des livres qui vivait chez les Oreilles coupées : il avait, lui, joué le bon apprenti César quand il préparait sa fuite. Que vont-ils faire de moi? Vais-je être condamné à devenir serviteur maintenant, ou me conserveront-ils le statut de « E »? Ma veste déchirée ne me protège pas beaucoup et je sens le froid s'insinuer. Il faut que je marche. Les réflexes acquis lors de mes précédents séjours me reviennent petit à petit. Je suis sans réfléchir une sorte de programme de survie en milieu réfrigéré. J'alterne les moments de repos et d'activité, et respire plus doucement.

J'ai cru comprendre que la punition n'excéderait pas vingt-quatre heures. Je m'occupe l'esprit en inspectant méticuleusement les piliers et les murs. Je remarque des griffures sur un pilier, non loin d'une veilleuse. La peinture a été volontairement grattée à plusieurs endroits. Peut-être un enfant a-t-il essayé de tromper le temps en comptant les heures? Je passe le doigt sur les traces. Ce sont des lettres. *ON N'A RIEN DIT. OC.* Octavius et Claudius m'ont laissé un message. Je pousse un cri de joie :

– Bravo, les gars!

Je suis tellement euphorique que pendant plusieurs minutes je sautille d'excitation.

Je reviens sur mes pas pour vérifier ma découverte. La deuxième fois, je ne suis plus vraiment certain de mon déchiffrage. J'ai l'impression de ne parcourir des yeux que des hachures malhabiles. Je dois me calmer. Je n'ai pas besoin de ça pour croire en eux. Nous sommes plus que des frères et je ne crains rien de leur part. Ils savent très bien que si Jove s'aperçoit que nous connaissons nos véritables identités ainsi que nos origines, il nous enfermera à jamais.

J'ai soif mais je ne dois pas y penser. Réfléchir, essayer d'anticiper, voilà la seule tâche à accomplir pour le moment. Me jouer les scènes futures et préparer les propos que je devrai tenir. Rien d'autre.

Le sommeil me surprend à plusieurs reprises et je suis obligé ensuite de me masser longuement et énergiquement pour faire passer la douleur aux oreilles ou aux doigts. Je retourne au pilier gravé. Je cherche près de sa base l'instrument qui a permis aux gars de gratter la peinture. Je ne trouve qu'un morceau de fil de fer épais, long d'à peine un centimètre et demi. Je décide de faire disparaître les traces. On ne sait jamais : si quelqu'un y voyait la même chose que moi, les conséquences pourraient être graves. Je racle très fort pour nettoyer la zone d'écriture. La tige métallique glisse et j'ai bientôt du sang sous les ongles. J'arrête. Il faut que je garde aussi du temps pour me préparer.

Enfin, la délivrance ! Mon corps fume pendant plusieurs minutes alors que, encadré par deux soldats muets, je rejoins mon lieu d'interrogatoire. Ils ouvrent les deux battants de la porte pour me laisser passer et s'éclipsent. Les deux César de la veille me font face, mais Jove n'est pas là cette fois. À peine assis, César 1 prend la parole :

– J'espère que ton séjour t'a été profitable. Tu veux peut-être boire avant de parler.

– Oui, merci.

J'avais oublié quel bonheur c'était d'étancher sa soif. Je ferme les yeux quelques secondes.

– Alors ?

– Je suis prêt à tout vous raconter mais sachez qu'il y a encore pour moi de nombreux points d'ombre. Je n'ai pas toujours compris ce qui m'arrivait. Quoi qu'il en soit, je vous promets d'être honnête.

– Ne promets pas trop. Nous attendons des faits et des preuves. Nous vérifierons chacun de tes propos car, après ce qui s'est passé, nous n'avons plus confiance en toi. S'il ne s'était agi que de moi, je t'aurais envoyé trimer à jamais dans un endroit hostile, très loin de tous ceux que tu as trompés. Première question : qui t'a parlé de ceux de la nuit ?

– Je me doutais de leur existence depuis le début. On voyait bien que quelqu'un changeait notre linge et faisait le ménage autour de nous. Ensuite, j'ai découvert qu'on nous droguait pour nous endormir.

– Tout seul? Ne commence pas à modifier la vérité dès ta troisième phrase. Tu as avoué aux rebelles que c'est Romu qui te l'avait dit.

– Romu me l'a fait comprendre. Il m'a dit que je buvais trop, et j'ai interprété ses paroles. J'ai simplifié durant mon procès. Je savais ce que ces brutes voulaient entendre, je n'étais pas sincère.

– Et pourquoi le serais-tu maintenant?

– Parce que je n'ai pas le choix, si je veux revoir mes amis un jour.

La suite de la séance se déroule sans anicroches, jusqu'à ce qu'on aborde le sujet des caches d'armes. Je sais que je me dois de minimiser le rôle de Romu car j'aurai peut-être besoin de son aide par la suite. César 1 relit ses notes :

– Donc, suite à ton message, Romu a accepté de te rencontrer pendant la révolte et vous vous êtes enfermés tous les deux dans une salle d'étude pour parler. Après cette discussion, tu as réussi à ouvrir les quatre caches d'armes. Il est donc venu pour vous aider, ou est-ce une coïncidence?

– Il est venu en ami. Il m'a mis en garde contre les dangers que nous courions et a même proposé une médiation. Il voulait demander une punition mesurée pour nous, les chefs de la rébellion, en échange de notre reddition. Je lui ai dit que nous étions déterminés à aller jusqu'au bout. En revanche, je lui ai proposé de laisser sortir les César et les traîtres car je craignais que les enfants ne se déchaînent contre eux. J'y mettais une condition : il devait en échange m'indiquer une cache d'armes. Il m'a dit tout net qu'il n'était pas là pour nous aider et qu'il resterait fidèle à sa famille. Il n'a consenti à me livrer qu'une phrase sibylline : « C'est seulement dans l'obscurité qu'on peut espérer la lumière... » et encore, après que je lui ai juré de tout mettre en œuvre pour la libération de nos ennemis.

– Tu veux dire qu'il n'a désigné aucune porte ?

– C'est ça.

– Et tu as trouvé comment, alors ?

– J'ai fait plusieurs essais dans les placards, enfermé, lumière éteinte, et ça a fini par marcher. Ensuite, j'en ai déduit la position des autres caches d'armes.

César 1 se lève et m'annonce qu'on fait une pause. César 3 reste pour me surveiller. Je pose mes bras en rond sur la table pour y lover ma tête et je m'endors aussitôt.

À mon réveil, j'ai la bonne surprise de voir une assiette devant moi. Je sais aussi que je ne dois pas manger avant d'en avoir reçu l'autorisation. César en profite pour reprendre l'interrogatoire comme si de rien n'était. J'ai du mal à détacher mon regard de la nourriture. Je crois que cette situation les amuse car j'aperçois un échange de sourires. Je pousse l'assiette devant moi et relève la tête. Je reprends mon récit en insistant sur la brutalité des Oreilles coupées et leur méfiance à notre égard.

– Pas tous, Méto, déclare César 1. Tu as sympathisé avec les responsables de tous les lieux stratégiques : la cuisine, les archives et l'hôpital. Tu es même venu voler des médicaments pour un affreux personnage, peut-être le pire des soldats que nous ayons formés ici. Enfin, c'est du passé, là où il est maintenant, il ne peut plus faire de mal.

– Affre est mort?

– Oui, seul, abandonné de tous et dans d'atroces souffrances, à ce qu'on raconte. Maintenant, tu as le droit de manger, si tu veux.

Je retourne passer la nuit au frigo. Je pleure. Sur Affre, sur mes amis et sur moi aussi. Je m'en veux parce que j'ai fini l'assiette et qu'ils me regardaient avec dégoût. Je me retiens de vomir car je ne sais pas quand aura lieu le prochain repas. Je dois tenir le coup malgré tout et me montrer fort. Je mets des heures à me calmer. Je crie beaucoup. Je devine leurs sourires de triomphe derrière les portes en entendant craquer le petit Méto. Je m'assieds et me laisse aller à somnoler. Je le paie par une immense douleur aux pieds lorsque j'ouvre de nouveau les yeux. On est venu me secouer. Je mets quelques secondes à reconnaître Romu. Il m'aide à marcher pendant plusieurs minutes. Quand le sang recommence à circuler normalement, je lui souris.

– Je n'espérais pas te revoir si vite.

– Moi non plus. Ils ne doivent en aucun cas savoir que je t'ai rendu visite. Grâce à la version que tu leur as fait avaler hier, ils m'ont enfin offert quelques heures de liberté. Mon père est persuadé que je suis à l'origine de votre révolte, en quoi il a un peu raison. Il faudra que je t'explique pourquoi, un jour. Je suis sûr qu'on peut faire une bonne équipe tous les deux. Tu ne crois pas? En attendant, sois obéissant et essaie de regagner leur confiance. Ils vont sans cesse te tester et te tendre des pièges. Conserve ton calme, prends le temps d'analyser et surtout ne sois pas trop sentimental. Garde en tête que ton but ultime, c'est de quitter l'île. Bon, j'y vais. Tiens, je t'ai apporté ça. Mange aussi la queue.

Je retrouve le sourire en mordant dans ma pomme. Je commence à saisir le rôle qu'il a joué au début de cette aventure. Et moi qui avais failli le dénoncer sans le savoir. C'était dans le bureau des César, quelques heures avant mon dernier séjour au frigo, quand j'étais encore Rouge. César 1 me demandait de lui expliquer pourquoi

Crassus avait fait son escapade au vestiaire. Et moi, je lui avais répondu : « Je pense qu'on cherche peut-être à m'éloigner de Crassus. » C'était lui, la pièce manquante : Romu. Il était venu pendant la nuit inciter le petit nouveau à faire une bêtise pour que je me retrouve au frigo en sa compagnie et qu'il m'aide à comprendre. C'était lui également qui avait demandé à un ou plusieurs César qu'il tenait sous sa coupe de déserter le bureau pour que je puisse résoudre l'énigme de la boîte à clefs. Les Oreilles coupées n'étaient donc pas loin de la vérité. Étais-je manipulé par Romu ? Qu'importe, maintenant ! On ne peut revenir sur le passé.

Ce matin, j'ai droit à une douche avant d'être de nouveau mené à la salle d'interrogatoire. Au moment de me rhabiller, je découvre qu'on m'a préparé des affaires de César ainsi qu'une montre. Je mets quelques instants avant de me décider à les enfiler. J'ai l'impression de me renier en portant des vêtements honteux. Les sourires qui m'accueillent ne font rien pour dissiper mon malaise.

– Ce costume te va très bien, Méto, commente César 1. Aujourd'hui, je veux que nous évoquions celui qu'ils appellent le Chamane. Comme son antre est tabou, sauf pour toi, nous avons du mal à cerner ce personnage. Alors, nous t'écoutons.

– Après l'évasion, comme j'étais blessé, j'ai séjourné dans l'Entre-deux et, malgré mon état, j'ai senti qu'elle…

– Qu'*elle*?

– Je veux dire la personne… le gars qui soignait n'était pas si effrayant. J'ai eu à y retourner une première fois afin de récupérer des somnifères pour Marcus que je voulais empêcher de faire des idioties la nuit. Je m'y suis de nouveau rendu parce que j'avais besoin de médicaments pour Affre.

– Stop! me coupe César 1. Nous savons déjà tout ça. Nous voulons un portrait précis du Chamane. Figure-toi que nous avons vu que tu lui parlais quand vous traîniez dans les couloirs la nuit. C'était le cas, n'est-ce pas?

Je comprends que notre visite n'est pas passée inaperçue et que je ne pourrai pas mentir sur tout.

– J'ai en effet réussi à gagner sa confiance et il m'a aidé à soigner Affre. C'est un gars costaud, qui sait se faire craindre. Il est aussi consciencieux et rigoureux dans son travail.

– Tu l'avais rencontré avant? Je veux dire quand tu résidais à la Maison?

– Non, il est trop âgé.

– Il n'a pourtant pas de barbe, à ce qu'il paraît… intervient César 3, dont j'entends la voix pour la première fois.

– Il se rase... avec une sorte de long couteau qui sert pour les opérations.

J'entends frapper à la porte. On m'apporte à manger. Je reconnais Optimus, que j'avais cru mort durant la bataille. Lui ne semble pas autorisé à lever les yeux sur moi. César 1 m'invite d'un geste bref à entamer mon repas, puis son collègue et lui s'éloignent pour s'entretenir à voix basse. Je mastique lentement tout en repensant à leurs dernières questions. Ils ne savent pas qui est le Chamane et font peut-être l'hypothèse qu'il vient de l'extérieur. Cela doit les rendre méfiants. J'aurais sans doute dû être moins catégorique quand César 1 m'a demandé si je l'avais déjà croisé à la Maison. J'entends des bribes de leur discussion: «Où aurait-il appris à... raser... barbe? Et pourquoi le ferait-il?... peut-être envoyer quelqu'un? Je ne sais pas...»

J'ai la certitude que, par ma faute, Eve court un danger. Ils reviennent. Je n'ai pas eu le temps de finir, mais César 3 me retire le plateau sans attendre.

– Nous allons changer de sujet. Raconte-nous comment tu as découvert le classeur gris.

Si je réponds «Par hasard», ils ne vont pas me croire. C'est pourtant la vérité. Je réfléchis avant de déclarer:

– Pendant la révolte, j'ai entrepris d'examiner tous les documents du bureau des César. Je cherchais des papiers susceptibles de nous éclairer sur nos origines, et je n'ai rien trouvé, hormis un cahier associant les noms des enfants aux lettres A, G, E et un classeur gris dont j'ai compris l'importance lorsque j'ai réalisé que son ouverture nécessitait un code à dix chiffres.

– Tu l'as donc découvert un peu par hasard?

– Personne ne m'en avait parlé avant, si c'est le sens de votre question. Je l'ai ensuite emporté dans mes bagages pendant notre évasion. À mon arrivée dans les grottes, il m'a été confisqué par les Oreilles coupées, mais je pense que vos espions vous ont renseignés à ce sujet.

– Continue. Explique-nous comment tu as su que tu pouvais percer le mystère de son ouverture.

– Je n'ai jamais pensé pouvoir réussir, mais il est vrai que je l'ai prétendu. À cette période, l'hostilité des Lézards était à son comble et nous risquions nos vies à chaque instant. Le fait que le Premier cercle puisse croire que nous en étions capables nous donnait de l'importance et nous assurait une protection.

– Et tu y es parvenu? demande César 1 d'une voix calme. À son intonation, on pourrait douter qu'il s'agisse d'une question.

Je souris et marque une pause:

– Non, bien entendu, c'est impossible. Dix milliards de solutions à tester...

– On nous a pourtant dit le contraire...

– On vous aura menti.

Je soutiens le regard de César 1 sans ciller. Je sais qu'il bluffe. Jamais mes amis n'auraient parlé.

– Bien, si tu le dis. Et Philippus?

– Je ne connais pas de Philippus.

– Philippus, celui qui s'occupe des archives.

– Vous voulez parler de Gouffre?

– Gouffre, c'est ça... Il est donc toujours vivant. Cela suffira pour maintenant. Nous reviendrons te chercher dans un moment pour une activité qui, nous l'espérons, t'amusera.

De leur part, je crains le pire mais je n'ai pas le temps d'y penser car je tombe de sommeil.

Ils me réveillent un peu plus tard sans ménagement. Avant de m'entraîner dans les couloirs, César 3 me bâillonne avec un foulard rouge. Nous descendons des escaliers qui mènent à une petite salle sentant le renfermé. Deux soldats encadrent un jeune homme aux yeux bandés. Je reconnais tout de suite Octavius. Que vont-ils m'obliger à faire? César 3 ouvre un tiroir, attrape une sorte de pince aux mâchoires pointues et déclare:

– Nous avons pensé que cela te ferait plaisir de lui percer toi-même l'oreille.

Tout en gémissant à travers le tissu, je leur mime mon désarroi et mon refus. Je ne veux pas faire mal à mon ami.

– Ce n'est pas très douloureux, affirme calmement César 1.

Il me colle l'outil froid et lourd entre les mains. Comme je ne réagis pas, le ton se fait impérieux :

– Vas-y, Méto, c'est un ordre !

J'entends mon copain chuchoter :

– Fais-le, Méto ! Fais-le vite !

Je saisis la pince qui sent la ferraille rouillée et l'approche de l'oreille gauche d'Octavius. Je tremble. Je ne veux pas le blesser. Je dois réguler ma respiration. Je n'ai aucun moyen de lui parler, de le rassurer. Je lui effleure brièvement les cheveux puis j'appuie de toutes mes forces sur la pince en espérant abréger sa souffrance. Il ne parvient pas à retenir un cri. Il saigne. Sans attendre, un soldat m'écarte et lui enfile l'énorme anneau. Il tire dessus comme pour vérifier qu'il est bien accroché. Je sais qu'il veut surtout entendre encore sa victime crier. C'est fini. Je suis de nouveau dans les couloirs. Nous gravissons les marches pour retourner à notre étage. On me pousse bientôt dans une petite chambre sans fenêtre. À peine la porte verrouillée derrière moi, je me précipite au-dessus du lavabo pour vomir.

Je quitte l'immonde déguisement taché du sang de mon frère. Je le jette par terre pour le piétiner. Puis je me glisse dans les draps. J'aimerais dormir mais je n'y parviens pas. Je sens comme une fièvre s'emparer de moi et assécher ma bouche. Je passe une partie de la nuit à boire et me rafraîchir le visage. Le sommeil me surprend vers quatre heures.

À mon réveil, je découvre au pied de mon lit une nouvelle tenue de César toute propre. Dans une des chaussettes, un papier de trois centimètres sur un a été glissé. Il porte ce court message : *Méto = traître*. J'imagine que la nouvelle de ma sale besogne de la veille a fait le tour des serviteurs.

Il semblerait qu'on en ait fini avec les questions car je ne suis pas conduit à la salle habituelle mais vers le bureau des César de la Maison des enfants. Je comprends que le moment de l'humiliation est arrivé. Je sais que, en m'exhibant en habit de César, ils veulent montrer à tous que j'ai définitivement choisi le camp des méchants. Toute la journée, je suis confronté aux regards haineux ou écœurés de mes anciens amis. Les César ne me laissent jamais approcher les enfants de trop près, sans doute ont-ils peur que je puisse entrer en contact avec eux pour leur expliquer que je suis obligé de jouer un rôle et qu'ils ne doivent pas se fier aux apparences. S'ils le pouvaient, certains petits me cracheraient au visage, d'autres, comme Décimus ou Kaeso, m'ignorent totalement. J'essaie de rester impassible mais c'est trop d'efforts, et une douleur au ventre me fait grimacer par moments. Jove et ses sbires savent ce qu'ils font : ils m'isolent de tous les autres en construisant autour de moi un mur de méfiance et de dégoût. Je ne pourrai plus trouver aucun allié ici.

Je termine la journée complètement épuisé. Je pense très fort à ceux que j'aime et qui, je l'espère, là où ils sont, me font toujours confiance et comptent sur moi. C'est à l'avenir que je dois me raccrocher. Un jour, tous les autres comprendront.

Au milieu de la nuit, je suis convoqué par Jove dans une pièce dont les murs sont couverts de livres. On me fait asseoir en pyjama sur une chaise basse et lourde. Pas moins de quatre César entourent le maître des lieux.

– Méto, nous allons te confier une mission, déclare Jove. Si tu la réussis, nous te déclarerons « pardonné » et tu intégreras le groupe E, où je suis sûr que tes talents pourront s'épanouir. Tu retourneras la nuit prochaine chez les rebelles et tu récupéreras le classeur gris. D'après nos informations, il est resté à l'endroit où tu l'as manipulé la dernière fois. Tu emmèneras Quintus avec toi. Il sera chargé de te surveiller. Vous vous préparerez demain.

Je suis ensuite reconduit dans ma chambre. Je m'attendais à pire. À tout prendre, je préfère avoir peur que honte, comme aujourd'hui. Je m'allonge et, en fermant les yeux, je visualise tous ceux dont l'existence me pousse à espérer. Où sont cachés Marcus et Claudius? Octavius commence-t-il à moins souffrir de son oreille? Je revois le tableau affreux des serviteurs dormant collés les uns aux autres dans l'obscurité et la saleté, une lourde chaîne entravant leurs moindres mouvements. Un jour, je réussirai à sauver mon ami.

Le lendemain, je retrouve Quintus. Je suis content à l'idée de parler avec quelqu'un de mon âge. Je garde le souvenir d'un camarade très discret et soucieux des autres, vers qui certains se tournaient quand ils avaient des ennuis. En réalité, il jouait un personnage. Je l'ai découvert bien après son départ: c'était un traître qui espionnait pour les César. Sans doute était-il contraint de le faire. C'est le petit Crassus que j'ai initié qui lui a succédé. César 3 m'accorde une heure pour présenter à Quintus le plan de notre expédition. Nous attendons qu'il sorte pour engager la conversation. Je commence:

– Ça fait longtemps qu'on ne s'est pas vus. Je trouve que tu n'as pas vraiment changé.

– Toi, si, répond-il, catégorique.

– Tu appartiens au groupe E?

– Non, je suis apprenti César affecté à la sécurité de la Maison.

– Tu es déjà allé chez les Oreilles coupées?

– Non, je n'ai jamais quitté la Maison. Je suis juste chargé de te suivre et d'utiliser mes armes en cas de besoin. Contre les autres, bien sûr...

Je lui explique en détail le parcours que nous aurons à suivre et les difficultés auxquelles nous risquons d'être confrontés: des Renards en maraude, une Chouette à l'affût. Nous devrons être rapides et parfaitement silencieux. Nous nous mettons d'accord sur des gestes pour communiquer. Même si j'insiste sur le fait que nous ne prendrons aucun risque, je préfère le préparer au pire:

– S'ils t'attrapent, attends-toi à être roué de coups, mais ils te garderont en vie pour que tu serves de monnaie d'échange. Moi, cela dépendra de qui je rencontrerai en premier. J'ai de nombreux ennemis là-bas. Je vais demander à César 3 de nous trouver des habits sombres et larges. Il faudra aussi de la suie pour enduire notre peau. Nous agirons entre quatre et cinq heures du matin. Tu devras rester très près de moi car nous marcherons dans le noir, qui est parfois complet dans certains boyaux de la grotte. Nous n'utiliserons une torche électrique qu'à l'intérieur de la salle des archives. Tu apporteras quoi, comme armes?

– Mon couteau et mon poinçon. Je suis bien entraîné. Dans un corps à corps, j'aurai toujours le dessus.

– Tu pourrais me les montrer?

Comme je me rends compte qu'il hésite, je m'explique:

– Je veux juste savoir si je pourrai m'en servir pour ouvrir le tiroir où est rangé le classeur.

Il me les tend à contrecœur. Je les examine brièvement. Le poinçon est assez pointu pour pénétrer dans la serrure et la lame du couteau assez fine pour se glisser entre le tiroir et son cadre. Je lui rends ses armes.

– Ce sera parfait. Je peux te poser une question qui n'a rien à voir avec cette mission?

– Essaie toujours.

– Comment es-tu devenu un informateur?

– Un traître, tu veux dire? Les choses sont simples à expliquer et je n'ai pas honte de mon passé car je suis sûr que, dans les mêmes circonstances, tu aurais été content d'endosser le même rôle que moi. À peine mon initiation terminée, mon tuteur m'a menacé de me faire la peau si j'osais encore lui adresser la parole. Je n'avais aucun ami et j'avais peur de tout. Je me sentais totalement abandonné à mon sort. Et c'est à cette période que j'ai été convoqué dans le bureau. César 2 m'a alors offert de me prendre sous sa protection. Je pouvais, quand je le désirais, venir lui confier les difficultés que je rencontrais. Pour le prévenir, il me suffisait de dessiner une petite croix dans la marge de mon cahier de devoirs et il organisait discrètement l'entrevue dans les vingt-quatre heures qui suivaient. J'en parle aujourd'hui comme d'une offre mais, à l'époque, je ne pense pas que j'aurais eu la possibilité de refuser. Ce qui comptait pour moi, c'est que j'avais de nouveau quelqu'un sur qui m'appuyer, et pour une durée illimitée. Ce n'est que progressivement, quand j'ai commencé à construire de vraies relations avec les autres enfants, que j'ai découvert que je pouvais faire du mal à ceux que j'aimais. À la fin de ma vie chez les petits, je n'étais plus du tout à l'aise dans ce rôle de mouchard. Surtout que, avec l'âge et l'expérience, la protection des César était, à mes yeux, devenue inutile. Et puis je n'étais pas du genre à profiter de mon pouvoir pour régler mes comptes personnels. Et à cause de Marius... Tu te souviens de lui?

Je hoche la tête en souriant. C'était le spécialiste du langage des signes à table.

– J'étais devenu très ami avec lui et il me disait tout car, affirmait-il, «on était comme les deux parties d'un même corps, à jamais unis dans la vie et dans la mort». Je partageais ce sentiment très fort mais j'étais obligé de lui cacher la vérité. Je culpabilisais tout le temps. Quand «j'ai craqué», ça a été une délivrance, même si je suis privé depuis de mon ami si cher. Au fait, tu sais que je n'avais pas la taille, Méto? Que quelqu'un est venu pendant la nuit casser mon lit?

– Je m'en doutais, Quintus.

– Pourquoi?

Je ne vais pas lui expliquer que son élimination du dortoir constituait, d'après moi, la première partie du plan de Romu. J'improvise :

– Je me rappelle que quelques jours avant, pendant la chorale, j'avais discrètement comparé nos tailles et que j'étais plus grand d'un bon centimètre.

– Je suis content que tu me dises cela car ici personne n'a voulu me croire. On me répétait : «Ceux qui sont virés racontent tous la même chose : ce n'est jamais de leur faute ! C'est toujours une erreur !»

Je suis touché par la franchise de son récit. César 3 entre sans prévenir. Il s'installe en face de nous et me demande de lui exposer mon plan. À peine ai-je terminé qu'il fait observer d'un ton sec :

– J'avais cru comprendre que Philippus restait terré la nuit dans la salle des archives. Tu pourras donc récupérer la clef sur lui. Cela t'évitera d'utiliser les armes de Quintus pour forcer la serrure du tiroir.

– Il me semble en effet qu'il dort sur place car je ne l'ai jamais croisé ailleurs. Mais je préférerais ne pas risquer de le réveiller.

– Quintus n'est pas autorisé à te prêter ses armes. Souviens-toi, Méto, que nous n'avons pas suffisamment confiance en toi. Rappelle-toi aussi que Philippus est un peu sourd. Enfin ! tu n'as tout de même pas peur de ce trouillard qui vit caché dans son trou depuis des années?

Je ne réponds rien car je sais bien que c'est inutile.

Comme l'expédition aura lieu la nuit prochaine, nous sommes autorisés à nous reposer pendant la journée. Je m'allonge un long moment sur mon lit.

Et si Jove et ses sbires me tendaient un piège? Et s'ils avaient finalement décidé de se débarrasser de moi ou de m'imposer une confrontation avec les Lézards? Je vais devoir être très prudent.

Les premières heures de la nuit me paraissent longues. J'ai l'impression de ne pas dormir même si je m'assoupis pendant de brefs moments. Quand j'entrouvre un œil, je découvre César 3 debout à mes côtés. Il me tend ma montre:

– C'est l'heure, Méto! Quintus t'attend.

Nous rejoignons rapidement mon complice qui semblait guetter mon arrivée. Nous nous enduisons d'abord le visage de noir. Comme nous n'avons pas de miroir, nous nous corrigeons l'un l'autre notre maquillage. Nous nous sourions. Je crois qu'il pourrait devenir mon ami. Nous enfilons les habits gris foncé préparés pour nous. Je ne sais pas où César les a trouvés car je n'ai jamais croisé personne dans cette tenue à la Maison. Nous répétons les codes mimés que nous avons mis au point. Quintus est très excité. Il s'agite dans tous les sens et n'arrête pas de parler. Même si je commence à l'apprécier, j'aurais préféré quelqu'un de plus aguerri pour m'accompagner dans une telle mission. Je me sens contraint d'élever la voix :

– Ça suffit maintenant. Calme-toi !

Quintus s'exécute sans broncher. Je croise le regard de César qui semble chagriné de l'autorité que j'ai prise sur mon comparse, censé me surveiller. Je sens que César veut parler mais il se ravise et quitte discrètement la pièce. Je réexplique calmement à Quintus les différentes étapes du parcours. Il semble prêt.

Nous empruntons le passage que j'ai utilisé avec Eve. Quand nous débouchons à l'extérieur, je remarque qu'il fait plus clair que je ne l'avais imaginé. Je coince un caillou dans l'entrebâillement de la porte afin de l'empêcher de se refermer. Nous avançons d'une cinquantaine de mètres puis nous nous arrêtons un long moment afin de détecter le moindre bruit suspect. Quintus semble très impressionné par les chants des oiseaux car il me demande plusieurs fois par gestes si tout est normal. Nous arrivons au trou et j'y plonge tête la première. Mon compagnon m'imite quelques secondes plus tard mais il écarte trop les jambes et peine à s'extraire du conduit.

Nous nous faufilons dans les couloirs puis stoppons à l'entrée de la grotte principale. Nous devons maintenant nous déplacer au ras du sol car nous allons passer près des couchettes des Oreilles coupées. Je reconnais les odeurs familières de la terre et des gars. Quintus fait la grimace et se bouche les narines. Nous nous enfonçons dans l'étroit couloir qui conduit à la salle des archives, où nous pénétrons sur la pointe des pieds. J'allume la torche et je promène son faisceau par terre. À quelques mètres sur la gauche, Gouffre est allongé sur une couverture, un livre posé sur son ventre. Je confie la lumière à Quintus et lui demande de m'éclairer. Je m'approche alors du dormeur et j'entreprends de fouiller directement la poche droite de sa veste, où je sais qu'il range sa clef. Mes doigts la trouvent sans difficulté sous un mouchoir en tissu. Comme je me relève, sa respiration s'interrompt un bref instant. Il gonfle les joues et expulse l'air d'un coup. Je sursaute. Il entrouvre les yeux et me fixe un moment en silence. Il m'a reconnu :

– C'est toi, Méto ! Tu es venu chercher le...

Je lui fais signe de se taire et de ne pas bouger. Il me regarde ouvrir le tiroir et me saisir du classeur, sans esquisser le moindre geste. Je m'approche de nouveau de lui pour lui glisser à l'oreille :

– Rendors-toi, mon ami. Je tiendrai mes promesses, dès que je le pourrai.

Il me sourit. Je me relève. Quintus me rend ma lampe puis se jette sur Gouffre, dont il écrase le torse de ses deux genoux.

– Qu'est-ce que tu fais? Non!

L'apprenti César a sorti son couteau et, d'un geste bref, il égorge mon ami.

– C'est mieux comme ça. Il ne donnera pas l'alerte. Allez, on y va.

Je ne peux plus rien faire pour Gouffre. J'éteins la lampe et nous repartons. Je suis comme dans un cauchemar. Je n'arrive plus à réfléchir. Mon corps semble avancer tout seul. Nous regagnons la surface. Il fait totalement jour maintenant. Pourquoi est-il si tard? Je sais que, dès l'aube, tous les guetteurs sont en place. Il va falloir courir et les prendre de vitesse. J'avertis Quintus qu'on ne fera aucune pause et qu'il devra foncer jusqu'à la porte. À peine la course est-elle engagée que j'entends des sifflements caractéristiques. L'alerte est donnée. J'aperçois sur la gauche des gars armés qui se précipitent vers nous. Ils s'immobilisent pour nous mettre en joue. Je crie à Quintus:

– On y est presque, alors on ne s'arrête pas.

J'entends les balles siffler près de nous. La porte est en vue. Je plonge pour retirer la pierre. Un rebelle hurle:

– C'est Méto! Il est avec eux maintenant! Le salaud!

Je me glisse à l'intérieur. Quintus me suit de peu. Il est sain et sauf. La porte s'est refermée. Nous reprenons notre souffle. Avant de gravir les marches, je plaque violemment mon compagnon contre le mur et laisse éclater ma colère :

– Pourquoi as-tu tué Gouffre ? Il n'a pas bougé... Il n'aurait pas crié et tu l'avais compris. Alors, pourquoi ?

– Lâche-moi, Méto. Cela faisait partie de la mission. J'ai agi sur ordre. Depuis le temps qu'ils rêvaient de lui mettre la main dessus, ils n'allaient pas rater l'occasion.

Nous montons lentement l'escalier. Je m'en veux. Je ne me suis pas assez méfié. Malgré tout ce que j'ai vécu, la cruauté des autres me surprend toujours. Nous sommes attendus à la sortie du débarras. Je jette le classeur gris dans les bras du premier César que je croise et je m'enfonce seul dans les couloirs. J'entends Quintus se vanter derrière moi :

– C'était parfait. Mission accomplie. Mais on a eu chaud...

– Nous te félicitons, Quintus, tu as bien travaillé.

– César, je peux remettre ma montre à l'heure maintenant ?

Enfermé dans la douche, je laisse couler l'eau pour diluer mes larmes. Je comprends tout maintenant. En retardant ma montre, ils différaient notre escapade et s'assuraient que nous ne passerions pas inaperçus. Ils étaient sûrs ainsi que les Oreilles coupées pourraient m'identifier. Ils m'ont mouillé jusqu'au cou dans leurs sales affaires. Le piège s'est complètement refermé. Je n'ai plus aucune porte de sortie, plus d'alliés possibles nulle part. Pour tous, maintenant, je suis Méto le traître.

CHAPITRE 2

Ce matin, César 4 m'entraîne dans une partie de la Maison que je ne connais pas. Je pénètre à sa suite dans une salle de cours où l'on a disposé les tables en cercle. Je suis présenté à un groupe d'une dizaine d'élèves silencieux, tous plus âgés que moi, qui m'observent avec intérêt. Je lis quelques sourires qui se voudraient complices ou bienveillants. Un ou deux visages ne me semblent pas inconnus mais, à cet instant, je suis incapable de leur associer un nom. Les élèves se tiennent debout, la main droite posée sur le dossier de leur chaise. Ils ne portent pas d'uniforme mais des vêtements aux couleurs et tissus variés. Certains ont les cheveux un peu trop longs pour la Maison.

– Voici Méto qui rejoint le groupe aujourd'hui. Vous l'aiderez à trouver sa place parmi vous. Méto, dans un passé récent, a commis de graves erreurs mais nous espérons qu'avec l'aide de tous il saura évoluer dans la bonne direction : celle de l'obéissance et de la loyauté à Jove.

D'un geste, César 4 nous invite à nous asseoir puis reprend :

– Avant d'en venir au travail du jour, je voudrais que vous expliquiez à notre nouveau venu la raison d'être et le fonctionnement de ce groupe. Stéphane, commence, s'il te plaît.

Je suis troublé. Stéphane, ce prénom, je l'ai vu à plusieurs reprises en parcourant le classeur gris. Les élèves ont-ils récupéré leur vraie identité ?

– Le groupe E a pour fonction de réaliser des missions sur le continent. Nous apprenons ici à nous comporter comme n'importe quel individu résidant sur place. Nous adoptons leurs codes vestimentaires, leurs prénoms et toutes les attitudes qui nous permettront de passer inaperçus. Les cours se divisent en trois domaines : l'entraînement sportif avec sports de combat, endurance, escalade et plongée ; l'étude des dossiers de civilisation et, enfin, les simulations de situations courantes que nous sommes susceptibles de rencontrer à l'extérieur. Le soir, nous pouvons parfaire nos connaissances en posant des questions aux César, dans la mesure où elles ne concernent pas notre histoire personnelle ni celle de nos camarades.

– C'est une excellente introduction. Je pense que cela suffit pour le moment. Ce matin, Méto, tu vas participer à l'entraînement physique. Après le repas, je t'emmènerai choisir des tenues pour tous les jours et une nouvelle identité.

Dans les vestiaires, nous enfilons un ensemble noir et une cagoule percée de trous pour les yeux. Une sorte de grille a été fixée au niveau de la bouche. Un de mes nouveaux camarades m'explique :

– Tu dois toujours la garder sur tes lèvres, sous peine de punition. C'est pour t'empêcher de communiquer avec ceux que nous croisons pendant les courses d'endurance. Tous les sons que tu émets sont déformés et tes paroles rendues incompréhensibles. Écoute : « Yennou hof ! »

– Tu essayais de me dire quoi ?

– « Bonjour Méto ! »

– C'est comme un bâillon, mais qui te permet de respirer.

– Tu comprends vite. Allons rejoindre les autres.

Nous courons dans un secteur situé à l'opposé du territoire des Oreilles coupées. Le rythme est rapide. Je suis très encadré. Nos curieuses respirations avertissent les serviteurs de notre passage. Alors ils ferment les yeux ou détournent le regard. Je découvre de nouveaux paysages et les nombreux campements d'agriculteurs ou de pêcheurs qui se répartissent sur l'île et alimentent la Maison. Je reconnais certains visages d'Anciens. Ils sont amaigris et fatigués. Si je n'en étais pas empêché par mon équipement et mon escorte, je serais tenté de leur sourire ou de leur adresser un salut amical. Octavius est-il parmi eux? Le reverrai-je un jour?

Nous partageons notre réfectoire avec les professeurs de la Maison des enfants. Je suis frappé par la tristesse qui émane de leurs visages. J'essaie de croiser le regard de monsieur P., un de mes anciens professeurs de lutte. Mais c'est peine perdue, il garde les yeux fixés sur son assiette.

Après le repas, César 4 me conduit dans une salle aux étagères remplies de vêtements. Il m'explique:

– Dans un premier temps, va vers ce qui t'attire mais, avant de faire ton choix définitif, lis la fiche concernant l'apparence que tu as choisie. Sur le continent, les vêtements donnent des informations sur ton statut social, ton attitude face aux autres. Pense aussi que, en mission, tu devras avant tout te sentir libre de tes mouvements et capable de prendre la fuite aisément.

César m'abandonne bientôt. Je me sens un peu perdu dans ce nouvel environnement. Mais j'ai le sentiment que je vais percer beaucoup des mystères qui m'obsèdent depuis toujours. Je vais peut-être bientôt comprendre ce qui se passe sur le continent et pourquoi nous sommes là, bloqués sur cette île. Mon unique regret, c'est d'être seul, sans tous ceux qui me sont chers.

Les étagères sont peintes dans quatre nuances de gris, séparant ainsi visuellement les vêtements selon leur style. La partie la plus claire est occupée uniquement par des tenues de sport. Est-il permis, là-bas, de les porter à tous les moments de la journée? Sur les étagères d'à côté, les habits me semblent disproportionnés. J'essaie un pull et une chemise blanche qui me tombent jusqu'aux genoux, et les pantalons sont si larges qu'on pourrait s'y mettre à deux. Les habits rangés sur les planches au gris soutenu sont coupés, tailladés et rafistolés avec des épingles à nourrice ou des clous. Les pantalons, parfois en cuir noir, semblent si étroits qu'il est impossible d'y glisser les jambes. J'opte pour la dernière catégorie, où je trouve des affaires plus «normales», proches des éléments de notre uniforme de petits. La notice explique que c'est un *style classique, passe-partout. Seule la qualité de la coupe et des tissus révèle s'il est porté par un pauvre ou un riche. Ceux qui adoptent ces ensembles sont peu exubérants, voire renfermés et timides.*

César 4 me rejoint. Il me contemple quelques instants avant de déclarer:

– C’est bien. Tu vas maintenant avoir à choisir ta nouvelle identité au sein de cette liste. Pour que tu t’y habitues, tous les membres du groupe l’utiliseront dès ce soir. Tu as une heure devant toi. Ensuite, tu participeras aux cours de combat rapproché à mains nues et à l’étude du soir.

Il tire de sa poche un papier plié en quatre et le dépose devant moi avant de s’éclipser. La liste est courte, composée seulement de sept prénoms :

Philippe

Pascal

Thierry

Michel

Bruno

Olivier

Marco

Je la relis plusieurs fois. Au fond de moi, je sens que tout mon être refuse cette nouvelle contrainte. Il doit exister un moyen de s’y opposer. Depuis toujours, j’ai un prénom différent de ceux des autres. Je suis le seul, avec peut-être Rémus et Romulus, à porter celui de ma naissance. On me l’a donné il y a quatorze ans sur le continent. Il ne m’est donc pas impossible de m’en servir là-bas. Cet argument imparable n’est pas utilisable devant les César car il leur révélerait que je connais ma véritable identité. Mais je veux rester Méto. Sans perdre une seconde, je vais frapper à la porte du bureau. César relève la tête :

– Tu as déjà choisi?

– Oui, je veux rester Méto. Méto, ça ressemble à Bruno ou Marco. Il en existe sans doute d'autres sur le continent. De plus, si je garde mon prénom, je ne risque pas de l'oublier ou de me tromper dans un moment de tension extrême.

– Ce n'est pas si simple, cela créerait un précédent. Je vais en parler à Jove.

La séance de combat débute par une démonstration de deux élèves. Ils refont une dizaine de fois le mouvement qui débouche sur une immobilisation. Je me sens un peu gauche avec mon partenaire, un certain Gérard – ces noms me paraissent si étranges à prononcer –, mais il se montre très attentif à mon égard. Ensuite, nous participons ou assistons à des combats dont le but n'est pas uniquement l'immobilisation temporaire, comme lors de la lutte, mais l'étouffement ou l'étranglement de l'adversaire. Je ne connais rien à ces techniques mais mon partenaire est très patient et j'ai l'impression de progresser assez vite.

Alors que nous nous dirigeons vers les douches, je l'interroge :

– Tu es déjà allé sur le continent?

– Oui, quatre fois, mais ne me demande pas de t'expliquer mes missions, je n'y suis pas autorisé. Ce soir, on te détaillera les sujets de discussion licites avant que tu ne commettes des impairs.

La salle d'étude a la même odeur que celle des petits. Des dossiers avec nos noms sont posés sur les tables. Comme je rentre en dernier, je n'ai pas à chercher ma place.

Une fiche de présentation me précise que les paragraphes soulignés doivent être retenus par cœur. Les premières pages me sont déjà connues : la famille, avec le vocabulaire précis qui la désigne, et les planches anatomiques sur les femelles. L'image d'Eve m'apparaît aussitôt. Elle me manque.

Les pages suivantes sont difficiles. Je découvre d'abord une carte de ce qu'ils appellent le Monde. Un planisphère recouvert en grande partie par la mer. Les terres émergées sont colorées en vert, jaune et marron pour préciser le relief. J'avais travaillé sur une carte de l'île qui utilisait les mêmes codes. L'analyse de l'échelle me révèle que le Monde est immense. Les différentes parties sont nommées : Afrique, Amérique, Asie, Europe, Océanie et Antarctique. Une deuxième carte aux très nombreuses couleurs donne le nom de tous les « pays », comme Brésil, Nigeria, URSS, États-Unis, France ou Algérie. Les surfaces des pays sont de tailles très variables. La troisième carte est presque identique à la précédente, à la différence près que de grosses taches noires ont été ajoutées sur les surfaces colorées des États-Unis et de l'URSS. Sur la dernière, seules trois teintes subsistent : du noir, du gris et du blanc. Les contours des pays ont disparu pour laisser place à des « Zones » aux formes de disques ou de gouttes. Des numéros ont remplacé les noms. Le noir est très majoritaire. Je lis la légende : *Zones saines (blanc), Zones suspectes (gris), Zones interdites (noir).* Le Monde ne serait plus composé que d'une trentaine de petits territoires « sains » disséminés sur la surface du globe. Je repère les dates. La dernière carte indique 1970, la précédente 1956, la deuxième 1948. Je me souviens avoir lu dans le classeur gris que les familles des enfants de la Maison habitaient tous la Zone 17. Celle-ci correspond à l'extrémité de l'ancien pays nommé France. Un point rouge près de la côte semble marquer l'emplacement de notre île.

Je mange en silence sans en éprouver la moindre gêne. Je repense à ce que je viens de lire pendant l'étude. Il me manque des informations pour tout saisir mais je comprends que le Monde est passé tout près de sa totale destruction et que l'humanité est en sursis.

Avant d'aller dormir, nous nous regroupons dans la « bibliothèque », assis chacun dans un « fauteuil ». Jove est là ainsi que quelques César. Des boissons chaudes ont été préparées. Un des gars s'occupe d'y ajouter des morceaux de sucre et de les distribuer aux autres. Chacun, à son tour, commente sa journée et pose s'il le désire une question. Certains n'hésitent pas à mettre en cause leur voisin pour une remarque ou une attitude qu'ils trouvent répréhensible. Les personnes incriminées s'excusent et tentent de se justifier. L'ambiance est à la méfiance, même si les sourires sont de rigueur. Je suis ainsi «dénoncé» par l'attentionné Gérard, que j'ai mis mal à l'aise en l'interrogeant sur les missions à l'extérieur. Jove intervient d'un air qui se veut bienveillant:

– Méto, que peux-tu répondre?

– Je ne demande qu'à connaître vos règles pour ne pas déranger mes camarades.

– Tu dois dire «Maître» quand tu t'adresses à Jove! intervient vivement César 1.

– En effet, reprend Jove. Mais Méto a bien répondu.

Puis, se tournant vers moi, il ajoute:

– César 1 te fera passer le *Carnet des lois* au plus vite. En attendant, n'aborde avec tes camarades aucun sujet qui ne relève pas d'une nécessité matérielle vitale.

– Entendu... entendu, Maître.

Le tour de parole obligatoire se termine par moi. Je n'ai aucune envie de partager mes impressions avec eux. Je bredouille:

– C'était une journée... intéressante et... je n'ai rien à reprocher à mes camarades.

Ma remarque les fait tous sourire. Jove demande alors :

– Et tu n'as pas de questions à poser?

– Si. Lorsque j'ai choisi mes habits, César a fait une allusion au «statut social» des individus. J'ai également trouvé sur une fiche deux mots qui semblent s'y référer, «pauvre» et «riche». Je ne connais pas ces notions.

Jove interroge du regard les membres du groupe. L'un d'entre eux esquisse un mouvement de tête et se lance :

– La société est dominée par l'argent, matérialisé principalement par des rectangles de papier indiquant des valeurs. L'argent permet d'acquérir des biens tels que des vêtements, des maisons, des objets. Lorsqu'on est riche, c'est qu'on en détient beaucoup, quand on est pauvre, c'est qu'on n'en a pas ou presque pas.

– Mais comment devient-on riche ou pauvre?

Après un regard cherchant l'approbation du Maître, le grand continue :

– C'est principalement de naissance. On naît dans une famille de riches ou pas. Cela détermine plus tard si on occupera un emploi de riche ou de pauvre. Il est possible que la vie te fasse passer d'un statut social à un autre, mais c'est rare.

Un geste de Jove indique à tous qu'il est temps de se séparer. Au fond de moi, j'éprouve de la joie car Jove m'a appelé Méto à deux reprises au cours de la soirée : j'en conclus que ma requête a été acceptée. Nous gagnons nos chambres. Tandis que je tarde à trouver le sommeil, j'entends quelqu'un tourner une clef dans ma serrure. Je suis bouclé pour la nuit. Je dois commencer à mettre mes idées en place et me fixer des objectifs pour chaque jour. Je vais profiter des courses d'endurance du matin pour localiser Octavius et repérer les zones de débarquement des vivres. Il faut que je comprenne comment fonctionne la surveillance de la Maison la nuit afin d'organiser au plus vite une expédition chez Eve. Que je sache aussi ce que sont devenus Marcus et Claudius.

Au réveil, je découvre sur ma table de chevet le *Carnet des lois* promis par le Maître. Je le feuillette rapidement. Vingt-quatre pages d'interdictions et de conseils. J'ai l'impression d'être un petit nouveau à la Maison. Pour éviter les ennuis, je vais limiter au maximum les échanges, ainsi qu'on me l'a conseillé. Cette solitude ne me pèsera pas. Je la préfère aux fausses amitiés. Je ne veux plus me faire avoir comme avec Quintus.

Pendant la course du matin, il m'a semblé apercevoir Octavius poussant une brouette chargée de fumier. Il m'a été impossible de m'approcher car mes nouveaux « amis » ne me lâchent pas d'une semelle. J'entreprends ensuite ma première escalade d'une falaise. Je suis le seul à être encordé. Les autres font preuve d'une grande agilité. À un moment, je me retrouve suspendu dans le vide. Je vois bien qu'ils testent mes réactions. Je prends sur moi pour ne pas trop leur montrer que je suis mort de peur. Le dénommé Gérard n'est pas le dernier à rire.

En fin de journée, je me rends avec plaisir à la salle d'étude. Des pages agrafées ensemble ont été ajoutées à mon dossier. Le titre du document est :

Brève chronologie des événements

1945

La Seconde Guerre mondiale s'achève par l'explosion de deux bombes atomiques sur le Japon.

De 1950 à 1953

La Corée du Nord, soutenue par les Chinois et les Soviétiques, affronte la Corée du Sud, soutenue par les États-Unis et les Nations unies.

Février 1954

Des bombes biologiques explosent dans six grandes villes américaines. Elles propagent un ensemble de maladies comme la fièvre hémorragique, la peste ou la typhoïde, provoquant des milliers de victimes.

Avril 1954

L'enquête internationale indique que les bombes ont été fabriquées par des chimistes de l'ex-unité 731 de l'armée japonaise exfiltrés vers l'URSS à la fin de la guerre. En représailles, douze villes russes sont visées par des missiles Sergent venus des États-Unis et emportant des doses deux fois supérieures à celles de la première attaque. Les souches ont été modifiées pour contrer toute vaccination massive.

De juin à décembre 1954

La guerre entre les deux grandes puissances (les États-Unis et l'URSS) et leurs alliés est déclarée. Par le jeu des ripostes successives et l'utilisation de missiles à longue et moyenne portées pour véhiculer une grande quantité de défoliant à base de dioxine, un tiers des territoires des États-Unis et de l'URSS sont rendus impropres à la vie humaine.

À partir de 1957

La guerre totale est déclarée et tous les pays sont sommés de choisir un camp. Les pandémies gagnent le Monde. Le manque de vaccins en Afrique et dans le Sud de l'Asie provoque la disparition des 9/10e de leur population.

À partir de 1960

La situation se stabilise et le conflit est officiellement arrêté. L'ONU est dissoute au profit de l'AZIL (Association des Zones indépendantes libres). Des populations importantes restées dans les Zones contaminées se voient définitivement coupées du reste du Monde.

Selon les chiffres les plus souvent cités, seuls 5/1 000ᵉ de la population recensée en 1953 auraient survécu au conflit.

À partir de 1970

Des Zones grises dites tampons sont délimitées. Elles sont vides de population et seront progressivement décontaminées et blanchies.

La dernière page se clôt par cette simple phrase: *Même si le conflit semble achevé, de nombreux dangers persistent à l'intérieur comme à l'extérieur des Zones de peuplement.*

Je reste mutique durant toute la soirée. J'avais imaginé un Monde meilleur de l'autre côté de l'horizon. Il semblerait que je me sois lourdement trompé. Avant de conclure la veillée, César 3 me demande:

– Méto, tu n'as pas de questions, ce soir?

– Si, Maître. Que savons-nous des gens qui vivent encore dans les Zones contaminées?

– Nous connaissons l'existence de «regroupements de survie», explique-t-il. Il y régnerait le chaos et la violence. Les maladies et les pollutions ont rendu les individus malsains et déformés autant physiquement qu'intellectuellement. J'espère que tu n'auras jamais à en croiser au cours de ton existence.

Au moment où nous nous séparons, César 4 me souffle discrètement cette recommandation:

– Prends le temps de bien lire ton *Carnet des lois*, quitte à veiller un peu tard. Il serait bon que tu participes davantage aux discussions du soir.

Je hoche la tête en signe d'assentiment et gagne ma cellule pour la nuit.

Le livret contient une règle par page, suivie de sa justification.

Règle 1
Ne pas chercher à connaître son histoire personnelle

Pourquoi? La vie a fait de nous un des membres d'une communauté qui puise sa force dans la solidarité et l'obéissance aux règles communes. Nous ne connaissons entre nous aucune distinction de naissance ou de classe sociale. Connaître notre histoire ou celle de nos camarades pourrait révéler des différences et générer envie ou jalousie. Ces sentiments affaibliraient le groupe.

Règle 2
Ne garder aucun secret

Règle 3
Toujours partager ses doutes

Règle 4
Raconter ses rêves

Les paragraphes qui valident ces directives font souvent référence à l'entraide et la confiance, mais le mot qui revient le plus fréquemment, c'est celui de sécurité. Comme chez les Oreilles coupées, on fait peur aux membres du groupe pour mieux le dominer.

J'entends marcher dans les couloirs. C'est sans doute mon geôlier. Comme prévu, on tourne la clef dans la serrure. J'arrête ma lecture car j'ai le sentiment que le bruit est différent de celui d'hier, comme si on avait fait le mouvement dans un sens et qu'on l'avait ensuite effectué dans l'autre sens pour l'annuler. Je patiente un peu avant d'aller vérifier, jusqu'à ce que les lumières du couloir aient disparu et que les pas se soient éloignés.

J'ai raison. Je dois m'attendre à une surprise. Ici, elles sont rarement heureuses. Je repense à César, qui m'a conseillé de ne pas m'endormir trop tôt. Je n'arrive plus à me concentrer. Je guette le moindre bruit pendant près d'une demi-heure. Les yeux commencent à me piquer. Quelqu'un vient. Je regarde la poignée tourner doucement. Je retiens mon souffle : Romu.

– Bonsoir, Méto.

– Bonsoir.

Il vient s'asseoir près de moi et consulte sa montre :

– J'ai deux minutes à peine. Ils me croient sous la douche. Méto, je viens te proposer un marché. Je vais t'aider à gagner leur confiance et je répondrai à tes questions sans détour. Mais...

– Tu m'aideras aussi à retrouver mes amis ?

– Si tu veux, mais en contrepartie, tu devras me promettre de me rendre des services à chaque fois que j'en aurai besoin.

– Quel genre de services ? Il faut que tu m'en dises davantage pour que je puisse m'engager.

– J'attends ta réponse demain. Ne réfléchis pas trop. Sans moi, tu es bien seul. Rappelle-toi aussi que c'est moi qui décide si ta porte reste verrouillée la nuit ou pas. Salut.

Mon envie de dormir a disparu. Je suis soudain très énervé. Je sens que Romu veut m'entraîner dans des actions que j'accomplirai malgré moi. S'il n'a pas été plus clair, c'est qu'il me réserve des épreuves qu'il sait condamnables. Ai-je le choix? Puis-je vraiment refuser?

Ce matin, mon choix est fait. Je prends le risque de l'isolement: ce sera non. Je me suis juré de ne plus être manipulé par quiconque, même par un ami. Je ne veux plus y penser. C'est irrévocable.

Malgré mon manque de sommeil, je me sens gonflé d'énergie. Je force l'allure pendant la course et oblige le groupe à en faire autant. Je décide de montrer ma détermination durant la lutte et fais preuve de beaucoup d'agressivité. Mes condisciples me regardent avec surprise et agacement. La saine fatigue générée par ces efforts m'empêche de trop cogiter. L'après-midi est pour moi une nouvelle occasion de souffrir. Je découvre la plongée. Nous nous équipons d'une combinaison moulante et de palmes. Je provoque l'hilarité de tous quand il s'agit de marcher pour rejoindre le bateau. Je m'étale à deux reprises. Le supplice continue à bord car les odeurs dégagées par le moteur, ajoutées au roulis, me donnent vite envie de vomir. Ce que je fais d'ailleurs, à peine le bateau arrêté dans la zone choisie. On m'enfile des bouteilles très lourdes sur le dos. Je me sens partir en arrière. Ensuite Gérard me crie des conseils pour respirer en appliquant le détendeur sur ma bouche. Je ne comprends rien à son discours. Il mélange des phrases rassurantes telles que «C'est très facile» et «Il suffit de respirer normalement» avec d'autres plus menaçantes: «Tu risques de mourir si tu ne fais pas attention...» Je regarde mes camarades basculer dans les vagues les uns après les autres. Comme il me voit hésiter, Stéphane, qui dirige la manœuvre, me pousse brutalement dans l'eau. Paralysé par la peur, je sens mon corps s'enfoncer inexorablement vers les profondeurs. Je vais mourir. Je m'agite en tous sens, me débarrasse du tuyau et avale une grande quantité d'eau. Des membres du groupe me hissent bientôt sans ménagement sur le bateau et me laissent seul pendant près d'une demi-heure. Au retour, je croise leurs regards moqueurs. Je profite de la douche pour laisser couler mes larmes. Je les déteste tous. Je me sens prêt à en découdre avec n'importe lequel. Je crois que je ne sentirais même pas les coups meurtrir mon corps. Je parviens difficilement à me calmer. Je me console en me disant que je ne dois pas gâcher le moment de la journée que je préfère: celui de l'étude. Je rejoins la salle tête baissée, honteux d'avoir montré tant de faiblesse.

J'ouvre mon dossier. Les nouvelles pages ont pour titre:

Évolution des lois sur la population

1961

Tous les gouvernements des Zones blanches restreignent le droit d'asile et créent des unités spéciales pour contrôler les frontières.

1963

Interdiction totale d'immigrer dans les Zones blanches.

1964

Expulsion des réfugiés de guerre arrivés après 1953. Placement sur des bateaux sans autorisation de revenir.

Déplacement des malades mentaux hors des Zones viables.

1965

Interdiction des naissances dans les familles comptant déjà plusieurs enfants.

1966

Interdiction étendue aux familles comptant un enfant.

1969

Campagne de propagande pour encourager les couples à ne garder qu'un enfant au sein du foyer.

Mise en place de «primes à l'abandon» (d'une valeur égale à celle d'un véhicule automobile neuf).

1975

Obligation de ne garder qu'un enfant au sein de la famille.

1976

Établissement d'un numerus clausus. *La permission d'avoir un enfant ne peut être accordée par les autorités que si une personne meurt.*

Interdiction totale de l'adoption.

J'aide un dénommé Arnaud à préparer les infusions. Il me précise que la tasse noire est strictement réservée à Jove et que ce dernier ne prend jamais de sucre.

– Impératif, insiste-t-il, comme si j'étais sourd ou trop bête pour piger du premier coup, absolument impératif. Cela pourrait être très grave pour lui.

Je comprends vite, durant la discussion qui suit, que mon attitude distante et vindicative a déplu. Tous omettent d'aborder la séance d'humiliation qu'ils m'ont fait subir en retour l'après-midi. Les critiques pleuvent et je dois me justifier:

– Le seul à qui je veux faire violence ici, c'est moi. Je veux progresser vite et atteindre votre niveau. Je ne tiens pas à rester le petit toujours à la traîne. Je veux être opérationnel le plus tôt possible.

– N'essaie pas de brûler les étapes, Méto, intervient César 3. Tu commences à peine ton entraînement et tu n'as pas passé ton examen de connaissances. Il te faudra être très patient.

J'essaie en souriant de masquer ma déception. J'ajoute en baissant les yeux :

– Je vous remercie de bien vouloir excuser mon comportement.

De retour dans ma chambre, je voudrais hurler mais je me contiens. Il est évident que je ne peux attendre des mois avant d'organiser notre évasion. Je dois donc m'en remettre à Romu, même si je suis sûr que je le paierai cher. La journée m'a épuisé et mes paupières se ferment malgré moi. Il me secoue.

– Ils t'en font baver, hein?

– Oui. Bonsoir, Romu.

– Je t'écoute.

– Sais-tu où sont Claudius, Marcus et Octavius?

– Octavius travaille à l'extérieur au camp 9. C'est un des plus durs parce qu'il est dirigé par celui qu'on surnomme Gros Pif. Claudius sera bientôt incorporé dans une équipe de surveillance de la Maison, en tant qu'apprenti César. Je pourrai peut-être te le faire rencontrer «par hasard».

Quant à Marcus, il a d'abord été logé dans le grand appartement où il n'a eu de contact qu'avec César 1 et mon père. Je ne sais d'ailleurs pas ce qui lui a valu ce traitement de faveur. Il a quitté la Maison depuis une semaine, mais j'ignore pour quelle destination.

– Pourquoi Octavius est-il devenu serviteur? C'est injuste. Avant, nous étions tous pareils.

– C'est un A. Tu le sais. Il n'y peut rien. C'était écrit dans son dossier à son arrivée. C'est une question d'argent, tout simplement.

Devant mon regard dubitatif, il ajoute en rigolant:

– Tu imaginais quoi, Méto? Qu'on vous choisissait en fonction de votre personnalité ou de votre intelligence? G comme géniaux? E comme extras? La différence tient dans le fait que certains parents ont payé une garantie pour qu'on maintienne leur enfant en vie au moins dix ans, c'est le cas des G. Les E bénéficient d'une garantie Étendue. Ta famille est très riche, c'est tout ce qu'il y a à comprendre. Ton copain n'a pas cette chance.

– Et qu'est devenu le César 3 que nous fréquentions à la Maison?

– Éliminé. Il fallait bien trouver un coupable pour la révolte.

Après un long silence, je chuchote un timide:

– Merci, Romu.

– Ne me remercie pas. Demain, je te demanderai une compensation. Bonne nuit.

Ce matin, j'apprends que deux membres des E vont partir en mission dans les prochains jours. Ils vont donc être dispensés d'entraînement physique pour consacrer du temps à leur préparation. Je ne sais pas comment se déroulent ces désignations, mais je sens aujourd'hui plus de tensions dans le groupe. Le dénommé Stéphane profite de la course pour exprimer bruyamment son énervement. Tous les autres comprennent qu'il jure et insulte sous son masque. Son attitude m'amuse et me rassure. Je ne suis pas le seul à perdre mon *self-control*. Je suis certain d'avoir aperçu Octavius. Je suis passé si près de lui que je l'ai même frôlé. Naturellement, il lui a été impossible de me reconnaître sous mon déguisement. Je dois trouver un moyen d'entrer en contact avec lui.

Pendant l'entraînement au combat, je décide de ne pas me faire remarquer. Les autres semblent apprécier, car on me gratifie de quelques gestes amicaux. Je me dis qu'il doit bien y avoir quelqu'un parmi eux avec qui je pourrai devenir ami, après l'avoir testé à de nombreuses reprises, évidemment. Mon partenaire du jour m'explique plus avant la technique de l'étranglement à mains nues. La durée de la pression sur la trachée détermine les conséquences pour la victime. Un geste brusque mais court peut ne provoquer qu'une simple syncope.

Cet après-midi, nous retrouvons nos deux camarades sélectionnés pour le prochain voyage. Deux César sont présents. Sur la table, on a posé des petits disques de métal et des rectangles en papier.

– Nos amis, commence César 3, auront à utiliser de l'argent pour acheter de quoi se nourrir. À part Méto, vous avez tous déjà manipulé ces objets. Rappelons à nos camarades comment il faut s'en servir.

– Il est important, commence Stéphane, de reconnaître au premier regard les valeurs des pièces et des billets. Il ne faut pas prendre le temps de vérifier ce qui est écrit dessus avant de tendre son argent, sans quoi on risque de se faire immédiatement repérer comme un hors-Zone infiltré. On doit calculer mentalement le prix de ce qu'on achète car il faut toujours tendre au vendeur une somme qui s'approche du montant à régler pour rester le moins de temps possible sur place.

– Parfait, déclare César 3. Vous allez maintenant entraîner vos camarades en jouant au caissier de magasin. Utilisez les feuilles que j'ai préparées pour fabriquer des étiquettes.

Il s'approche de moi et me propose :

– Toi, prends une des feuilles pour reproduire les différents billets et faire les empreintes des pièces. Un jour, ton tour viendra de t'en servir.

Les autres organisent l'espace en déplaçant des tables. Je m'écarte un peu pour être au calme. Les César se retirent. Les élèves semblent bien s'amuser durant la première demi-heure, puis les choses s'enveniment. Frédéric, l'un des garçons choisis pour la mission, s'énerve. D'après lui, les autres ne cherchent qu'à le piéger pour lui faire perdre ses moyens.

– Aie le courage de reconnaître que tu n'es pas prêt! lance Stéphane. Tu vas mettre en danger ton coéquipier.

– J'ai confiance en lui, déclare Bernard, et ce n'est pas à toi de juger des compétences des autres.

Frédéric, visiblement très énervé, renverse la table et se jette sur Stéphane. Des grands interviennent sans ménagement pour les séparer. L'un d'eux, que je n'avais pas vu sortir, revient avec une cordelette. Les deux gars sont ligotés dos à dos et placés dans un coin de la salle. Avant de les laisser se calmer et de reprendre le jeu du marchand, Jean-Luc, un E jusque-là très discret, assène à chacun deux violentes claques. Tous les autres viennent à leur tour faire de même. Je suis invité à me joindre au rituel que j'effectue avec conviction. Une dizaine de minutes plus tard, les deux excités sont libérés. Ils se prennent dans les bras et s'adressent des excuses.

Peu après, les César sont de retour pour la suite des exercices. Frédéric et Bernard vont subir une simulation de contrôle d'identité. Comme pour l'argent, César 3 demande si un volontaire veut bien rappeler la marche à suivre. C'est le même Stéphane qui se propose :

– Les contrôles d'identité sont très fréquents sur le continent. Les policiers patrouillent toujours par deux. Pendant que l'un vérifie l'authenticité des papiers et pose les questions, l'autre observe les moindres réactions du contrôlé. Il faut donc savoir se maîtriser et ne montrer aucun stress.

Il s'arrête et lance un regard ironique à Frédéric, qui fait mine de l'ignorer.

– Il faut, reprend-il, s'attendre à des questions sur sa famille, son adresse, le nom des voisins et d'autres détails de cette nature. C'est pour cela qu'il est très important de mémoriser le plus d'éléments possible à propos de l'identité qui vous a été attribuée.

César fait circuler deux jeux de photos, l'un pour Frédéric, l'autre pour Bernard. On y trouve pour chacun de nos camarades des photos de famille au dos desquelles des noms sont inscrits, des clichés de la maison où il résidera, mais aussi des maisons avoisinantes. Même si j'ai fini de dessiner les billets, je ne suis que spectateur. Les César sont présents. L'un d'entre eux joue même le rôle d'un policier. Nos deux camarades sont d'abord fouillés énergiquement puis observés par le groupe pendant qu'on scrute leurs faux papiers. Frédéric garde les mains dans ses poches, ce que Stéphane qualifie d'attitude irrespectueuse et provocante. Frédéric lui décoche un regard plein de ressentiment puis se défend en disant que sa posture montre de la nonchalance et une absence complète de stress.

Les deux garçons sont ensuite séparés et soumis à des rafales de questions : nom des voisins, de la grand-mère, de la fille des voisins, couleur des volets, des fleurs de la voisine, distance du domicile au collège... S'ils tardent à répondre, on entend soupirer ostensiblement les autres. Après plus d'une heure d'interrogatoire, ils regagnent leur chambre, tandis que nous partons pour la salle d'étude.

Mon dossier s'appelle :

Organisation de la vie quotidienne au sein d'une famille

Les parents travaillent et l'enfant va à l'école (trois à onze ans), au collège (onze à quinze ans) ou au lycée (quinze à dix-huit ans). Les parents quittent le domicile familial plus tôt que l'enfant qui prépare lui-même son petit déjeuner en faisant chauffer du lait auquel il ajoute du sucre ou une poudre chocolatée. Le midi, l'enfant mange à la cantine avec ses camarades (filles et garçons). Le soir, il fait ses devoirs à la maison et les montre à ses parents, surtout quand il est petit. Il est ensuite autorisé à regarder la télévision (il s'agit d'un meuble avec un écran sur lequel on peut visionner des images animées, comme La Maison du bonheur*). À partir de dix-neuf heures, les programmes sont uniquement réservés aux parents car les enfants ne sont pas à même de comprendre la complexité du monde des adultes et les mesures sociales et politiques qui doivent être prises dans l'intérêt de tous.*

Au sein de rares foyers, on élève encore un chien ou un chat.

Un jour par semaine, les gens ne se rendent pas au travail. Ils en profitent pour se promener le long des côtes ou sur le chemin des miradors qui borde la frontière.

Je trouve ensuite des plans d'habitations et de nombreuses photos de rues, de maisons. Je remarque que, pour chaque maison, on a placardé sur la porte d'entrée des portraits photographiques en couleurs de ses habitants. J'observe avec intérêt l'agencement des différentes pièces. Des images sont souvent fixées sur les murs. Je découvre aussi des photos de la famille à table, en promenade ou jouant avec un chien.

Deux planches détaillent les objets du quotidien sur le continent, que l'on n'utilise pas sur l'île. La première a pour titre *Les moyens de locomotion*, où sont représentés une bicyclette, une moto, une voiture, un bus, un car de la police. Sur la seconde figurent *Les moyens de communication*, comme le téléphone, la radio, la télévision. Chaque objet se voit expliqué et daté dans les pages suivantes.

Ce soir, je m'attends à ce que la discussion soit plus animée à cause du conflit de l'après-midi. Je suis presque déçu car personne ne mentionne l'incident. Frédéric se déclare juste un peu nerveux mais ajoute tout de suite qu'il n'est pas inquiet, que ce n'est pas sa première mission et qu'il est content de faire équipe avec Bernard. Stéphane met l'accent sur ma bonne volonté à m'intégrer au groupe. Les autres acquiescent. Pris au dépourvu, je ne fais que sourire. Ils doivent m'être reconnaissants de ne pas avoir trahi leur petit secret. Je décide de poser une question sur mon dossier du jour :

– Je n'arrive pas à imaginer comment les parents qui avaient deux ou trois enfants ont pu choisir. Je veux dire désigner celui qu'ils voulaient garder et ceux qui devaient partir.

César 4 me répond :

– Les autorités ont mis en place des aides au choix à caractère scientifique.

Je fais mine d'être convaincu et je finis ma tisane.

J'attends la visite de Romu. Pour occuper le temps, j'essaie de trouver une solution pour communiquer avec Octavius. En prévision de notre prochaine rencontre, j'ai caché dans ma poche une feuille blanche pendant que je reproduisais l'argent. Je sais ce que je vais écrire :

Toujours l'avant-dernier. De quoi as-tu besoin ? Méto.

J'envelopperai une mine de crayon et il utilisera le dos de la feuille pour répondre. J'imagine qu'il me demandera de la nourriture. Je pourrai en cacher pendant la course du matin. Nous posons parfois les mains par terre quand nous traversons des passages trop raides et... La porte s'ouvre.

– Bonsoir. Tu vas mieux, à ce que je vois. Ne perdons pas de temps.

Romu tire de sa poche un papier plié et me le tend :

– Il y a une poudre à l'intérieur. C'est un médicament pour mon père. Il refuse de le prendre, contre l'avis de ses médecins. Ajoute toute la dose discrètement à sa tisane de vingt heures. C'est indétectable. Tu ne risques rien. Je te le promets.

– Mais...

– Ne pose pas de questions. Fais-moi confiance et dis-toi que c'est pour son bien. Demain, si tu as réussi, je t'annoncerai une surprise. Salut.

– Salut.

J'attends qu'il soit parti pour déplier délicatement le papier. Il y a l'équivalent d'une demi-cuillère à café. J'humecte mon index pour y faire adhérer quelques grains. Ça laisse la même trace que la craie qu'on utilise pour écrire sur un tableau. Je porte mon doigt à la bouche. C'est fade, presque totalement insipide, mais à la longue je perçois un léger goût sucré.

CHAPITRE 3

Nous commençons notre course matinale. Je viens d'apprendre que Frédéric et Bernard sont partis pour leur mission très tôt ce matin. Je serre dans ma main une petite boule de papier : le message pour Octavius. Je ne suis pas sûr de l'apercevoir aujourd'hui. Aurai-je la chance comme hier de le trouver sur mon passage ? Si je ne veux pas trébucher, je dois souvent baisser le regard pour adapter ma foulée au relief du chemin. Je jette de rapides coups d'œil vers l'horizon pour tenter de repérer mon ami. Il est à cinquante mètres de moi. Il pousse tête baissée une brouette chargée de terre noire. Je fais mine de glisser et je me déporte vers lui. Je m'accroche à ses vêtements. Je dis « pardon » mais il entend « Ha cho ! »

Gérard qui me talonne m'évite de justesse. Je reprends ma course. Je n'ai plus qu'à espérer que mon ami vérifiera la poche de sa chemise. J'ai eu le temps d'apercevoir son visage. Il est livide et épuisé. Je me sens tellement coupable.

Ceux qui couraient devant se sont arrêtés pour nous attendre dans une zone à l'écart du campement. Stéphane se tient la tête. Jean-Luc a relevé sa cagoule pour libérer sa bouche. Il prend une grande aspiration avant d'expliquer :

– On s'est fait caillasser. Ils ont touché Stéphane. On va réduire l'allure et rentrer directement pour le soigner.

Notre blessé revient de l'infirmerie avec un bandage. César 4 nous réunit pour faire le point sur l'incident. Jean-Luc précise les circonstances :

– Nous étions déjà sortis du campement de Gros Pif depuis une centaine de mètres quand...

– Appelle-le « 112 », comme il se doit, rectifie César.

– ... du campement de 112 quand les premiers cailloux nous ont atteints. J'étais le dernier du petit groupe de tête et j'évalue le nombre de projectiles à six ou peut-être sept. Ils ont arrêté quand Stéphane a été touché. C'étaient deux gars, le bas du visage caché par un foulard. Ils devaient nous attendre accroupis dans les hautes herbes. Je ne les ai pas poursuivis. Je connais la consigne : ne jamais se séparer. Nous avons donc continué à courir pendant deux cents mètres pour nous écarter de la zone et nous mettre à l'abri.

– Tu as parlé de «petit groupe»? Vous n'étiez pas tous ensemble?

Je décide de prendre les devants:

– C'est de ma faute, j'ai glissé à l'entrée du campement et le temps que je me remette en course, les autres étaient déjà loin.

– Ta glissade a été provoquée par quoi? interroge notre supérieur, un peu inquiet. Quelqu'un d'autre que toi pourrait en être responsable?

– Le gars à la brouette, peut-être? risque Gérard.

– Quel gars? interroge César, très intéressé.

J'interviens peut-être un peu vivement:

– Non! C'est moi tout seul! J'ai dû mettre le pied dans un trou. J'étais un peu distrait, c'est tout.

– Ne t'énerve pas. Nous essayons juste de comprendre, affirme César. Nous en reparlerons ce soir et déciderons s'il y a des mesures à prendre.

Stéphane est dispensé de combat. J'ai l'impression que Gérard essaie de se rapprocher de moi. On le lui a sans doute demandé. Je fais comme si j'appréciais. Nous concluons le plus souvent nos prises en mimant une exécution. Aujourd'hui, nous portons des cols de cuir en guise de protection car nous utilisons des armes. Gérard m'apprend d'abord à utiliser un fil de fer très fin appelé « corde de piano », qui rend l'étranglement plus facile. Il sort ensuite en souriant son poinçon et me montre comment percer la veine jugulaire ou la carotide.

– C'est très salissant, précise-t-il, mais de loin le plus efficace pour une mort rapide et silencieuse.

Je brûle de lui demander s'il a déjà expérimenté ces procédés mais je sais que j'essuierais un refus et écoperais d'un rappel à l'ordre pendant la soirée.

L'après-midi, je découvre l'« atelier », une vaste pièce dont les murs sont couverts d'étagères métalliques remplies de matériaux et d'outils. De longues tables massives occupent l'espace. Aujourd'hui, on m'apprend à transformer des objets du quotidien en armes de défense. Comment casser, tailler et polir des stylos, crayons ou brosses à dents. Gérard affûte l'un des bords de son poinçon pour le rendre tranchant comme un rasoir. Il se tourne vers moi et commente :

– Tu vois, comme ça, c'est l'arme parfaite pour pénétrer la chair ou la trancher.

D'autres se mettent à souder du métal. Jean-Luc et Arnaud ont revêtu une veste épaisse et enfilé des gants gris et un casque avec une visière noire. Je contemple, fasciné, le chalumeau qui chauffe la soudure. Après quelques minutes, ils coincent leur pièce dans un étau pour la limer. Ce moment d'activité manuelle est propice à la discussion. Le principal sujet, qui occupe tous les esprits, est la mission de Bernard et Frédéric. Stéphane imagine tout haut ce qu'ils font au moment même où nous parlons :

– Ils sont sûrement « en famille », vautrés sur un lit, en train de se reposer avant la nuit.

– Je ne les envie pas, intervient Gérard. Ce moment qui précède l'action s'écoule si lentement que c'est une torture. Dans quelques heures au contraire, oui, j'aimerais être à leur place.

À leurs sourires approbateurs, je comprends que tous connaissent l'exact objectif de la mission. J'ai la désagréable sensation d'être celui qui les empêche de parler ouvertement. Je me concentre sur l'affûtage de ma brosse à dents pour éviter de croiser leurs regards.

Un peu plus tard, Gérard et Jean-Luc me conduisent dans une salle où trône une immense baignoire. Je dois revêtir un slip de bain et m'immerger sans attendre. Ils se saisissent de perches en bois de deux mètres environ. Le « bassin » est très profond car mes pieds ne peuvent en toucher le fond. L'eau est froide mais c'est supportable.

– Méto, nous avons remarqué que tu ne savais pas nager. Avec un peu d'entraînement, tu devrais y arriver.

Tu dois comprendre que ton corps flotte naturellement dans l'eau. Attrape ce bâton avec tes deux mains et place-toi au centre du bassin. Tu vas maintenant essayer de t'allonger sur le dos en écartant les membres pour former une étoile. Surtout, ne te crispe pas. Nous sommes là pour te récupérer en cas de problème.

Je fais plusieurs tentatives infructueuses.

– Tu ne dois pas raidir ton cou. Mets tes oreilles dans l'eau.

Je me fixe sans le dire des objectifs : cinq secondes sans couler, puis dix secondes. Je sens que ça vient. Si l'eau était un peu plus chaude, je commencerais presque à y trouver du plaisir. Je ferme les yeux et me laisse flotter plusieurs minutes. C'est comme si mon corps retrouvait ses souvenirs.

Mes professeurs sont contents et m'invitent à sortir du bassin. Ils ont prévu de m'entraîner un peu chaque jour.

– Tu n'as pas peur, me félicite Gérard, et tu es doué. Tu pourras bientôt aller en mer et utiliser le matériel de plongée.

« En vue de quelles missions futures ? » suis-je tenté de demander. Mais à quoi bon, je sais que je le ferais en vain.

Ce soir, je dois lire et mémoriser une fiche intitulée :

Le processus de décontamination des Zones

Les Zones blanches ne sont pas totalement à l'abri. En effet, des chaînes de contamination ont pu être observées.

Les sols pollués dans les Zones contaminées sont remplis d'invertébrés qui assimilent des débris de végétaux rendus toxiques. Ces animaux sont à leur tour mangés par des insectes ou par des oiseaux. Les espèces de ces deux grandes familles apportent ensuite les bactéries et les virus pathogènes dans les Zones saines via *leurs excréments. Les insectes peuvent favoriser la propagation des maladies en pollinisant des plantes saines avec des plantes infectées.*

Remarque : Pour l'instant, il n'a pas été constaté de contamination de l'oiseau à l'homme, mais il semble prudent, quand on repère un volatile aux yeux blanchis (symptôme principal), de l'abattre et de le brûler pour ne pas qu'il affecte le reste de la chaîne alimentaire.

Rappel important : L'inspection des Zones saines est donc une obligation permanente.

L'île d'Esbee, qui abrite une colonie d'enfants placés, a été déclarée « Terre noire » en 1978. Une interdiction formelle d'aborder sur ses côtes a été prononcée depuis, dans l'attente de preuves tangibles d'une amélioration de l'écosystème local.

Des espoirs pour demain

La firme Cérébon a mis au point une fleur décontaminante, ERE4 (pour ***E****spèce* ***R****égénératrice* ***E****xpérimentale n°* ***4****), appelée aussi Espérène. La plante assimile les poisons contenus dans le sol et les concentre au niveau de ses pétales de couleur rouge. Les champs sont brûlés à la fin de l'été et réensemencés au milieu de l'automne. Le sol sera entièrement décontaminé quand la plante fleurira bleu. Le processus complet s'effectue sur une période totale de dix-neuf ans (soit exactement deux cent trente-cinq lunaisons).*

L'ensemble des Zones grises sont progressivement mises en culture (après abattage des forêts et destruction des anciennes habitations).

Le moment de cette journée que je crains le plus arrive inexorablement. J'ai coincé dans ma manche le sachet de poudre et je me dirige le premier vers la table aux boissons chaudes pour signifier aux autres que j'ai l'intention de m'occuper du service. Devant ma détermination, ceux-ci s'effacent et vont s'asseoir en parlant doucement. Je tourne le dos à l'assemblée. Tout paraît étrangement facile. Après un rapide coup d'œil alentour, j'expédie ma mission dangereuse. Je constate avec soulagement que la surface du liquide n'est pas troublée. Je respire très fort avant d'apporter le plateau. Pendant que les infusions refroidissent, Jove prend la parole :

– Nous devons prendre très au sérieux l'incident de ce matin. L'enquête conduite juste après les faits n'a pas pu encore déterminer par qui les pierres ont été lancées. En attendant, vous emprunterez un nouvel itinéraire qui vous sera précisé demain matin.

– Cela peut-il être des rebelles, Maître ? interroge Stéphane.

– C'est possible, mais peu probable. Ils s'aventurent rarement aussi loin de leurs bases. Qu'en penses-tu, Méto, toi qui les connais bien ?

– Je crois qu'ils en sont tout à fait capables... Maître.

J'apprécie que Jove prenne mon avis devant les autres. Pour une fois que je me sens valorisé... Je lui souris tandis qu'il porte son infusion à ses lèvres. Les autres l'imitent. Je n'observe qu'un léger rictus sur son visage lors de la première gorgée. Ensuite, il vide le reste du liquide sans manifester la moindre réaction. Une mission sans risques, donc, comme me l'avait indiqué Romu.

– Pas de questions ce soir, Méto ?

– Non.

Je retourne dans ma chambre pour attendre ma surprise, peut-être la promesse de bientôt retrouver Claudius.

Je déchante assez vite car, cette fois-ci, ma porte a été réellement fermée. Je vais vérifier avant d'éteindre. Ce ne sera pas pour ce soir.

Ce matin, nous partons découvrir une zone plus sauvage. Nous progressons plus lentement que d'habitude car le chemin n'est pas toujours bien dessiné. Quand nous atteignons la plage, nous pouvons accélérer l'allure. Des courses improvisées s'organisent par groupes de deux. Je libère mon énergie et fais bonne impression. Je risque une question :

– Vous ne jouez jamais à l'inche au sein du groupe E ?

– Jamais, répond Jean-Luc, cela nous est formellement interdit. Les César ne veulent pas courir le risque que nous soyons blessés.

– Et ça vous manque ?

– Non, il faut savoir tourner la page.

Sa phrase semble récitée et ne me convainc pas. Nous repartons vers la Maison. Lorsque je sors des douches, je perçois chez César 4, que nous croisons, comme une angoisse dans le regard. Il est tellement préoccupé qu'il ne répond pas à nos saluts. Une fois dans notre salle d'étude, César 2 nous informe que Jove a fait une terrible crise cette nuit.

– Ce n'est pas la première. Et il s'en sortira, mais nous avons eu très peur. Comme si cela ne suffisait pas, nous venons d'apprendre que vos camarades ont été arrêtés hier soir. Ils ont été interrogés et sont enfermés à la prison du port. Vous le savez, nous ne les laisserons pas tomber et une expédition sera organisée au plus vite pour les récupérer. Méto, suis-moi. Je dois éclaircir un point avec toi.

Je lui emboîte le pas dans les couloirs et sens une boule d'angoisse monter en moi. Il a dû faire le rapprochement avec les infusions de la veille et je suis démasqué. Je pénètre dans le bureau comme quelques mois auparavant, quand je risquais le frigo pour de minuscules écarts au règlement. Ils sont trois à me faire face et les visages sont graves.

– Méto, tu vas être envoyé cette nuit à la prison du port. Tu es le seul à pouvoir te faufiler par le conduit d'aération. Les autres sont trop grands ou trop épais. Nous te ferons un plan du bureau que tu devras fouiller. Tu ne resteras sur place qu'une quinzaine de minutes. César 3 va t'expliquer les détails. Pas un mot au reste du groupe. Tes camarades ne comprendraient pas qu'on puisse donner sa chance si vite à un garçon qui, il y a peu, tentait de nous poignarder dans le dos. Ne crois pas pour autant que nous te fassions confiance. Mais nous connaissons ton point faible. Si tu te fais prendre et que tu parles, je te promets solennellement de faire exécuter sur-le-champ ton ami Octavius et d'amputer un doigt à Marcus et Claudius. C'est assez clair?

– Très clair, César.

Je ressors de la pièce complètement euphorique. J'ai quand même cru un instant ma dernière heure arrivée... César 3 m'entraîne dans les couloirs et me conduit à la salle où nous avions préparé la sinistre expédition chez Gouffre. Quintus est là aussi. J'ai du mal à lui rendre son sourire. Il me lance:

– Content de te revoir, Méto. Je savais qu'on faisait une bonne équipe.

– Bonjour, Quintus.

Nous nous installons autour d'une table et César ouvre un dossier avec des plans et des photos. Il m'invite d'abord à regarder le plan général de la prison et plusieurs clichés de la façade. Il pointe le soupirail par lequel je devrai me faufiler:

– Il est situé sur le côté, dans un endroit sombre, près des cuisines et des poubelles. Quintus fera le guet et te protégera s'il le faut. Cette aile du bâtiment est complètement vide la nuit.

Il me montre un plan du sous-sol et me précise quelle porte je vais devoir forcer. J'utiliserai alors le mobilier pour me hisser jusqu'à une gaine d'aération. Il me présente ensuite un long parcours à mémoriser: deux mètres à gauche, trois mètres à droite puis deux mètres à droite, un mètre à gauche... que j'aurai à effectuer dans l'obscurité totale jusqu'à la bonne trappe. Comme je me gratte la tête, il me précise :

– Dans le conduit, tu ne devras te fier qu'à ta mémoire. Tu vas répéter ce parcours ici même avec un bandeau sur les yeux. Voici la pièce où sont consignés les renseignements que nous cherchons : c'est le bureau du directeur. À l'intérieur, sur le mur juste à droite de la porte, tu trouveras un tableau avec des fiches de présence. Il te suffira de repérer les noms d'emprunt de tes camarades et d'apprendre leur numéro de cellule. Ensuite, tu rejoindras la gaine et feras le parcours à l'envers. Si tu te prépares bien, ça sera facile. Apprends tout par cœur. Je vais chercher du matériel avec Quintus en attendant.

Je reprends le dossier par le début et j'écris les questions qui me traversent l'esprit. Je ne pourrai me reposer sur personne et je ne dois rien négliger. César rapporte de la craie, un mètre à ruban et un petit sac. Avec Quintus, il entreprend de reproduire sur le plancher le chemin à parcourir dans le noir. Je fouille dans le sac qu'il a posé devant moi. Des tiges de fer plus ou moins fines, des clefs, quelques outils, une mini-lampe de poche cylindrique. Je m'entraîne ensuite à suivre le tracé en rampant en aveugle. Nous constatons que j'ai effacé les traits, ce qui signifie que je ne tiens pas bien compte de la largeur de la gaine.

– César, n'y aurait-il pas des gaines à peu près similaires quelque part dans la Maison pour que je puisse évaluer l'espace et m'habituer à la sensation que je vais éprouver?

– Excellente idée! Je vais me renseigner tout de suite.

Je ne fais rien. Je me contente de guetter le retour de César. Je pressens que cette mission sera très éprouvante physiquement et nerveusement. Je m'attends à souffrir, peut-être aussi à échouer. Je pense au chantage qui pèse sur moi. Si je me fais prendre malgré mes efforts, ils pourront toujours me suspecter de l'avoir fait exprès. Que deviendront mes amis? Je suis surtout inquiet pour Octavius, Claudius risque moins gros: il est sous garantie. Quant à Marcus, je sais par Romu qu'il a quitté l'île.

César revient et m'entraîne dans les sous-sols de la Maison. Nous pénétrons dans une pièce humide et sale. Il m'aide à me hisser jusqu'à la trappe et je me faufile dans le conduit. Je saisis tout de suite la difficulté de l'entreprise. L'extrême étroitesse de l'endroit n'autorise que de petits mouvements, et la progression est très lente et pénible. Je suis bloqué quelques minutes parce que ma chemise s'est accrochée à une aspérité du métal. Il faudra adopter une combinaison comme celle des César, où rien ne dépasse, et mettre des gants en cuir car la transpiration rend les mains glissantes.

L'après-midi est consacré à répéter les exercices du matin. Vers dix-huit heures, je prends une douche, mange en compagnie de Quintus et vais m'allonger quelques heures.

À la nuit tombée, César 3 vient me chercher. Nous rejoignons mon complice à l'entrée nord de la Maison. César nous salue d'un ton grave :

– Allez, les gars. Suivez les instructions et tout se passera bien.

Après un quart d'heure de marche sous la pleine lune, je découvre l'embarcadère. Un bateau nous attend. Une quinzaine de soldats en occupent la partie basse. Ils gardent la tête baissée sur leur arme, qu'ils tiennent à deux mains. Je ne distingue aucun visage. Quintus m'explique la raison de leur présence :

– Ils sont là pour la deuxième phase. Dès que tu auras localisé Bernard et Frédéric, ils entreront en action. Nous attendrons dans le bateau la fin de l'opération pour rentrer.

Le moteur vrombit et nous quittons l'île. Je repense au passage du film projeté les soirs de crise. Le vent, la mer et la vitesse, tout ce que je voyais, je le vis en vrai. La peur que j'éprouve ne peut empêcher un sentiment de bonheur. Je suis comme soulagé de m'éloigner de l'île, ne serait-ce que pour un bref moment. Bientôt, le trajet me paraît long et l'euphorie fait place à un malaise physique. J'ai envie de vomir. Heureusement, nous arrivons à peine dix minutes après mes premiers signes de faiblesse. Le pilote a coupé le moteur et nous profitons de notre élan pour finir le parcours dans le silence. Quintus débarque en premier. D'un geste, il me fait signe d'attendre. Il disparaît quelques secondes avant de m'inviter à le suivre. Nous parcourons un ponton désert jusqu'à une place encombrée de très grosses caisses de métal rouillé, sans doute utilisées pour stocker des marchandises. Je passe devant car Quintus semble avoir du mal à se repérer. Je reconnais grâce aux photos la façade principale de la prison. Trois gardes surveillent l'entrée. Ils tiennent un chien en laisse. Des sacs de sable ont été entassés pour les protéger en cas d'attaque. Nous faisons un grand détour pour rallier notre objectif.

La grille qui protège le soupirail ne résiste pas longtemps. Je me glisse à l'intérieur. Des veilleuses me permettent de me diriger sans avoir besoin d'allumer ma lampe. La porte du local par lequel on accède au conduit d'aération n'a pas de serrure. C'est une remise de la cantine où sont rangés les produits d'entretien. J'empile des cartons pour me fabriquer un escalier. J'accède à la gaine. Elle me paraît d'une dimension exactement semblable à celle de la Maison. J'ai l'impression d'être très bruyant et d'avancer lentement. Je suis maintenant au-dessus du bureau. La trappe est difficile à ouvrir. Je me laisse tomber sur le tapis. J'espère que les locaux sont vraiment vides car le plancher a tremblé. Je sors ma lampe et me dirige directement vers le tableau. Je trouve sans mal les deux fiches : Éric N. et Denis F. ; ils sont ensemble en 118D. Je pose une chaise sur un fauteuil pour grimper de nouveau jusqu'à la gaine. Ma lampe éclaire alors une grande photo représentant trois vieillards souriants vêtus de costumes noirs. Je m'arrête quelques secondes sur le portrait de l'un d'entre eux. Je ne sais pas pourquoi je me sens poussé à le fixer ainsi. Je reviens à la réalité quand j'entends des gens crier dehors. J'espère que je n'ai pas été aperçu et que Quintus n'a pas été repéré. J'entame mon voyage de retour. Je progresse doucement, surveillant le moindre bruit. Le silence est complètement revenu. Lorsque je ressors par le soupirail, Quintus n'est plus là. Je me plaque un instant contre le mur puis je décide de regagner la place. Mais je m'immobilise de nouveau en entendant des pas et des voix :

– Encore un de ces gosses abandonnés qui fouillait les poubelles. Des vrais rats, ces mômes. Il faudrait qu'on se décide à les éliminer une bonne fois pour toutes.

– Je suis d'accord, répond une autre voix essoufflée, il m'a fait cavaler, le salaud, et pour rien.

Je les laisse s'éloigner avant d'entreprendre le même détour qu'à l'aller. J'observe de longues pauses derrière les boîtes en métal. Soudain, quelqu'un me plaque une main sur la bouche et me saisit le bras droit.

– C'est moi, Quintus. Tu as réussi?

Comme il relâche son étreinte, je chuchote un simple «oui». Nous partons en courant vers le ponton.

– Alors, petit? me lance un soldat du bas de l'échelle.

– Ils sont en 118D.

– D'accord. Écartez-vous.

Dans un ordre déterminé sans doute à l'avance, les soldats quittent le bateau sans aucune bousculade. Je suis surpris par la jeunesse de quelques-uns. Ce sont certainement les «ratés» de l'opération sur les zones de la mémoire dont m'a parlé Affre, ceux qu'on sacrifie les premiers au cours des affrontements. Nous descendons nous installer dans la cabine du pilote. Quintus me parle de l'incident avec les gardiens:

– C'est leur chien qui m'a reniflé. Ils l'avaient détaché pour lui faire courser un chat. Je les entendais parier sur ses chances de l'attraper. En revenant bredouille de sa tentative, le chien m'a flairé et s'est approché de moi, mais sans agressivité. Je l'ai caressé un moment. Le problème, c'est qu'il ne voulait plus me lâcher. Quand je les ai entendus l'appeler, j'ai préféré créer une diversion pour les éloigner de toi.

– Tu as eu de la chance avec le chien!

– Je ne sais pas pourquoi il est directement venu me

lécher. Il a dû percevoir que je n'avais pas peur de lui et que je ne lui voulais aucun mal.

Nous entendons soudain des explosions violentes et décidons de remonter sur le ponton pour évaluer la situation. Ce sont comme des boules de lumière qui éclatent devant la prison. Plusieurs coups de feu sont échangés. Puis un calme lourd règne pendant une bonne dizaine de minutes. Les soldats reviennent en courant. Les derniers transportent les blessés. Quintus me fait signe de le suivre à l'intérieur. Il me conduit dans un placard à balais.

– Ne te montre pas. Bernard et Frédéric ne doivent pas savoir que tu es là, glisse-t-il sur le ton de la confidence. À tout à l'heure.

Les moteurs démarrent. Nous quittons le port rapidement. J'entrouvre un peu la porte, ce qui me permet de distinguer une partie de la troupe. Trois soldats soignent un des leurs. Deux petits corps inanimés sont posés à l'écart. Je me remémore leurs visages d'enfants tristes et leur dos ployant sur le poids des armes. Ils n'auront pas vécu longtemps. Je referme le battant et m'assieds par terre. Je n'ai pas de larmes. Le retour me paraît plus court. À l'arrivée, je dois patienter un bon quart d'heure avant d'être autorisé à sortir de ma cachette. Je regagne ma chambre où m'attendent un sandwich et un verre de lait. Je m'endors tout habillé.

Ce matin, je m'offre une douche avant la course. Bizarrement, les autres me demandent tous si je vais mieux. Je n'essaie pas d'en savoir plus et me plie à ce qui s'avère être la version officielle. Ils «m'apprennent» aussi la libération de Bernard et Frédéric qui se reposent dans leurs chambres. Jove va mieux mais doit rester alité. Nous avons le droit de reprendre notre itinéraire normal car les deux garçons qui ont lancé les pierres ont été neutralisés. Je ne sais pas ce qu'ils entendent par ce terme. Je me place en avant-dernière position, au cas où j'aurais la chance de croiser Octavius. Je l'aperçois au dernier moment. Il est de dos et laisse traîner son bras le long du corps. Je décélère pour me laisser doubler. Il m'a touché la main. Cela ressemblait plutôt à un coup qu'à un geste amical. J'ai comme une petite pierre molle entre les doigts. Je double Stéphane et rattrape les autres. J'ai hâte d'aller aux toilettes pour pouvoir lire ce qu'il me demande.

Une lame.

Ces deux mots résonnent en moi et un frisson me parcourt le corps. Que veut-il faire? Tuer quelqu'un ou se tuer lui-même? Se sent-il menacé?

Comme à la Maison, je ne ressors qu'après avoir avalé le message.

Avant le cours de combat, je suis convoqué pour une «visite médicale de contrôle». Je me retrouve dans le bureau des César. L'ambiance est moins tendue que la veille et on me permet même de m'asseoir.

– Au nom de Jove, nous te félicitons pour ton efficacité et ta rigueur. Tu as parfaitement accompli ta mission. Tu as marqué des points, Méto. Comme je sais que tu lis avec intérêt le *Carnet des lois*, tu connais la numéro 9?

– On ne doit jamais parler aux autres membres du groupe de ses missions.

Il hoche la tête pour approuver. Je leur adresse un grand sourire. Je ne peux m'empêcher de me sentir mal à l'aise en pensant aux bravos de Jove, lui que j'ai froidement intoxiqué deux jours avant.

L'après-midi, j'ai de nouveau droit à un cours de natation. Les exercices se pratiquent sur le ventre. On m'enseigne des techniques de propulsion avec les bras et les jambes. Je m'habitue à l'eau froide et j'apprécie ce moment.

J'occupe mon heure d'atelier à rechercher une lame facile à voler et cacher, tout en polissant le manche de ma brosse à dents. Je découvre par hasard sous un établi une recharge pour un gros cutter. Le tranchant est peu émoussé. Je la coince dans ma chaussette. Ce petit bout de métal se rappelle à mon souvenir tout au long de l'après-midi quand il glisse progressivement vers la plante du pied.

J'ai dans mon dossier de ce soir une agréable surprise. Je retrouve exactement la même photo des vieux que celle aperçue dans le bureau de la prison. Je peux lire leurs noms juste au-dessous. De gauche à droite : *Marc-Aurèle R., Arthur F. et Louis G.* C'est le visage du premier qui avait là-bas attiré mon attention. Je ne connais qu'un homme de son âge et c'est Jove. Je suis pourtant sûr de l'avoir déjà rencontré, ce Marc-Aurèle. Il appartenait peut-être à ma vie d'avant. Je reprends la fiche au début :

Organisation politique des Zones blanches

Les Zones ont toutes adopté, selon les recommandations de l'AZIL, des règles démocratiques équivalentes. Elles ont élu à leur tête un collège de sages gérant chaque Zone avec raison et fermeté. La durée de leur mandat a été adaptée à la situation exceptionnelle traversée par l'humanité et fixée à dix-neuf ans. Ces hommes ont été choisis parmi les plus respectés, les plus honnêtes et surtout les plus riches, pour éviter tout risque de corruption et de détournement d'argent public.

Il est laissé à l'initiative des citoyens la possibilité de proposer des amendements aux lois existantes sous forme de pétition. Une pétition est acceptée à condition qu'elle regroupe les signatures d'au moins un tiers de la population adulte.

Remarque : Jusqu'à présent, aucune pétition n'est allée à son terme car la bienveillance du pouvoir est reconnue par tous.

Dans la Zone 17, nos trois sages sont :

***Marc-Aurèle R.** – Soixante-dix ans, industriel spécialisé dans l'armement chimique et sa décontamination, détenteur du brevet de l'ERE4.*

***Arthur F.** – Soixante-seize ans, fabricant de produits pharmaceutiques (médicaments, vaccins...).*

***Louis G.** – Soixante ans, distributeur de produits alimentaires.*

Je m'étonne que cette fiche parle d'« autorité bienveillante », alors que Jove nous oblige à effectuer des missions secrètes, sans doute illégales, qui ont envoyé mes « camarades » en prison. Je ne pense pas que je puisse poser la question de cette façon ce soir.

En raison de son absence à la veillée, toutes les discussions ont pour sujet le Maître et ses exploits. J'apprends que c'est un savant et un médecin de génie, un chirurgien habile qui, malgré son âge, ne manque, encore aujourd'hui, aucune opération. Essaient-ils de se convaincre ou ne connaissent-ils pas l'existence des enfants au cerveau gâché par les tripatouillages de Jove? Ils s'apitoient sur le fait que la communauté scientifique l'ait rejeté alors que c'est un précurseur. Il a, paraît-il, trouvé un moyen radical de limiter, voire de supprimer la consommation de sucre chez les enfants, évitant ainsi les fléaux que sont la carie dentaire et l'obésité : un produit déclenchant la pousse de poils au fond de la gorge. Le sucre ainsi piégé provoquerait des suffocations très désagréables. Après ce dernier récit, je dois me contenir pour ne pas éclater de rire. On vante aussi ses qualités de père modèle qui a tout sacrifié à ses deux enfants. Il est qualifié par César 3 de visionnaire politique car il a compris très tôt la nécessité de préserver des ressources rares, comme l'eau douce. Il a su imposer la collecte des eaux de pluie, la limitation des douches et tant d'autres choses...

Je n'entends bientôt plus que des bribes de la conversation, comme si mon cerveau me commandait de ne plus écouter, jusqu'à ce qu'une intervention pleine de fougue de Stéphane me fasse sortir de ma rêverie :

– Et tout ce qu'il a fait pour nous, notre éducation intellectuelle, physique et morale ! Quand on pense à ce que vivent les enfants abandonnés dans les autres établissements...

– Pardon, dis-je, soudain intéressé, pourriez-vous m'en dire plus à ce sujet?

– Non, tranche César, cela n'a pas grand intérêt pour toi, et puis il est tard. Bonsoir, les gars.

De retour dans ma chambre, je suis tout énervé. J'ai soudain envie de hurler ma colère et mon dégoût. Je ferme les yeux et m'oblige à penser à mes amis, aux moments où nous étions réunis, quand par exemple nous réparions en plaisantant les éléments du carapaçonnage avant le match d'inche sur la plage. Je pense à Eve, quand je la regardais dormir.

Le bruit caractéristique de la clef dans la serrure m'annonce la venue de Romu. Je fixe la porte pendant de longues minutes. Il entre avec un air joyeux :

– Salut, vieux frère. Tu n'as pas manqué de cran durant ces derniers jours. Cela mérite bien une récompense. Demain, à la même heure et pour dix vraies minutes, ton ami Claudius sera à ma place. Tu vois que moi aussi je sais tenir une promesse. Bonne nuit.

Ce matin, Octavius n'est pas sur le chemin. C'est peut-être mieux ainsi. Je m'inquiète de ce qu'il pourrait faire avec cette lame. J'ai le sentiment que la journée s'étire indéfiniment. Je suis tellement impatient d'être à ce soir avec Claudius ! Bernard et Frédéric réapparaissent dans l'après-midi. Nous voyons sur leurs visages qu'ils ont été mis à l'épreuve depuis leur retour et l'échec de leur mission.

À l'étude, on ne m'a préparé aucun nouveau document, juste un simple rappel :

– *Mémoriser tous les passages soulignés.*

– *Être capable d'expliquer des détails sur les photos.*

– *Pouvoir citer des dates et compléter des cartes muettes.*

– *Évaluation dans deux jours.*

Loin de faire la grimace, je reprends les fiches les unes après les autres. Il y a sans doute des informations que je vais mieux comprendre à la deuxième lecture. Tout est si nouveau, si étrange pour moi.

Jove est de nouveau parmi nous pour la veillée. Il profite d'un moment où je suis seul pour se rapprocher de moi. Il me touche l'épaule comme si j'étais son frère ou son fils et me sourit avec bienveillance.

J'utilise mon temps de parole pour demander ce que sont devenus les réfugiés renvoyés des Zones viables sur des bateaux. Les élèves se regardent mais aucun n'ose se proposer pour répondre. C'est César 2 qui s'en charge :

– Nous n'avons pas d'informations précises à ce sujet. Nous savons que beaucoup sont partis demander l'asile aux dirigeants des Zones blanches les moins peuplées. Certaines personnes ont pu être accueillies moyennant finances ou parce que leur niveau de compétences était remarquable. Les passagers d'autres bateaux ont choisi de s'ancrer définitivement à quelques encablures des côtes. Ils vivent de pêche et pratiquent la culture hors sol, du soja principalement. Des commerçants des Zones blanches rentrent parfois en contact avec eux. On est sans nouvelles de nombreuses embarcations : affrontements internes, piratage, échouages involontaires ou provoqués... Certains équipages semblent avoir complètement disparu.

Je tourne en rond dans ma chambre. Je suis prêt. Je sais que ces dix minutes me paraîtront très courtes. J'essaie donc d'ordonner mes idées et mes questions. Il est là. Son visage n'est pas trop marqué. Nous nous serrons les deux mains. Il se détache en premier et déclare :

– Je t'explique ma situation en deux mots, tu fais de même et ensuite nous parlerons d'Octavius qui m'inquiète beaucoup.

Son débit est rapide car il sait que le temps nous est compté. Il poursuit :

– Les premiers jours, j'étais avec lui. Nous avons eu droit à quelques brutalités et un peu de frigo. Ensuite, ils nous ont séparés. J'ai été exhibé en tenue de César au milieu des petits pendant plusieurs journées puis ils m'ont fait signer de mon sang, oui, de mon sang, des engagements de fidélité. Je suis maintenant accompagné d'un « chien de garde » nommé Sextus et nous effectuons des missions de surveillance, principalement la nuit. Nous contrôlons les serviteurs à l'extérieur comme à l'intérieur et établissons des rapports en vue de sanctions. Ce travail me fait haïr de tous, c'est le but, mais il me permet également de voir et d'approcher des tas de gens. J'ai découvert avec soulagement que beaucoup d'enfants disparus durant la bataille étaient vivants et travaillaient un peu partout sur l'île. Je crois que, à ce jour, seule la mort de Tibérius m'a été confirmée. À toi.

Je lui fais un très bref récit de mes semaines passées ici. Il reprend la parole :

– En recoupant les informations que nous glanerons chacun de notre côté, la Maison et ses rouages n'auront bientôt plus aucun secret pour nous et nous pourrons reparler de nos projets de départ. Dans l'immédiat, nous avons une urgence : Octavius souffre d'une grave infection à l'oreille, celle qu'on lui a percée. Le chef de son camp le sait mais a décidé de le laisser souffrir encore quelque temps pour que notre frère en vienne à le supplier et lui promettre une fidélité éternelle. Je crois que c'est pour s'opérer lui-même qu'il t'a demandé une lame. Il faut trouver une autre solution. Je pensais que tu pourrais dénicher un remède, comme tu l'as fait pour atténuer les douleurs d'Affre.

– Oui, bien sûr, je pourrais, mais ils surveillent les couloirs la nuit. Ils savent par exemple que je suis venu, il y a quelque temps, voler des médicaments avec le Chamane. Et puis il faudrait mettre Romu dans la confidence : c'est lui seul qui décide de laisser ou non la porte de ma chambre ouverte la nuit. Comment faire ?

– Je vais résoudre le problème de la surveillance. Pour la clef, réfléchis de ton côté. D'ici là, tu ne fais rien passer à Octavius. As-tu eu des nouvelles de Marcus ?

Je l'informe de ce que j'ai appris. Il consulte sa montre et constate :

– Là, je dois vraiment y aller.

Avant de fermer la porte, il ajoute, comme à regret :

– Il y a une drôle de rumeur qui court sur lui. On dit qu'il serait de la famille de Jove.

CHAPITRE
4

Ce matin, je me réveille en sursaut. Je garde en tête la dernière image de mon cauchemar : Octavius qui pleure des larmes de sang derrière une vitre. Je lui fais des signes mais il ne me voit pas. Je ne peux retrouver le sommeil et décide de me lever. Machinalement, j'essaie d'ouvrir la porte. Bien entendu, elle est fermée.

J'écoute la Maison qui se réveille doucement : les pas rapides et légers des serviteurs qui se pressent vers leurs tâches matinales, puis les démarches lourdes et assurées des soldats qui patrouillent. J'entends que l'on déverrouille ma porte. Je décide d'écrire un message à Octavius, au cas où nous nous croiserions ce matin.

Je m'occupe de toi.

Lorsque je rejoins le groupe au petit déjeuner, tout le monde est déjà assis. Les tables sont assemblées de sorte que je ne puisse pas participer à la réunion. Avant même que je ne réagisse, Stéphane se lève et s'approche :

– Pour les besoins d'une mission, tu ne peux pas te mêler à la discussion qui va commencer. C'est pour ça qu'on t'a installé à l'écart.

Sans rien répliquer, je gagne mon lieu d'exil. Je leur tourne le dos et, même en faisant des efforts, il m'est impossible de comprendre ce dont ils parlent. Quand je me relève et croise certains regards, je m'efforce de ne pas montrer ma frustration.

Comme je suis seul, je ne suis pas autorisé à aller courir. César 2 m'invite à me rendre à la bibliothèque pour étudier. Je relis mes notes en prévision de mon examen. Je décalque les cartes et tente de les compléter. Je dessine des objets du quotidien. Je m'aperçois vite que je pourrais réciter par cœur pratiquement l'intégralité des fiches mais, en même temps, certains mots sont pour moi vides de sens : la notion de « pays » qu'on aborde dans le premier dossier, par exemple. Comment décide-t-on de ses limites ? Qu'est-ce qui rassemble des individus sur un même territoire ? Pourquoi des pays se sont-ils affrontés jusqu'à leur destruction complète ? Tous les gens étaient-ils prêts à perdre leur vie ? Et dans quel but ?

Le Monde que je découvre n'a pas prévu de place pour moi. Je repense à notre plan de fuite. Si les événements avaient mieux tourné, nous nous serions retrouvés, Marcus, Claudius, Octavius, Eve, Louche et moi, sur le continent. Que serait-il arrivé alors? Eve aurait regagné son foyer. Louche peut-être aussi, d'après ce que j'ai cru comprendre de son histoire. Mais nous, les anciens de la Maison que personne n'attend, aurions été condamnés à nous cacher et à vivre dans la crainte permanente d'une arrestation qui nous aurait ramenés à notre point de départ. Ces réflexions me plongent soudain dans un malaise qui devient aussi physique. Je suis pris d'une sorte de nausée. Il faut que je bouge. Je me lève et demande à César 3, qui m'observe en faisant mine de lire, si je peux être autorisé à m'entraîner tout seul dans la salle de sport.

– Pourquoi pas? Mais tu laisseras la porte ouverte. Tu sembles préoccupé. Tu ne te sens pas prêt pour l'examen?

– Si. J'ai juste besoin de me défouler.

Dans la salle de gym, je saute à pieds joints sur un matelas en essayant de m'élever de plus en plus. L'avantage de cet exercice, c'est qu'il m'épuise très vite. J'enchaîne par des pompes et je finis par une course rapide autour des tapis. À mesure que la fatigue se fait sentir, je restreins le cercle. Je suis pris par le tournis et m'étale au centre de la pièce, exténué et en larmes. Je suis désespéré. Je me traîne jusqu'à la douche.

En sortant, je me sens un peu mieux. César 2 m'attend près de la porte. Peut-être m'a-t-il vu craquer, car son ton se veut amical :

– Je sais que tu es déçu d'avoir été écarté de la mission d'aujourd'hui. Mais c'est uniquement pour des raisons techniques : tes camarades seront amenés à exercer leurs talents de plongeurs et tu es un débutant dans ce domaine.

– Qu'est-ce qu'ils... Pardon... Pourquoi ne me l'a-t-on pas simplement expliqué ? J'avais imaginé d'autres raisons... Après le déjeuner, me serait-il possible d'aller bricoler dans l'atelier ?

– Tu as un projet en tête ?

– J'aimerais apprendre à souder.

– Cela doit être envisageable.

En l'absence de mes collègues, on m'a attribué un professeur qu'il m'est impossible de décrire précisément car il arrive équipé d'un casque opaque et d'une combinaison. Nous ne sommes pas seuls, même si César 2, plongé dans un épais dossier, s'occupe peu de nous. Le professeur me montre les bons gestes et rappelle les règles de sécurité. Sa voix est très déformée. Je m'exerce à coller deux tiges assez grosses ensemble. Il lève son pouce pour me féliciter. Nous limons ensuite les coulures avec des outils de plus en plus fins. Avant de se lever, il trace plusieurs lettres dans les copeaux avec son doigt: *Syrius*, puis saisit une balayette pour tout éliminer. Je lui effleure le dos pour le remercier. Il baisse la tête en guise de salut et quitte la pièce. Je ne connais pas ce prénom. Je suis venu avec l'idée de forger une clef pour ma chambre, car je veux pouvoir circuler librement la nuit dans la Maison. Je dois d'abord me procurer du matériel non référencé. Ici, hormis les contenus des poubelles, tout est compté et rangé par paquets de dix. Il faut toujours réclamer et justifier sa demande.

– César? Puis-je m'exercer seul avec des morceaux de ferraille qui traînent?

– D'accord, mais fais très attention, Méto. Et tu me montreras ton travail après.

Je n'ai qu'une idée générale de la forme de ma clef, mais j'ai envie d'en réaliser une très simple, composée d'une tige ronde repliée en boucle à une extrémité, avec juste un petit rectangle soudé à l'autre bout. Je l'améliorerai avec le temps en l'essayant directement dans ma serrure et en utilisant des limes lorsque je reviendrai. Je trouve assez vite les deux pièces dont j'ai besoin et je les soude. J'agrège ensuite quelques éléments épars pour leurrer César. Je cache mon ébauche de clef dans ma chaussette avant de m'approcher de lui. Il contemple à peine mon ouvrage puis le jette dans une poubelle avant de sortir. Je suis tout fier de ma réalisation, même si je sais que le chemin sera long avant que je ne puisse l'utiliser. Cette activité m'a surtout permis de chasser mes idées noires. Je me dis qu'il doit y avoir un moyen de vivre libre quelque part, mais je ne le connais pas encore.

Malgré l'absence de mes camarades du groupe E, la veillée est maintenue. Je ne me sens pas à ma place, seul au milieu des César et de Jove. Je reste silencieux en sirotant ma tisane. J'ai hâte de regagner ma chambre. Les adultes discutent à voix basse et je fais mine d'être absorbé dans mes pensées. Je devine que la mission a lieu à l'heure précise où nous nous trouvons réunis. Tour à tour, ils regardent leur montre et semblent très tendus. Voulant peut-être donner le change, Jove m'interroge :

– Tu as quelque chose à nous demander, ce soir?

– Oh oui ! Maître, mais je ne crois pas que cela me soit autorisé.

– Essaie toujours.

– J'aimerais savoir ce qu'est devenu Marcus, mon meilleur ami. Je sais que je n'ai pas le...

– Il va bien. Il se repose. Tu le reverras le moment venu. Tu peux aller te coucher.

Je me lève, souris et les salue. De retour dans ma chambre, je suis pressé d'essayer ma clef. Je dois raboter le bas car le rectangle est trop grand. Je vois aussi que l'ouverture est plus fine sur la partie haute. Je crayonne les espaces à limer et je la cache dans ma chaussure. Je guette ensuite le passage de celui qui verrouille les portes. Au bruit, je comprendrai si j'aurai ou pas un visiteur. La réponse est oui.

C'est Claudius. Il délivre sans attendre son message :

– La route sera libre cette nuit entre trois heures dix-huit et cinq heures dix uniquement. Si tu trouves un remède pour Octavius, cache-le dans le seau rouge à l'intérieur du débarras 108. Je pourrai le lui administrer dès demain matin.

– Comment sont déterminés les moments sans surveillance ?

– De manière aléatoire : ça change chaque nuit. J'ai eu l'information il y a vingt minutes. Surtout, ne sois pas en retard car, dès cinq heures quinze, les serviteurs viennent nettoyer les chambres et ils sont dans l'obligation de signaler la moindre absence. Une dernière chose : en fouillant les dossiers dans le bureau, j'ai découvert une information concernant Marcus. Mais je ne suis pas capable de l'interpréter pour l'instant : *Marcus : RF*. J'y vais. Je ne sais pas quand je repasserai. Salut.

– Ma porte ne sera pas verrouillée après ton départ ?

– Non, mais elle le sera à nouveau quand ton serviteur chargé de faire le ménage et de changer ton linge quittera ta chambre.

Il est déjà reparti. Je m'allonge tout habillé sur mon lit. Je vais régler le réveil et somnoler en attendant l'heure du départ. Je suis content de pouvoir enfin sortir, même si je suis conscient des risques que je cours. Je ne veux pas que quelqu'un puisse entendre mon réveil sonner : je dois donc l'éteindre avant. Cette idée me travaille et m'empêche de me détendre complètement. À deux heures trente, je décide finalement de déprogrammer mon réveil mais, comme je reste allongé, je finis par m'assoupir.

Je suis en retard. Je me frappe les joues plus pour me punir que pour me réveiller tout à fait. Je dois garder mon calme car la partie semble encore jouable.

J'ouvre la porte avec précaution et je m'enfonce dans les couloirs. Je dévale les escaliers le plus rapidement possible. À l'extérieur, je prends le temps d'écouter la nuit pendant plusieurs minutes. Je cours jusqu'au trou et plonge dans les entrailles de la grotte. L'odeur des lieux me rappelle ma dernière visite, lorsque je m'étais rendu complice de la mort de Gouffre. Je marche vite et me force à rester aux aguets. Je gagne l'Entre-deux avec beaucoup de précautions. À peine à l'intérieur, je sens un corps bouger. Eve s'est redressée. Sa peau est encore noircie de suie. Son visage semble s'ouvrir progressivement. Je retrouve son sourire et ses grands yeux verts. Elle me serre contre elle un long moment.

– Tu l'avais promis mais j'avoue que je ne t'espérais plus. Tu cours de gros risques en venant me voir. Surtout après l'assassinat de l'ancien César qu'ils gardaient caché... Ils ont dit que c'était toi, tu sais... Ils t'ont déclaré ennemi mortel et ont promis un trophée à quiconque parviendrait à te blesser. Je les ai entendus dire que des serviteurs avaient réussi à t'atteindre avec des pierres.

– Ils ont atteint quelqu'un d'autre. Quand nous courons, nous sommes méconnaissables.

J'entreprends de lui raconter tout ce que j'ai vécu depuis mon retour à la Maison. À son tour, elle me narre quelques événements marquants, dont l'agonie de mon ami Affre, qu'elle a veillé pendant plusieurs semaines. Les doses de médicaments n'avaient plus d'effets sur lui. Il parlait beaucoup, parfois pendant son sommeil. Les derniers jours, elle a renoncé à lui cacher qu'elle était une femme. Elle pense qu'il l'avait deviné depuis longtemps car il n'a marqué aucune surprise. Elle a été étonnée aussi qu'il sache que nous étions amis et que j'allais parfois la rejoindre la nuit dans l'Entre-deux.

– Il m'a beaucoup parlé de toi. Il se disait responsable de l'échec de ton évasion. Il ne cessait de répéter qu'il avait manqué de vigilance. Il aurait voulu te demander pardon. J'ai essayé de le rassurer. Je lui ai dit que, pour ma part, je n'avais pas osé y croire parce que, au fond de moi, je savais qu'on ne nous laisserait jamais partir.

Après un long silence, elle reprend en s'efforçant de sourire :

– Dis-moi, Méto... Je suis sûre que, grâce à tes fiches, tu es plus calé que moi sur le Monde maintenant. Tu sais, j'ai honte d'avoir été si docile quand je vivais là-bas. J'aurais dû essayer de comprendre... Alors, tu es allé sur le continent? Tu crois que je pourrai un jour...

– Je t'aiderai à fuir. Je te l'ai promis.

– Tu ne dis plus comme avant : « Nous partirons ensemble. » Toi, tu vas rester sur l'île...

– Je fais partie des Indésirables sur le continent. Les choses sont plus faciles pour toi.

– Je pourrais te cacher.

– Nous en reparlerons une autre fois. Je suis venu pour te mettre en garde. À la Maison, ils s'intéressent beaucoup à toi. Ils n'arrivent pas à déterminer qui tu es. Ils m'ont interrogé à ton sujet. Reste très prudente.

Je lui expose ensuite le cas d'Octavius. Elle part immédiatement fouiller dans ses boîtes de médicaments.

– C'est un début d'infection. Il faut lui injecter de la pénicilline. Je t'ai mis plusieurs doses. Tu dois piquer près de la plaie et espacer les injections de vingt-quatre heures. Le mieux, ce serait qu'il puisse enlever l'anneau au moins pendant le traitement. Mais avec ces brutes, ce ne sera peut-être pas possible. Agissez vite, sinon ils seront bientôt contraints de lui supprimer une partie du pavillon.

– Je dois écrire tout ça parce que c'est Claudius qui va s'en occuper.

Elle m'a pris les mains et me regarde en souriant. J'appuie ma tête sur son épaule et je respire ses cheveux. Je m'accorde trois minutes et je compte dans ma tête pour ne pas m'attarder. Je me détache d'elle.

– Je dois y aller. Je reviens dès que je peux.

– Sois prudent.

Il est presque cinq heures. J'effectue le trajet retour dans un temps record. Je dépose le précieux colis à l'endroit prévu, avec le mot. Je cours ensuite dans les couloirs jusqu'à ma chambre. Il y a quelqu'un à l'intérieur qui lave par terre. Il porte le numéro 103 sur sa combinaison noire. Il se retourne brusquement. Son débit est hésitant. Il est gêné mais pas apeuré. Je ne dois rien laisser paraître de l'angoisse qui m'envahit soudain.

– Où étais-tu? Tu es membre du groupe E. Tu n'as pas le droit de sortir. Je vais devoir te signaler...

– J'étais aux toilettes. Je suis malade...

– Ce n'est pas vrai, je les ai nettoyées avant de venir ici.

J'essaie de ne pas montrer ma peur. Je me rapproche lentement en le fixant et soudain je me jette sur lui. Je lui plaque la main sur la bouche et lui pince le nez. Il vire au rouge. Je lui chuchote à l'oreille :

– Si tu cries, je te tue. On m'a entraîné pour ça. J'appartiens à l'élite. Toi, tu n'es rien, en cas d'accident, on te remplacera vite.

Je relâche mon étreinte. Il reprend difficilement son souffle. Je continue :

– Comment tu t'appelles? Et qui est ton chef? Ne dis pas de bêtises, je vérifierai.

– Mon chef s'appelle Corvus. Moi, j'ai juste un numéro...

– Avant, on t'appelait comment? Dis-le!

Il me fixe bizarrement sans rien dire. Il affiche une espèce de sourire. Je l'interroge :

– On se connaît?

– Oui, Méto. Tu m'as oublié, on dirait, mais ce n'est pas grave. Autrefois, tu n'aurais jamais parlé comme ça. C'est que tu es du bon côté maintenant. Rassure-toi, je ne raconterai rien aux autres en souvenir d'avant. Laisse-moi finir mon travail. Mais sache aussi que je n'ai pas peur et que je m'en fous de mourir.

Je me déshabille et me glisse dans les draps. Je suis trop énervé pour trouver le sommeil. Il astique le lavabo. Je le vois de profil. Ses joues sont creusées et il est couvert de boutons. Ses yeux me rappellent le petit gros qui souffrait quand il s'agissait de courir ou de grimper à la corde. Il était la cible de moqueries incessantes et se trouvait souvent isolé. Presque tout le monde l'appelait Porcinus, mais son vrai prénom était Atticus. Sa disparition prématurée avait peu troublé la communauté des enfants. Un soir, au repas, il n'était simplement plus là. Et comme il était formellement interdit de s'en inquiéter, personne n'en avait plus parlé. J'étais Bleu foncé et lui Bleu clair à l'époque. Il est méconnaissable.

– Atticus. Tu as beaucoup grandi !

Il sourit et ajoute :

– Ta mémoire est revenue. Tu étais l'un des seuls à me nommer comme ça, Méto. Je ne suis pas resté longtemps dans la Maison. Je ne progressais pas assez vite, selon les César. Ils m'ont fait comprendre qu'ils s'étaient trompés sur mes capacités physiques. J'ai tout de même eu le temps d'apprendre à lire. Toi, tu n'as jamais été méchant avec moi, jamais. C'est pour cela que je ne dirai rien pour cette nuit.

– Excuse-moi pour tout à l'heure, je regrette si je t'ai blessé, mais si on découvre mon escapade, je ne serai pas le seul à en souffrir.

– Tu étais où ?

Je marque un temps. Je me suis promis de ne plus me faire avoir, mais je ne dois pas le vexer en me montrant méfiant. Je décide d'en dire le minimum :

– Je suis allé chercher des médicaments pour soigner l'oreille infectée d'Octavius. Dis, tu as une clef de la chambre ? Je peux la voir ?

– Oui. Mais dépêche-toi, j'ai bientôt fini.

J'observe l'objet avec attention. Je place ma clef à côté de l'original pour évaluer les différences. Il me tend la main avant de partir pour récupérer son bien.

– Salut ! À une autre fois, peut-être.

– Au fait, c'était toi, le message où on me traitait de traître ?

– On m'a obligé à te le transmettre. Je n'ai jamais pensé que tu étais devenu un traître. Je sais par expérience qu'ici on ne doit jamais se fier à ce qu'on nous raconte, on ne doit croire que ses frères.

– Merci, Atticus. Salut !

Le réveil est très brutal et je peine à me sortir du lit. Mes collègues ne sont pas présents au petit déjeuner. Je m'endors presque en mangeant. Le début de l'étude est un vrai calvaire. Je lutte pour garder les yeux ouverts. César 2 finit par s'en inquiéter :

– Ça ne va pas ce matin ?

– J'ai mal dormi. Des douleurs lancinantes au ventre.

– Tu sais où se trouve l'infirmerie et tu sais lire les indications, alors va te chercher un remède et repose-toi.

Sois de retour à onze heures précises. Ce matin, nous t'interrogeons.

Je suis content de cette liberté qu'on m'accorde même si, en arrivant à l'infirmerie, je tombe nez à nez avec César 3 qui semble m'attendre. Je le salue et commence à observer les boîtes. Je trouve vite ce que je cherche. Je repère aussi que la poubelle est pleine de compresses ensanglantées. Mes collègues ont dû souffrir. Je m'éloigne avec deux cachets dans la main. J'ai l'intention de m'en débarrasser plus tard dans ma chambre. César me rappelle :

– Méto, prends-en un de plus et avale-les tout de suite.

Je m'exécute sans hésiter. J'espère que ce sera sans conséquence. À son sourire, je me demande s'il ne sait pas tout. Je me réfugie dans ma chambre et j'essaie de me faire vomir mais je n'y parviens pas. Je règle mon réveil et m'endors sur-le-champ.

Jove et deux César sont assis derrière une table. Je m'assois devant une chemise où est inscrit mon prénom. César 2 me fait signe de l'ouvrir tandis que son collègue déclenche un chronomètre. Ce sont les mêmes feuilles que dans mon dossier mais les cartes sont muettes et il ne reste plus que les titres des paragraphes. Je prends mon temps et complète les vides. Ils me regardent travailler.

Ensuite, je dois décrire et expliquer le fonctionnement du téléphone et du vélo, puis nommer les principales parties extérieures d'une voiture.

Enfin, on me tend des photos. Je repère que certains détails sont absents ou modifiés par rapport aux originaux. On me demande de commenter les clichés.

– C'est la famille Martin posant devant sa maison qui est située aux coordonnées Z17, L215. Pourtant, en y regardant de plus près, cette photo me semble différente. On retrouve les éléments principaux mais ici par exemple on a changé la couleur des fleurs et là la petite fille qui s'appelle Mélanie, sur la vraie, elle était de l'autre côté, près de sa mère Josiane. Et le mari, qui s'appelle Henri, ne porte pas de lunettes noires d'habitude. Est-ce que je dois continuer?

– Non, ça nous suffit, conclut Jove. Nous allons étudier tes réponses. Retourne dans ta chambre, nous viendrons te chercher pour les résultats.

De retour une heure plus tard, je n'arrive pas à décrypter dans leur regard s'ils sont contents ou pas. Ils m'observent un long moment puis César 1 prend la parole:

– Tu as obtenu des résultats remarquables. Ils ont mis en lumière tes dons d'observateur et ta facilité à comprendre et retenir les informations. Nous connaissons aussi depuis toujours tes capacités à t'adapter et improviser. Il ne te manque que la connaissance du terrain avant que l'on puisse te confier une véritable mission en complète autonomie. Aussi, nous avons décidé de t'envoyer quelques jours dans une famille d'accueil. Tu remplaceras le fils de la maison qui vivra caché pendant ce temps. Tu pourras dès demain étudier le dossier et commencer à te glisser dans la peau de ce personnage. Sache que c'est une grande marque de confiance que nous t'accordons, aussi ne nous déçois pas.

Je retrouve mes collègues dans l'après-midi. Ils semblent se remettre d'une terrible épreuve. Les visages sont fermés et les corps engourdis par la douleur. Je ne me risque pas à les interroger. Jean-Luc me propose d'aller m'entraîner à la nage. Il est content car je prends de l'assurance. Il m'annonce :

– Je vais demander que tu essaies en mer la prochaine fois. Est-ce que tu t'en sens capable?

– Oui, j'ai le sentiment que mes membres connaissaient les mouvements permettant de se déplacer dans l'eau et qu'on avait juste à réveiller leurs souvenirs.

– Je crois en effet que tu savais nager avant.

– Tu as été blessé. Cela ne te fait pas trop souffrir?

– Ça ira. Nous avons été surpris. Quelqu'un les avait prévenus. Mais... tu sais que je ne peux pas en parler.

– Je sais.

Mes camarades n'ayant pas le droit de faire du sport pendant plusieurs jours, je suis contraint d'errer le reste de l'après-midi de la chambre à la salle de sport, seul et désœuvré. Heureusement, à l'étude, je découvre un nouveau dossier :

Les enfants errants

Les récentes lois sur la famille ont entraîné de nombreuses fugues d'adolescents, le plus souvent encouragés par leurs parents, en dépit du fait que le pouvoir mettait en place des structures, telles que les Maisons, pour les accueillir dans des conditions favorables.

Ces enfants errants se sont pour la plupart regroupés au sein de bandes qui vivent de la mendicité, du vol et du trafic de stupéfiants. Les brigades de répression des mineurs organisent régulièrement des descentes dans les quartiers excentrés ou dans les sous-sols du centre où ils se cachent.

Ces jeunes individus trouvent assez facilement des soutiens tacites parmi la population. Des procédures contre les adultes contrevenant aux lois ont été engagées et des peines de prison prononcées.

Des campagnes d'information ont également été initiées pour rappeler la loi à chacun et encourager la population à faire preuve de civisme en dénonçant la présence d'enfants errants. Il en va de la sécurité de tous et du nécessaire équilibre à trouver entre les ressources dont nous disposons durant ce temps de crise grave et la quantité d'humains pouvant en bénéficier dans notre Zone.

Nous tenons tout de même à rappeler que les agissements violents à l'encontre de ces jeunes individus, « chasse armée à l'enfant » ou piégeages divers, sont formellement interdits et passibles de peines d'emprisonnement.

Une note au crayon a été ajoutée :

Méto, tu devras te méfier à la fois des contrôles officiels et des actions rares mais parfois violentes de la population et plus encore de ces jeunes eux-mêmes qui peuvent apparaître sous un jour sympathique pour mieux te corrompre et t'attirer dans leurs filets. Nous avons par le passé déploré la disparition de plusieurs membres du groupe E au cours des missions.

Ce soir, la veillée est annulée et tout le monde est envoyé dans sa chambre une heure plus tôt. J'espère recevoir la visite de Claudius car j'ai hâte de savoir si Octavius va mieux.

Mais c'est Romu qui vient cette fois. Je me méfie de lui maintenant car l'aide qu'il m'apporte n'est pas désintéressée et je ne veux pas me rendre coupable d'un meurtre.

– Je passais te voir, commence-t-il. Tu n'as rien à me demander?

– J'ai beaucoup de questions, tu t'en doutes, mais je trouve le prix à payer un peu élevé. La dernière fois, tu m'as demandé d'empoisonner ton père...

– Tu n'as pas le droit de me parler comme ça! s'emporte-t-il. D'abord, il est toujours vivant, il me semble. Je voulais juste qu'il souffre un peu et je t'assure que ce n'est rien à côté de ce qu'il m'a fait subir. Il a tout mis en œuvre pour que je ne puisse jamais avoir d'amis. Dans ma petite enfance, il a forgé en moi un sentiment d'impunité en me laissant faire n'importe quoi, en m'encourageant à user de violence sur les autres, comme si c'était normal. Il n'agissait ainsi que dans un but: m'éloigner de mes pairs et me rendre haïssable à leurs yeux. Ensuite, j'ai subi la torture journalière du frigo, soi-disant pour m'endurcir. Tout cela pour me faire craindre de tous et qu'un jour je le remplace à la tête de son empire mafieux. Maintenant, c'est à lui que je fais peur et il cherche à tout prix à m'écarter du pouvoir. Il me refuse ce qui m'est dû. Je le tuerai un jour sans doute mais ne t'inquiète pas, je le ferai moi-même, par plaisir.

Il est au comble de la colère mais parvient à ne pas élever la voix. Il marque une longue pause, comme pour reprendre son souffle, puis ajoute d'une voix faible:

– Méto, je n'ai que toi. Tu es le seul à me regarder comme quelqu'un de normal, presque comme un ami. Je ne veux pas gâcher cette relation. Ce que je t'ai demandé, c'était juste un échange de services. Je ne peux compter que sur toi. Aie confiance en moi, je ne te ferai jamais courir de risques insensés. Je tiens à toi. Je suis venu ce soir pour te donner un conseil. Je sais que, demain soir, tu partiras sur le continent. Ce séjour sera un test. Tu rencontreras là-bas une personne à laquelle tu te sentiras prêt à tout confier. Résiste. Laisse-la parler. Surtout ne te livre pas car la moindre de tes paroles, le moindre de tes gestes seront consignés dans son rapport. À bientôt, Méto.

Sommes-nous vraiment amis ? Le sommes-nous seulement parce que nous avons absolument besoin l'un de l'autre ? J'aurais bien voulu qu'il m'explique l'expression qu'il a employée à propos de son père, « empire mafieux ». Jove est à la tête d'un empire mafieux...

On me secoue un peu violemment et je peine à ouvrir les yeux. C'est Atticus.

Il me place dans la main deux morceaux de métal. Je me redresse et observe, incrédule, les deux objets : la clef d'Atticus et une courte lime ronde.

– J'ai pensé que ça pourrait t'être utile. Je ne peux te confier la clef que durant mon temps de ménage car elle doit retrouver sa place avant l'arrivée du serrurier.

Chaque nuit, nous passons ramasser nos clefs dans son bureau et nous les replaçons après le service. Une de ses limes traînait sur son établi. Personne ne m'a vu, du moins je l'espère.

J'articule difficilement un merci et je passe la main sous mon matelas pour retrouver mon ébauche de clef. Je me mets au travail au-dessus du lavabo. Je frotte fort et sens vite le métal chauffer. Je fais quelques pauses pour comparer avec le modèle. J'ai l'impression de ne pas progresser. Atticus me jette parfois un clin d'œil complice.

Avant de le laisser partir, je lui serre chaleureusement la main. Je sais les risques qu'il prend et comment sont traités les serviteurs désobéissants.

– Ne me remercie pas. Je suis content de t'aider. Tu ne l'essaies pas?

– Je ne crois pas qu'elle soit prête et puis je veux dormir un peu.

– Attends, je vais la tester moi-même.

Il se penche et tente de l'enfoncer dans la serrure. Bien vite, il se retourne et annonce, déçu:

– Il y a au moins deux millimètres à limer à la base, on n'est pas près d'y arriver. Salut, Méto.

Ce matin, je suis agréablement surpris par l'accueil des membres du groupe E au petit déjeuner. Ils m'entourent comme si j'avais réussi un exploit. On les a mis au courant de mon prochain départ pour le continent.

– Nous sommes fiers de toi, de ton parcours, commence Stéphane. Après cette dernière épreuve, nous serons heureux de te compter parmi nous.

– Si tu as besoin de conseils, ajoute Bernard, n'hésite pas à venir nous voir pendant la journée.

J'ai droit à quelques tapes amicales sur le dos et la tête. Puis nous mangeons en échangeant des sourires. Je ne peux m'empêcher de trouver leur enthousiasme excessif. Est-ce que cette attitude pourrait cacher quelque chose?

Je suis très content de reprendre la course matinale. L'air libre m'a manqué. Je scrute de loin tous les endroits où j'ai déjà croisé Octavius, dans l'espoir de l'apercevoir. Il est introuvable. J'espère que c'est un hasard et que son état n'a pas empiré. Le rythme de la course est tranquille. On voit que certains de mes camarades se remettent tout juste de leurs blessures.

Après la douche, je suis conduit dans la salle où j'avais préparé ma précédente mission. César 2 me donne un dossier. J'y découvre d'abord une photographie d'un adolescent blond aux yeux cernés.

– C'est à lui qu'on va te faire ressembler. On va modifier la couleur de tes cheveux. Rassure-toi, cela ne part pas avec la pluie. C'est même assez dur à enlever. Pour le reste, c'est du par cœur, tu as l'habitude.

Je suis donc invité à me mouiller les cheveux. César, qui a enfilé des gants très fins, applique une peinture sur ma chevelure, puis, avec un petit pinceau, il vient colorer mes sourcils et mes cils ainsi que les poils qui poussent timidement au-dessus de ma lèvre supérieure. Je dois ensuite attendre près d'une heure sans bouger. Le temps passe vite car je suis plongé dans le dossier. Je vais m'appeler Michel Chêne. Je suis âgé de quatorze ans et je suis en quatrième. Suivent une liste de professeurs avec la matière qu'ils enseignent et les noms des douze élèves qui composent ma classe. Puis je découvre mes parents, ma maison et son jardin, ma chambre, le bureau sur lequel j'étudie. Je m'arrête un long moment sur le plan du secteur H qui est coloré avec deux couleurs. La légende m'indique les rues permises et celles qui me sont interdites. Je comprends qu'il me sera impossible de m'approcher du collège et du poste de police du quartier. Pour me rendre dans le centre, je ne pourrai emprunter que deux itinéraires différents.

Enfin, je trouve une liste de tâches à accomplir à tout prix :

– Demander mon chemin au moins trois fois.

– Acheter une boisson nommé Orangeado.

– Me préparer un petit déjeuner.

– Aller jusqu'à la statue du Triumvirat la nuit en

échappant aux contrôles de police (repérage de cachettes à faire de jour).

– Parler avec au moins cinq personnes en dehors de la maison et leur demander leurs prénom, âge et classe ou profession.

– Prendre deux fois le bus.

Je devrai consigner dans un carnet tous les renseignements recueillis ainsi que mes commentaires sur les difficultés rencontrées dans la réalisation de ces tâches. Devront également y figurer les comptes de mes dépenses, la capsule de l'Orangeado et toutes les autres preuves possibles de l'accomplissement de ma mission.

Au dossier est jointe une grosse enveloppe contenant de l'argent à remettre à «mes parents» ainsi qu'une somme pour couvrir mes achats.

César me rince les cheveux. Je les sèche et me plante devant le miroir pour évaluer le résultat. Je me trouve étrange et un peu rajeuni. Je me plonge ensuite dans le plan de la Zone 17. Des lieux importants ont été colorés, parmi lesquels l'embarcadère, la maison de la famille Chêne et les postes de police. Je ferme les yeux pour visualiser les distances et retenir les noms. Je vais demander à consulter des photos de façades afin de me fixer des repères visuels.

César m'emmène au vestiaire pour que j'enfile dès à présent de nouveaux habits. Le garçon que je remplace porte des vêtements larges et usés. Je suis gêné par leur amplitude : je ne me sens pas maintenu. Mon arrivée au déjeuner provoque un peu d'agitation. Beaucoup rigolent. Je les comprends.

L'après-midi, Jean-Luc m'aide à remplir mon sac à dos. Il me fait découvrir des poches cachées pour y mettre l'argent, ma corde de piano et un poinçon bien aiguisé sur un côté, protégé par un capuchon de cuir épais.

– C'est surtout lors de la sortie nocturne que tu as de grandes chances de l'utiliser.

– Toi, tu t'en es servi ?

– Oui. Quelques enfants dégénérés m'ont agressé. Ma lame les a effrayés.

– Dégénérés ?

– C'est le mot qu'ils emploient. Ils étaient dans un état second, comme s'ils étaient devenus fous. César 2 m'a expliqué que certains consommaient des produits qui modifiaient leurs perceptions et les rendaient agressifs.

– Tu as eu peur ?

– Bien sûr.

En fin d'après-midi, je retrouve César 2 qui m'apporte des photos des rues que j'aurai à emprunter. Il me précise aussi les rendez-vous :

– Sois au port à quatre heures trente précises. À ton arrivée sur le continent, deux heures plus tard, tu te rends à pied au domicile des Chêne. Tu ne peux pas utiliser les bus qui circulent au petit matin. Ils sont vides ou presque et tu te ferais tout de suite repérer. Si tu te fais arrêter, ne panique pas. Nous en serons immédiatement informés et nous organiserons ta récupération au plus vite. Ne réponds à aucune question. Pas un mot, tu entends ! N'essaie même pas de mentir. Tais-toi simplement. Dans la mesure du possible, si tu sens ton arrestation inéluctable, débarrasse-toi de tes papiers d'emprunt. Tout est clair, Michel ?

– Pour le retour ?

– Tu reviendras trois nuits plus tard. Tu régleras les détails avec le capitaine. À ce propos, ne lui raconte rien, ce n'est pas un homme très fiable. Ce soir, tu iras au lit directement après le repas. Mais si un détail te tracasse pendant la soirée, n'hésite pas à venir me voir. Tu ne seras pas enfermé et je suis de veille toute la nuit dans la bibliothèque.

Ce soir, j'ai du mal à m'endormir. Je suis très excité à l'idée de découvrir le continent en vrai et en même temps je vais devoir affronter un monde qui ne m'est connu qu'au travers de fiches. Je ferme les yeux pour essayer de me reposer un peu. Claudius me réveille :

– C'est toi, Méto ? Mais qu'est-ce que tu as fait à tes cheveux ? J'ai cru un instant que je m'étais trompé de chambre. Et tu es resté habillé ! Tu comptes sortir ?

– Ah, tu es là ? Je pars pour quelques jours en mission sur le continent sous une fausse identité. Je vais me familiariser avec la vie là-bas. Je te raconterai.

Claudius est très surpris et met plusieurs secondes à réagir :

– Tu veux dire que tu vas revoir ta famille ?

– Je ne serai pas libre de mes mouvements. Rappelle-toi que je suis envoyé par Jove et les César. Mais je pense pouvoir au moins passer devant la maison de mes parents puisque j'ai mémorisé l'adresse. Peut-être apercevrai-je un membre de ma famille ? En fait, c'est tout ce que je peux espérer. Je vais surtout en profiter pour étudier en détail les possibilités de fuite pour nous tous. Mais tu es venu pour me donner des nouvelles d'Octavius ?

– Oui. Je suis très inquiet. Tes piqûres avaient fait merveille. Au bout de deux injections, la douleur semblait se dissiper. Mais ce matin, quand je suis allé le voir, il avait disparu. Il y a une heure à peine, j'ai découvert sur le bureau des César un message le concernant : pour eux, pas de doute possible, il est passé chez les Oreilles coupées.

CHAPITRE 5

C'est l'heure. Je suis seul dans la nuit. J'essaie de me représenter le chemin que devrait suivre Eve pour aller au point de rendez-vous. Il faudrait que je trouve à proximité de l'embarcadère un endroit discret qui lui permettrait de se cacher jusqu'au moment propice. J'aperçois le bateau. Un faible éclairage signale la cabine. Je distingue une silhouette qui s'active en m'attendant.

Je grimpe à bord. Un homme à la barbe courte et aux vêtements peu soignés me fait face. Il me tourne brusquement le dos et disparaît. Quelques secondes plus tard, j'entends vrombir le moteur. Je visite discrètement l'embarcation. C'est un petit bateau équipé pour la pêche. J'entreprends de rechercher une cachette pour un passager clandestin et découvre une trappe. Comme je suis hors de vue du pilote, je décide de la soulever. C'est un espace vide qui sert à remiser des gilets de sauvetage et divers objets. Le sol paraît mouillé.

– Tu cherches quoi?

– C'est normal qu'il y ait autant d'eau dans les cales?

– C'est pas tes affaires. Arrête de fouiner ou je te fous par-dessus bord.

Je lui adresse un large sourire pour lui signifier que je ne prends pas du tout sa menace au sérieux. Il retourne sans un mot dans la cabine et, cette fois, je le suis. Il m'observe du coin de l'œil. Je le regarde manœuvrer. On ne sait jamais, un jour cela pourra me servir. J'ai le sentiment que notre allure est moins rapide. Je dois tenter d'engager la conversation.

– Je m'appelle Méto. Excusez-moi pour tout à l'heure, c'est la première fois que je monte sur un bateau aussi petit et je ne suis pas très rassuré.

– Je croyais que les gens de la Maison vous demandaient de ne pas me parler.

– Ils ne sont pas là pour nous surveiller. C'est la première heure de liberté dont je me souvienne.

– Tu n'es pas comme les autres, toi. Je m'appelle Juan.

Il me serre la main énergiquement et ajoute:

– Je ne sais rien sur ce qui se passe dans votre île. C'est la loi du secret avec les autres. Ils me payent plus pour me taire que pour la traversée. Vous êtes nombreux là-bas?

– Je n'ai pas accès aux chiffres exacts, mais j'évalue la population à trois cents personnes.

– Quand même, vous devez être bien cachés, dit-il. De loin, l'île paraît déserte.

Puis, sans que je le lui demande, il me désigne la barre du bateau et m'invite à m'y installer. Cette proposition arrive au bon moment car je sentais poindre le mal de mer. Le fait de me concentrer sur un cap et d'accompagner les mouvements du bateau m'aide à me sentir mieux. Juan m'explique la signification des balises que nous apercevons à l'horizon.

– Comme ça, conclut-il en riant, si j'ai un malaise, tu sauras me ramener au port.

Après une demi-heure, il me fait signe de me taire et reprend les commandes. Comme le pilote lors de la dernière traversée, il coupe le moteur en approchant de la côte et laisse filer le bateau en silence. Nous accostons en douceur. Il chuchote :

– Dans trois jours, à la même heure, au même endroit. Sois précis, je ne peux rester plus de quelques minutes. Et surtout, sois prudent. Si tu te sens suivi au moment du retour, cache-toi quelque part et reviens vingt-quatre heures après.

– OK. Merci beaucoup, Juan.

Je me hisse sur le quai désert et cherche une cachette pour faire le point. Je trouve un buisson d'un bon mètre de hauteur et m'accroupis derrière. Je reconnais les façades vues sur des photos pendant la préparation et je repère le passage à emprunter. J'attends de me sentir prêt. Le jour se lève doucement et j'entends au loin des bruits de moteurs. J'aperçois même quelques personnes qui discutent. À mesure que les minutes s'écoulent, la rumeur de la ville s'amplifie. Je sors de mon abri et m'enfonce dans les rues. Les gens marchent tête baissée. Je les imite. Je dois tout de même parfois lever les yeux pour trouver mon chemin. Une grosse dame, en soufflant fort, installe des fleurs rouges dans des seaux pour les vendre. Je prépare ma monnaie et me dirige vers elle :

– Bonjour, madame. Je désirerais acheter un petit bouquet.

Sans attendre, je lui tends les trois écus requis. Même si je le connais, je lui demande mon chemin. Pour le plaisir d'entendre ma première voix de vieille femme et parce que cela fait partie des tâches à accomplir.

– Pourriez-vous m'indiquer le secteur B, s'il vous plaît?

– Tu continues tout droit pendant cent mètres et tu tournes à droite.

Je la remercie et reprends ma marche. L'idée d'acheter les fleurs m'est venue tout à coup pour éviter qu'elle ne me repousse parce que je venais la déranger en plein effort.

Les rues se remplissent peu à peu. J'essaie d'être discret mais je suis fasciné par les femmes. Il y en a de tous les formats: des minuscules, des très grandes, quelques énormes, d'autres d'une finesse maladive. Je repense à Eve. Je crois que je n'en ai pas encore croisé de plus belle qu'elle. Les vieux attirent aussi mon attention: leur démarche lente, leur dos raide, leurs gestes mal assurés. Je me dis qu'ils pourraient me raconter tellement d'événements, qu'ils sont à eux seuls des centaines de fiches réunies, comme les livres que lisait Gouffre dans la grotte.

J'aborde maintenant un secteur moins passant. Des voitures de police circulent en faisant hurler leur sirène. Je me force à ne pas me retourner à chaque fois. Je suis presque arrivé. J'ai en mémoire toutes les maisons de la rue. Je m'amuse à réciter les prénoms et noms des habitants en longeant leur clôture. J'ouvre le portail des Chêne et contemple sur la façade, bien en vue, les portraits des membres de ma famille d'adoption. Je me trouve assez ressemblant. Je traverse le jardin et me dirige vers la porte de derrière. Alors que je m'apprête à frapper, je surprends une violente dispute entre «ma mère» et son fils. Il hurle:

– J'en ai marre de votre cirque! Un jour, je vous balancerai à la police.

Juste après, j'entends le bruit d'une claque sonore, suivi d'un piétinement lourd. J'attends que le silence revienne pour me signaler. Une petite femme brune ouvre la porte. Machinalement, je lui tends mon bouquet. Sans y jeter un regard, elle le jette sur la table de la cuisine et me lance d'une voix traînante :

– J'espère surtout que t'as pas oublié l'enveloppe. Des fleurs ? T'as de l'argent à foutre par les fenêtres ?

Son mari apparaît alors et se plante devant moi. Nous avons à peu près la même taille. Il a des cheveux blonds, presque blancs. Je tire l'enveloppe de mon sac et la lui tends.

– Tu ne dois pas aller parler à mon fils, explique-t-il. Il est enfermé dans la cave pendant la durée de ton séjour. Je vais appeler le collège pour signaler qu'il est malade. Ne vas pas traîner dans le square des Espérènes, c'est là que se réunissent ses copains. À ce soir. Ma femme va te montrer ta chambre.

Là-dessus, il enfile son manteau et sort sans rien ajouter. Je suis « ma mère » à l'étage où je découvre ma chambre. Le lit est défait et des vêtements traînent sur le sol.

– Je vais te préparer ton petit déjeuner. Ensuite, je changerai les draps et je ferai le ménage, annonce-t-elle avant de disparaître dans l'escalier.

Les étagères sont chargées d'objets dont je ne perçois pas l'utilité. Je laisse mon sac à dos et descends à la cuisine. Je dois observer «ma mère» à l'œuvre pour être capable de faire mon petit déjeuner sans son aide demain.

Elle sort une bouteille de lait du frigo et en verse dans une petite casserole. Elle frotte une allumette et tourne un bouton pour faire sortir le gaz. Après quarante-sept secondes, elle trempe son doigt, sans doute pour vérifier la température. Elle verse alors le liquide dans un bol et ajoute une cuillerée de poudre marron. Puis elle tranche du pain pour me faire des tartines et y étale du beurre.

Je m'assois et la remercie avant de commencer à manger. Elle m'adresse un sourire forcé avant de monter à l'étage. Il y a une photo au mur qui représente une plage avec des arbres penchés aux troncs écailleux sous un ciel sans nuages. Au-dessous, des nombres de 1 à 30. Les quinze premiers sont barrés. Nous serions donc aujourd'hui le 16 mai 1979. C'est un «calendrier».

La femme redescend pour se préparer à sortir. Elle pose une clef sur la table et part sans rien dire. Je me lève pour la regarder s'éloigner. Je lave et essuie mon bol puis j'entreprends de visiter la maison. Je pénètre dans toutes les pièces, j'ouvre les armoires et les tiroirs. Une fois mon inspection terminée, je décide d'aller voir mon «double». Au sous-sol a été installée une paroi grillagée derrière laquelle on distingue un large espace avec un lit, un bureau et des étagères. C'est comme une seconde chambre mais plus vétuste et sans fenêtre. Le garçon de la famille est allongé sous une couverture et semble dormir. Je l'appelle :

– Michel ! Je suis Méto. Tu as besoin de quelque chose ?

– Casse-toi ! C'est de ta faute. T'as pas le droit d'être là ! Je dirai à mon père que tu es venu !

– Réfléchis un peu. Nous devons pouvoir nous entraider. Tu as des choses à m'apprendre et moi je peux te rendre des services. Je reviendrai plus tard.

– Fais-moi sortir ! Sinon, casse-toi !

Je remonte dans ma chambre et m'allonge sur le lit. J'essaie d'organiser ma journée mentalement. Je dois en priorité me débarrasser des tâches à accomplir car j'ai besoin de garder du temps pour ma quête personnelle. J'étudie à nouveau la carte pour mémoriser l'itinéraire que j'ai prévu de suivre aujourd'hui.

Je quitte la maison vers onze heures, avec l'objectif de me rendre dans un supermarché. J'entre pour acheter la boisson indiquée. Je prépare ma monnaie et la pose en même temps que la bouteille devant le vendeur. Il encaisse et me signale d'une voix fatiguée :

– Tu penses à la consigne...

– Entendu, dis-je d'un ton que je veux assuré.

À l'extérieur, je suis perplexe. Je trouve un banc à proximité pour m'asseoir et réfléchir. J'aurais dû me douter que cette épreuve comportait une part d'improvisation. Comme je ne peux pas aller demander au caissier ce que signifie sa phrase, il ne me reste plus qu'à attendre et espérer découvrir la solution par moi-même. Je décapsule la bouteille et constate que de nombreuses bulles remontent à la surface. Je détecte ainsi la présence de gaz. Je goûte. C'est très sucré et surprenant sur la langue. Je déglutis doucement. La sensation est assez désagréable. Deux jeunes en tenue de sport pénètrent dans la boutique et en ressortent peu après, avec à la main des bouteilles renfermant un liquide violet foncé, presque noir. Ils s'installent sur le dossier du banc, posent leurs pieds à côté de moi et avalent leur breuvage sans effort. Puis ils se lèvent et retournent à la boutique. J'en profite pour vider discrètement ma boisson dans l'herbe et je les suis à l'intérieur. Sans mot dire, ils posent leurs bouteilles sur le comptoir et tendent la main pour recevoir une pièce de monnaie. Je les imite. J'ai réussi. De retour dans la rue, les deux garçons m'abordent sur un ton agressif:

– Tu sors d'où? T'es un cousin de Michel? Il nous doit du fric, le gamin. T'as rien sur toi?

Sans que j'aie le temps de répondre, l'un d'eux m'empoigne par le manteau et commence à me secouer. Je me libère en frappant son coude et le mets à terre en balayant d'un coup sec sa jambe d'appui. L'autre me fait face quelques secondes puis décide de tourner les talons. J'aide mon adversaire à se relever. Il me fixe en se tenant le bras :

– T'es fou ! Tu me l'as pété !

– Je ne crois pas. Comment tu t'appelles?

Il ignore la question et se dégage énergiquement. Je ne dois pas rester dans ces parages. Je viens de me faire deux ennemis.

Je décide de prendre le bus et m'installe à un arrêt pour observer les gens. Au moment où le bus arrive, tous sortent de leur poche ou de leur sac un rectangle de carton imprimé. En grimpant dans le véhicule, ils l'enfoncent dans une machine pour le trouer. Il faut donc que je m'en procure un. Une vieille dame lève le bras pour que le chauffeur l'attende. En montant, elle laisse tomber plusieurs petits coupons sur le marchepied et le trottoir. Je me précipite pour l'aider à les ramasser. Elle me remercie et m'invite à la suivre :

– Merci pour ta gentillesse, dit-elle d'une voix très douce. Pour ta peine, je vais t'offrir un ticket. Tu voulais bien prendre le bus, n'est-ce pas?

– Oui, et j'ai oublié les miens à la maison. Merci beaucoup.

Je progresse à sa suite vers le fond du bus et prends place près d'elle. Elle semble heureuse de m'avoir rencontré et engage la conversation :

– Je vais au terminus. Et toi?

– Moi aussi.

– Tu n'es pas au collège?

– Non, ma prof de sciences est malade. Je vais faire un tour au centre.

– Tu as l'air si serviable. Tu t'appelles comment?

– Michel Chêne, et vous?

– Madeleine Isère. Tu me rappelles mon petit-fils.

Elle marque un temps et reprend d'une voix à peine audible :

– Il est mort pendant la catastrophe, comme le reste de ma famille d'ailleurs. Je me demande pourquoi j'ai survécu à tout cela. Peut-être pour qu'il y ait quelqu'un pour les pleurer.

Je lui prends la main. Elle la serre très fort, presque jusqu'à l'écraser. Elle me confie avec émotion :

– Des fois, je me dis que c'est peut-être mieux pour eux. Je ne sais pas comment ils auraient pu faire leur choix : ils avaient quatre enfants, tous plus gentils et beaux les uns que les autres.

Je repense au journal d'Eve et j'improvise :

– Mes parents ne m'ont jamais expliqué comment ils avaient fait pour moi. C'est un sujet qu'on n'aborde pas. Je sais seulement qu'ils ont profondément changé depuis le départ de mes frères. Ils ne sourient plus et ne marquent à mon égard aucun signe d'affection. Je suis un peu grand, je sais, mais les câlins d'autrefois me manquent.

– Tu ne veux pas venir manger à la maison ce midi? On sera plus tranquilles pour parler.

– J'aimerais beaucoup.

Le reste du trajet se déroule en silence. Elle sèche ses larmes, regarde les façades d'immeubles qui défilent. Je me sens bien avec elle. Dans la rue, je l'aide à porter son sac. Nous entrons dans un bâtiment de quatre étages. Elle habite au premier. L'appartement ne compte que trois ou quatre petites pièces. Elle déballe ses courses et commence à préparer le repas. Elle me sert un verre d'eau et m'invite à m'asseoir. Je participe à l'épluchage des pommes de terre. Elle est beaucoup plus rapide que moi.

– Tout à l'heure, tu disais que tu n'as jamais su comment tes parents avaient choisi?

– Oui, et j'y pense tous les jours.

– Si tu veux, je peux te renseigner sur les méthodes employées. Toi, ensuite, comme tu connais tes parents, tu pourras peut-être en déduire celle pour laquelle ils ont opté. La plus connue est la méthode médicale. On fait passer aux enfants une visite approfondie ainsi que des examens poussés pour déterminer celui qui a la plus grande espérance de vie. On peut tester à l'inverse l'enfant qui résisterait le mieux à un traumatisme psychologique pour choisir celui ou celle qu'on livrera aux Maisons. Je me rappelle que dans le journal, à une époque, les parents pouvaient trouver chaque jour un test à expérimenter.

Je demande :

– Mais on n'est jamais sûr de l'avenir... Je veux dire qu'on ne peut pas tout prévoir.

– Tu as raison, on ne peut pas anticiper les accidents de la circulation, par exemple. C'est pour cela que certains ont eu recours à la magie ou à de faux religieux qui promettaient de lire l'avenir. D'autres enfin, refusant de choisir par eux-mêmes, se sont rabattus sur le pur hasard en jouant l'existence de leurs enfants aux dés ou en faisant tirer leur progéniture à la courte paille. Voilà, tu sais tout.

Nous mangeons ensuite en silence des patates sautées et une tranche de jambon. Pendant tout le repas, elle me dévisage comme si elle essayait de lire à travers moi. Je n'ai pas envie de parler. Je suis trop occupé à réfléchir à ce qu'elle vient de m'exposer. Après le dessert, elle m'entraîne dans son salon pour me montrer les photos de ses enfants et petits-enfants. Elle nomme chacun d'eux et indique un trait de son caractère. Elle peine à retenir ses larmes. Quand je la quitte, elle me fait promettre de revenir le lendemain partager le déjeuner avec elle.

En sortant, je croise une jeune fille brune qui évite mon regard. Je suis persuadé de l'avoir déjà aperçue au cours de la matinée, peut-être dans le bus ou au supermarché. Je me rends sans plus tarder à la statue du Triumvirat qui représente les «trois pères de la Zone 17», ceux dont j'ai appris les noms pour préparer mon examen. Une fois sur place, je m'assieds par terre pour les dessiner. Je prévois que quelques personnes s'approcheront pour observer mon travail et que j'engagerai ainsi plus facilement la conversation.

Mon dispositif fonctionne à merveille. Quatre jeunes filles aux cheveux clairs me félicitent pour mon dessin et me demandent de leur tirer le portrait. En échange, elles me donnent leurs coordonnées et vont m'acheter une bouteille d'Orangeado que je ne finis pas. Je décide bientôt de partir car j'attire trop l'attention. En parcourant le chemin du retour, j'essaie de repérer les recoins où je pourrai me cacher pendant la nuit et de mémoriser au mieux les distances. Une voiture de police se gare à ma hauteur. Deux hommes en descendent et me barrent le passage. Le ton est sec:

– Tes papiers!

Pendant que l'un me dévisage, l'autre observe mon document dans tous les sens, même par transparence. Les questions fusent:

– Nom, prénom, date de naissance, adresse, prénoms de tes parents, leur profession et leur lieu de travail, nom des voisins, avec les prénoms et tout le reste...

Je récite sans me presser pour qu'il puisse prendre des notes. Pendant ce temps, l'autre se dirige vers une boîte blanche accrochée à un poteau. Il l'ouvre et en sort un téléphone. La discussion me semble interminable. J'essaie de ne pas laisser paraître l'angoisse qui m'envahit. Il revient, l'air goguenard, comme s'il avait gagné :

– Et le chien des voisins de droite, il s'appelle comment?

– Ils n'ont pas de chien. Éric est allergique.

– On n'aime pas voir traîner les ados dans les rues. Hein, Marcel?

– Pour sûr.

– On va te déposer. Monte!

Je n'ai pas le choix mais, aux regards amusés qu'ils échangent, je sens que c'est un traquenard. J'essaie d'argumenter pour gagner quelques secondes :

– Je vous remercie, mais j'habite tout près... Et puis, ma mère...

– Monte!

– Non! Laissez-moi partir.

Soudain, leur pare-brise explose, et juste après la vitre droite. Nous nous plaquons contre la voiture. Sans plus s'occuper de moi, ils grimpent dans leur véhicule et démarrent en faisant crisser les pneus. J'ai eu de la chance ou... quelqu'un veille sur moi.

Je rentre à la maison en pressant le pas. Je grimpe dans ma chambre et consigne avec soin les événements de la journée. Je ne comprends pas pourquoi les policiers voulaient m'embarquer. J'ai beau retourner dans ma tête toutes les questions, je n'arrive pas à trouver quelle erreur j'aurais pu commettre. Comment me suis-je trahi? Je repasse voir mon «double». Il a un casque sur les oreilles qui l'empêche de m'entendre. Quand il s'aperçoit de ma présence, il me fait comprendre très clairement qu'il ne veut pas me parler. Je me rends alors au salon et j'ouvre le journal pour parcourir les articles du jour.

Découverte d'un enfant assassiné dans une cave du secteur D

L'enquête a démontré que nous avons affaire à un tueur en série. La façon de procéder et les traces laissées sur place offrent des similitudes avec d'autres affaires classées par les services de police.

Suit une interview de la mère de l'enfant qui dit ne pas comprendre ce qui a pu se passer. Son fils jouait depuis quelques jours avec un petit garçon dont elle ne connaissait pas les parents mais qui semblait très poli.

L'inspecteur en charge de l'affaire précise que les autres crimes attribués à l'assassin avaient eu pour victimes uniquement des enfants abandonnés, ce qui explique qu'aucune enquête n'ait été diligentée.

Fin du conflit avec les passagers du cargo* Liberta *qui stationnait illégalement dans les eaux de la Zone 17

Le cargo Liberta *dérive depuis six ans hors des eaux territoriales. Originaire de la Zone 18, il s'est récemment rapproché de nos côtes pour réclamer une assistance. Les lois internationales ne permettant aucune exception, l'armée a, à plusieurs reprises, demandé au navire de s'éloigner. Suite à une longue négociation conclue il y a deux jours, le* Liberta *a rejoint les eaux internationales, renonçant apparemment sans contrepartie à mettre à exécution ses menaces. Le capitaine avait en effet indiqué qu'il ferait volontairement échouer son navire sur les côtes de la Zone 17 si on n'acceptait pas d'évacuer les treize malades contagieux présents à bord.*

La nouvelle campagne d'extension des champs d'Espérène a commencé

Comme chaque année à la même époque, les travaux d'aménagement des nouveaux secteurs débutent à la mi-mai. Le rayon d'action a été repoussé de dix kilomètres. Les services concernés abattent tous les arbres et détruisent les restes des maisons avant de mettre le feu au lance-flammes. Comme à chaque fois, l'appui de l'armée a été nécessaire pour évacuer plus loin les populations qui habitaient ces lieux en toute illégalité. Des heurts violents ont opposé des rebelles aux forces de l'ordre et on déplore des dizaines de morts, dont un parmi les policiers. La mise en culture de nouveaux champs d'Espérène pour dépolluer les Zones grises aura lieu à l'automne. Marc-Aurèle, un des pères de la Zone, a rappelé ce matin lors d'une conférence de presse que « cette épuration des sols servira les autres générations. C'est à l'avenir de nos enfants qu'il faut penser. Notre génération doit se sacrifier pour la prochaine. Les rebelles qui veulent remettre en cause l'intégrité de notre territoire et la nécessaire marche de la science seront punis ».

J'entends du bruit dans le jardin et je vais déposer le journal sur la table du salon avant de regagner ma chambre. Je prends un peu de repos en prévision de ma sortie nocturne. Au repas, personne ne décroche le moindre mot. La mère prépare un plateau qu'elle porte à son fils. J'entends des cris. Va-t-il parler de moi? Elle remonte avec le plateau intact, il a dû le refuser. Le père se lève et descend à son tour. Il est de retour quatre minutes plus tard et fait signe à sa femme d'y retourner. Quand elle revient sans rien, j'en déduis que le père a convaincu Michel.

Je monte dans ma chambre. Bientôt, mon attention est attirée par des éclats de voix au rez-de-chaussée. Il semblerait que des gens s'invectivent en bas. Comme je ne parviens pas à identifier qui parle, je descends. Je découvre alors pour la première fois la télévision. Elle était enfermée dans un meuble. Sans rien demander, je prends une chaise et m'assieds pour regarder. Je vois que « mon père » est agacé car je suis en train d'enfreindre une règle essentielle, mais il ne se sent pas le courage d'aller à l'affrontement, sans doute à cause de l'enveloppe d'argent. La télévision reprend intégralement le contenu du journal mais n'apporte aucune information nouvelle. On montre ensuite une phase d'un jeu d'équipe qui se joue avec une balle ronde. Les joueurs la poussent et la frappent avec le pied. Ils doivent tirer dans un encadrement rectangulaire garni d'un filet. Je retourne dans ma chambre pour me préparer. J'ouvre la fenêtre pour inspecter les alentours et repérer d'éventuels bruits suspects. Le début de soirée est très animé. Des gens viennent disposer au milieu de leur jardin des paniers où il me semble reconnaître des produits alimentaires. Chacun ferme ensuite ses volets. Quelques minutes plus tard, j'aperçois ici et là des enfants qui déboulent par deux ou trois pour récupérer les colis. Certains courent pour devancer les autres. Je n'arrive pas à bien distinguer la scène mais je me rends compte que des enfants se battent un peu plus loin. Le calme revient peu à peu.

Au bout d'une demi-heure, je décide de sortir. Comme on me l'a conseillé, j'emporte mes armes au fond de ma poche. Quand je traverse la maison, je réalise que tous dorment déjà.

Une fois dans la rue, je progresse doucement. Je sais que j'ai environ deux kilomètres de marche. Je prends bientôt la décision de courir. Les seules voitures qui circulent sont celles de la police et je les entends arriver de très loin. Je passe à proximité du supermarché où j'ai acheté mon Orangeado. Il est fermé, pourtant un important groupe d'enfants s'y pressent. Je ne m'attarde pas mais j'ai le temps de les apercevoir en train de vider les poubelles. L'un d'eux essaie aussi de forcer la porte du magasin avec un pied-de-biche. Aucun de ces enfants perdus ne fait attention à moi. Ils sont trop occupés. J'aborde un secteur plus animé et, comme les gens ont l'air de se promener, j'arrête de courir et je me cale sur un groupe de quatre personnes qui vont dans la même direction que moi. On pourrait imaginer que je chemine avec elles. Malheureusement, le groupe rentre dans une boutique qui s'appelle un restaurant. Je regarde à l'intérieur, c'est comme une cantine payante.

Je suis presque arrivé lorsque je réalise que je n'ai pas croisé de patrouille depuis plus d'un quart d'heure. Je ressens pourtant une drôle d'impression, celle d'être surveillé. En effet, deux hommes sur le trottoir d'en face me regardent bizarrement. Peut-être les policiers mettent-ils des vêtements ordinaires pour ne pas se faire repérer. Je suis si près du but que je décide de continuer. Je fais le tour de la statue pour repartir dans l'autre sens. Comme ils se rapprochent, je comprends qu'il faut que je réagisse rapidement. Je pousse la porte d'un restaurant, me dirige vers le comptoir et demande les toilettes. L'employé esquisse un geste pour me faire sortir mais je repère l'inscription *W.-C.* et file sans attendre vers le fond de la salle. Je ferme la porte. Comme je l'avais espéré, il y a une fenêtre qui, bien qu'étroite, me permettra de me faufiler à l'extérieur. Je grimpe sans mal sur le lavabo et projette mon corps en avant. Je me rétablis pour atterrir dans une petite cour encombrée de poubelles. J'entrevois un passage vers une autre rue. Je connais la direction et ne me pose plus de questions : je cours comme un fou sur la chaussée. Les passants ne semblent pas faire trop attention à moi. Je m'arrête à une intersection pour essayer de localiser mes poursuivants. Je ne les vois plus. Je vais être contraint d'effectuer un large détour pour rentrer car je ne sais pas à quel niveau de mon itinéraire ils m'ont repéré. Je ne dois surtout pas me perdre. Je suis en secteur G. Il me faut prendre plein nord. Après quelques centaines de mètres, le paysage change. Les maisons sont plus hautes et plus espacées. Les passants sont rares. Je suis sur une longue ligne droite et donc facilement repérable. Je décide de courir à nouveau. Des groupes de jeunes sont installés dans des recoins sombres. Je ne les distingue qu'au dernier moment. Certains s'adressent à moi mais je fais mine de les ignorer. Un garçon aux cheveux longs, habillé de cuir, entreprend de me rattraper mais visiblement il manque d'entraînement. Il renonce après une centaine de mètres. J'entends ensuite se rapprocher le vrombissement d'un véhicule. Ce n'est pas la police et je choisis de ne pas en tenir compte. Mais je devine assez vite que je suis l'objet d'une sorte de chasse menée par deux motos. Je préfère alors stopper ma course pour reprendre mon souffle avant de les affronter. Les motards freinent près de moi et descendent de leurs engins. Ils sont tous les deux beaucoup plus grands et gros que moi. Je sors mon poinçon de son étui et je le glisse dans ma manche.

– Eh, le gosse ! Où tu vas par là ? T'es sur un territoire interdit !

– Je me suis perdu, je crois. Je veux rentrer en secteur H. Je ne cherche pas les problèmes. Si vous acceptez de me ramener, je vous paierai.

– Combien ?

– Je pensais vous ouvrir la porte de chez moi et vous laisser vous servir. Mes parents sont absents pour la nuit. Ma grand-mère est moribonde, ils dorment chez elle dans le secteur B. Je peux vous indiquer où ils cachent leur argent.

– T'es pas banal, c'est la première fois qu'on nous propose un plan comme ça! Qu'est-ce...

– Ne cherchez pas à comprendre. Je les hais. Je ne leur ai jamais pardonné l'abandon de ma petite sœur.

Comme ils se regardent et paraissent hésiter, j'insiste:

– Allez, les gars, vous ne le regretterez pas.

D'un mouvement de tête, l'un d'eux m'invite à grimper sur sa machine.

– Accroche-toi. Et pas d'embrouille, sinon je t'arrange ta petite gueule d'ange avec ma lame avant de te liquider. Crois-moi, ça ne sera pas la première fois que je supprimerai un gamin.

J'ai à peine le temps de comprendre ce qu'il vient de me dire que la moto démarre. Je dois résister pour ne pas être directement éjecté. Il a fait demi-tour et file à toute allure. Je commence à me repérer, nous sommes proches de l'endroit où, dans l'après-midi, les policiers voulaient m'embarquer. Son copain le double en lui faisant un geste de triomphe. J'attendais ce moment. Nous avançons moins vite et je peux desserrer mon étreinte. Je ne vais pas utiliser le poinçon mais la corde de piano que je récupère dans la poche arrière de mon pantalon. J'espère provoquer une syncope à mon conducteur. Des frissons me parcourent l'échine. Il se retourne brutalement:

– C'est où?

– La troisième à droite.

Il remonte à la hauteur de son copain pour lui transmettre les indications puis se repositionne à quelques mètres derrière lui. Nous longeons un parc entouré d'une clôture de bois d'un mètre vingt de hauteur. Je saisis le fil de fer à deux mains et le lui passe autour du cou avant de serrer brusquement. Il suffoque et fait un curieux bruit que le moteur couvre en partie. Il relâche progressivement la pression sur les poignées et la moto ralentit. Je me dégage et tombe violemment sur le sol. Je me relève sans attendre pour plonger par-dessus la clôture. La moto cale et se renverse. Le visage de l'homme a pris une teinte violacée. Il est mort. Son camarade vient de se rendre compte qu'il roule seul et amorce un demi-tour. Je m'enfonce dans le parc en courant. Je sais à peu près où je me situe. Je distingue à une centaine de mètres sur la gauche un groupe de jeunes assis autour d'un feu. L'un d'eux se lève pour me jeter des cailloux. Il est imité par une fille. Je suis hors de portée. Je retrouve ma rue et mon jardin. Je me glisse dans ma chambre et me jette sur mon lit. J'entends des motos patrouiller pendant toute la nuit dans le coin. Je viens d'ôter la vie à un homme dont je ne sais rien. Je suis maintenant un assassin, comme Quintus. Je ne suis pas meilleur que lui. Je finis par m'endormir.

Ce matin, au réveil, « mes parents » sont partis et je prépare seul mon petit déjeuner. Je fais le point sur les tâches qu'il me reste à accomplir : prendre une fois le bus et demander deux fois mon chemin. Je pourrai les effectuer en allant manger chez la grand-mère. Après ma douche, je passe voir Michel dans la cave. Il est toujours allongé. Son visage est tuméfié. C'est comme cela que son père l'a convaincu de manger... Je l'appelle. Il se redresse et me regarde d'un air dubitatif :

– Tu pourrais faire quelque chose pour moi ?

– Avec plaisir.

– Vers onze heures ce matin, tu déposes une lettre dans la boîte de quelqu'un que je connais. C'est deux rues derrière, au H1004, une maison blanche. T'es d'accord ?

Il se lève pour prendre l'enveloppe et me la tend. Je m'en saisis mais il ne la lâche pas. Il insiste :

– C'est très important.

Je retourne dans ma chambre pour inspecter la lettre. Il faut que je l'ouvre avant de m'acquitter de ma promesse. On ne sait jamais : s'il demandait à son correspondant d'aller me dénoncer à la police...

Christine, mon amour,

Je vais bien et je sortirai dans deux jours.

Je pense à toi tout le temps.

Tu es mon rayon de soleil dans ma cave.

Je t'aime.

Michel

Je redescends dans le salon et j'ouvre le tiroir où sont rangées les enveloppes vierges. Je refais l'adresse en imitant son écriture et je glisse la lettre dans l'enveloppe. Je me prépare en vitesse pour sortir. En déposant la missive, je peux contempler le portrait de sa Christine qui a de très longs cheveux blonds et porte des lunettes rondes.

Je me dirige vers la station de bus où j'achète un ticket. J'y retrouve la fille brune que j'ai croisée la veille. Elle n'essaie pas de passer inaperçue cette fois-ci. Dans le bus, je décide de m'asseoir près d'elle et d'engager la conversation :

– Bonjour, je m'appelle Michel. Et toi?

– Moi, c'est Anne.

Elle se baisse pour griffonner un mot qu'elle me tend discrètement :

Suis-moi. Nous devons parler dans un endroit moins peuplé.

Elle détourne le regard pour observer un instant les autres passagers. Puis elle fixe le paysage. Quatre stations plus tard, nous descendons. Elle m'entraîne dans les rues d'un secteur où les maisons sont très larges et entourées de grands arbres. Elle s'arrête pour m'attendre. Son ton est plein d'assurance :

– Comme tu as dû le remarquer, je te suis depuis ton arrivée. Je dois veiller sur toi. C'est grâce à mon lance-pierres que tu as évité de te faire tabasser par deux flics hier. J'ai perdu ta trace dans la soirée près de la statue du Triumvirat et j'étais contente de te découvrir vivant ce matin. Le journal m'a révélé que tu avais étranglé un membre d'une bande de motards. L'emploi de la corde de piano, c'est une signature de la Maison.

– Tu ne t'appelles pas Anne, alors?

– Quelle question stupide! Je porte le nom qu'on m'attribue en ce moment, comme toi. Michel? Méto? Je viens d'une autre île et j'appartiens aussi au groupe E.

– Pourquoi tu as choisi de te montrer? Ce n'était pas prévu, je suppose.

– Parce que tu allais tout droit te faire arrêter chez ta gentille Madeleine à l'heure du déjeuner. C'est une rabatteuse à la solde de la police. Elle touche une prime pour chaque enfant capturé. Je ne sais pas comment elle t'a repéré parce que, *a priori*, tu n'as pas fait d'erreur. Tu es peut-être un peu trop gentil ou un peu trop confiant... ou bien tes cheveux sont trop clairs et ça attire les regards.

– Tu es sûre de ne pas te tromper pour la vieille dame?

– Je l'ai suivie après ton départ. Elle est directement allée à la police organiser son piège.

– Qui vit dans le secteur où nous nous trouvons?

– Le E, c'est le coin des très riches, des gens importants. Les membres du gouvernement y ont leur résidence personnelle.

– Pourquoi la police ne patrouille pas par ici?

– Dans toutes les maisons, il y a des agents de sécurité privés. C'est le quartier le mieux gardé et personne ne nous demandera rien tant qu'on n'essaiera pas d'entrer dans les propriétés.

Nous croisons une dame qui promène un tout petit chien. Je l'interroge :

– Veuillez m'excuser, madame, pourriez-vous m'indiquer la direction de la 150, s'il vous plaît?

– Volontiers, jeune homme, vous prendrez la quatrième à gauche.

– Merci, madame.

Nous la regardons s'éloigner.

– Tu en es où de tes tâches?

– J'ai presque fini.

– Je préférerais que tu ne bouges plus trop de la maison des Chêne jusqu'à ton départ. Et puis tu devrais rendre tes cheveux moins voyants en portant une casquette, par exemple.

– Je vais m'ennuyer demain en attendant le départ.

– Je passerai te voir. Je vais te laisser maintenant. Ne tarde pas trop avant de rentrer.

Elle m'embrasse sur la joue et s'en va de son côté. C'est sans doute comme cela que font les gens quand ils sont amis pour se dire au revoir. Sans le savoir, Anne m'a mené exactement où je rêvais d'aller. Ce secteur E, c'est celui de ma famille... Je me dirige vers le 187, à l'adresse indiquée dans le classeur gris. En m'approchant, je sens mon cœur s'emballer. Je vais bientôt apercevoir les portraits des miens. C'est une grande bâtisse, deux gardes sont plantés devant la grille. Je jette un œil. Ils sont quatre à habiter ici, un vieil homme aux longs cheveux blancs et une femme au visage maigre, un homme brun au regard triste et une petite fille aux cheveux bouclés. C'est donc eux, ceux qui m'ont mis au monde, porté dans leurs bras, embrassé, aimé, mais qui un jour m'ont abandonné et livré à Jove... Je ne sais pas s'ils sont beaux ou si je leur ressemble. Je ne suis pas déçu car je n'avais rien osé imaginer. Je me remplis de leur image. Le vieux, c'est Marc-Aurèle, un des dirigeants de la Zone 17. Marc-Aurèle est mon grand-père!

Je demande à un passant de m'indiquer la station de mon bus: il me répond qu'il n'a jamais utilisé ce mode de transport. Je l'ai fait pour la mission car j'ai l'intention de rentrer à pied. J'évite les axes importants et, quand je me retrouve dans une rue déserte, je cours. Je suis de retour vers trois heures de l'après-midi. Le frigo est presque vide. Je me refais un petit déjeuner et monte consigner mes dernières remarques.

J'ai vu mes parents, à qui je ne pourrai sans doute jamais parler et qui ont tout fait pour me rayer de leurs souvenirs. Je pense à ma sœur à qui j'aurais tant à apprendre. Mon grand-père est le détestable instigateur de ces lois terribles qui ont détruit des familles et condamné des enfants à l'exil. Je m'assoupis, épuisé par toutes ces émotions.

Je suis réveillé par Michel qui m'appelle en hurlant depuis sa cave.

– Méto ! Tu es là ?

Je descends le voir.

– Ah, salut ! Tu lui as transmis mon message ?

– Bien sûr.

– C'est maintenant, en rentrant du collège, qu'elle va le découvrir. Dès qu'elle aura la lettre, elle viendra. C'est ma copine Christine. On s'aime. Plus tard, on se mariera et on aura un enfant. Méto, tu pourrais me laisser sortir dans le jardin juste un quart d'heure ? Tu pourras surveiller. Je sais que vous êtes entraînés au combat et que je ne fais pas le poids. Tu ne prends aucun risque.

Je ne devrais pas mais j'ai envie de lui faire confiance.

– Pourquoi pas ? Mais pas de faux pas, je suis capable du pire.

Michel m'indique où son père cache la clef du cadenas. Il est euphorique car il ne s'attendait visiblement pas à ce que j'accepte de le libérer. Christine l'attend devant la grille. Elle entre et ils s'installent sur un siège qui se balance grâce à des cordes. Ils s'embrassent en plaquant chacun leurs lèvres sur celles de l'autre. Ils ne se parlent presque pas. Caché derrière les rideaux, je me sens gêné et en même temps ces pratiques m'intéressent. J'aurais pu vivre les mêmes choses qu'eux si la vie en avait décidé autrement. Comme promis, au bout d'un moment, il raccompagne son amie à la grille et retourne dans sa cave.

La soirée se passe en silence. Je monte dans ma chambre de bonne heure mais je ne parviens pas à trouver le sommeil. J'ouvre la fenêtre pour contempler l'animation nocturne du quartier. Les rituels de ravitaillement, les cris de menace et les rires. J'assiste même à une descente de police au cours de laquelle les gens sont tirés de leurs maisons en pyjama pour être comparés à leurs portraits extérieurs. Ensuite leur maison est fouillée.

Ce matin, Michel dort. Moi je parcours le journal dans un des fauteuils du salon. On y relate un fait divers sanglant.

Règlement de comptes dans le milieu des motards

L'enquête sur l'assassinat de Boris B. n'a pas encore permis de désigner son auteur. Pour rappel, le corps sans vie de l'adolescent, âgé de dix-neuf ans, a été découvert étranglé dans la nuit du 16 au 17 mai 1979, à proximité du square des Espérènes.

Les recherches sur les activités et la personnalité de la victime ont mis en évidence que ce dernier appartenait à une bande mafieuse vivant du racket de commerçants et du trafic de drogue et de médicaments.

Bien qu'aucune preuve formelle n'ait pu l'établir, les services de police sont persuadés que Boris B. a été l'auteur dans le passé de nombreux actes de violence gratuite sur des adolescents perdus.

Sur les lieux du crime, aucune arme n'a été retrouvée. L'autopsie a révélé que le tueur avait utilisé un simple fil de fer. «La mort a été quasi instantanée. C'est un travail de professionnel, a conclu le policier en charge de l'affaire, sans doute le fait d'un membre d'une bande rivale. Dans ce genre de milieu, a-t-il ajouté, on ne vit pas vieux car les ennemis prêts à tout pour prendre votre place ne manquent pas.»

Une question pourtant ne cesse d'interroger les enquêteurs: qu'allait faire Boris B. si loin du territoire de sa bande?

Je connais maintenant le sens du terme «mafieux». J'entends soudain un bruit dans la serrure. Je tourne la tête vers la porte d'entrée et je vois la poignée s'incliner doucement. Je me redresse et sors mon poinçon... C'est Anne, qui se glisse sur la pointe des pieds. Elle me sourit et place son index sur sa bouche. Je lui fais signe de me suivre. Arrivée dans la chambre, elle défait son manteau.

– Rassure-moi. Tu n'as pas fait de bêtises depuis hier?

– Non, je n'ai pas fait grand-chose.

– J'ai apporté de quoi manger.

– C'est une bonne idée. Il n'y a rien dans le frigo et je me nourris essentiellement de petits déjeuners.

– Là où je suis, c'est plus sympa. Ils ne sont pas bavards mais ils sont généreux, je peux manger ce que je veux et j'ai parfois droit à quelques sourires.

– Et tu as aussi une «Anne» enfermée dans la cave?

– Non, leur fille a fugué. Ils sont sans nouvelles d'elle depuis plusieurs années. Comme ils n'ont jamais déclaré sa disparition aux autorités, je peux venir à chaque mission.

– Tu as quel âge?

– Dix-sept. Toi, tu as quatorze ans. C'est jeune pour une première sortie. Ils ont confiance dans tes capacités. Moi, j'avais déjà seize ans la première fois.

– Tu sais que je m'appelle Méto. Mais moi, je ne connais pas ton vrai prénom.

– De toute façon, nous ne portons pas nos vrais prénoms, alors quelle importance?

– Dis-moi celui que tu préfères.

– Caelina, le premier qu'on m'a donné. Il y a dans chaque Maison un grand classeur où sont écrites nos véritables identités. Je serais peut-être déçue par mon prénom de naissance si on m'autorisait à le découvrir.

Elle semble attendre que je commente ses dernières paroles mais je me contente de lui sourire. Elle reprend :

– À Siloé, le classeur est bleu. La combinaison comporte neuf chiffres. On nous laisse le manipuler certains soirs. Les Matrones savent bien qu'elles ne prennent aucun risque. Sur Hélios, j'imagine que c'est pareil.

Je sens une pointe de déception devant mon absence de réaction. Après un court silence, elle propose :

– On mange ?

Je la regarde mastiquer. Elle est plus petite et plus fine qu'Eve mais elle est jolie tout de même. Je pense que c'est elle qui va évaluer si je suis capable d'effectuer d'autres missions sur le continent.

À peine ses sandwichs et ses fruits avalés, elle m'annonce qu'elle doit partir.

– Je crois qu'on se reverra vite. Au revoir, Méto.

Je dors une partie de la journée avant de préparer mes bagages. J'organise comme la veille les retrouvailles de Christine et Michel. Je vole un bonnet à mon double pour cacher mes cheveux et quitte le foyer avant la tombée de la nuit. J'ai maintenant en tête un itinéraire bien rodé, ce qui me permet de gagner les quais sans encombre. Je trouve un petit square et grimpe dans un arbre pour attendre Juan.

CHAPITRE 6

À peine sur le bateau, je m'endors profondément. Au moment où nous nous quittons, Juan me le reproche :

– Je pensais que tu aurais plein de trucs à me raconter...

– La prochaine fois, c'est promis.

Je retrouve la Maison au petit matin. César me guettait pour récupérer mon carnet. Il me propose de manger, puis d'aller finir ma nuit dans ma chambre.

Je prends une douche avant de me glisser dans le lit. Je ne refais surface que pour le déjeuner. Mes collègues ne semblent pas particulièrement ravis de me revoir. Seul Jean-Luc m'accueille avec un sourire discret. Je m'assieds près de lui.

– Alors, ça y est! Tu as vu des filles? Elles sont belles, hein? commence-t-il en me faisant un clin d'œil et en mimant une silhouette féminine aux formes rebondies.

– Je te rappelle, dis-je en souriant, que je n'ai pas le droit de donner de détails.

Nous mangeons en silence. Il se tourne vers moi et soudain je sens comme une inquiétude dans son regard.

L'après-midi est consacré à un long entretien avec deux César qui, après m'avoir félicité pour ma mission, me soumettent à un interrogatoire:

– Ton récit manque parfois de précision. Par exemple, tu n'as pas décrit en détail comment tu t'es débarrassé du motard.

– J'ai été obligé de le tuer et ce n'est pas un acte dont je suis fier. Si c'était possible, je le rayerais de ma mémoire. Je n'avais donc pas envie de revivre cet instant horrible en le racontant par écrit.

– Nous te comprenons mais tu ne dois pas garder de secret pour nous, tu le sais.

Après un bref moment de réflexion, je me rue sur César 3 pour le saisir au niveau du cou. Surpris, il se débat mais je le maintiens fermement en resserrant mon étreinte sous la pomme d'Adam. Je relâche ma pression, je retourne m'asseoir et reprends:

– Le gars avait les mains sur son guidon pour maintenir sa moto. Il n'a pas eu le réflexe de se défendre, c'était plus simple qu'avec César. Je m'excuse si je vous ai fait mal.

– Ce n'est rien, répond celui-ci à contrecœur.

– Pourquoi, reprend l'autre, as-tu choisi de ne pas te conformer aux règles édictées par le père de famille et par les autorités de la Zone? En agissant ainsi, tu leur faisais courir un danger et toi-même, tu...

– Je ne respecte que les lois de la Maison. Il m'a semblé important pour réussir cette mission d'en savoir un peu plus que les jeunes qui vivent sur le continent. Je pense que vous évoquez le fait que j'ai regardé la télévision aux heures réservées aux adultes. J'étais curieux de connaître cet objet.

– Et tu as également lu les journaux.

– C'est vrai, mais il fallait que je sache s'ils mentionnaient mon meurtre et si la police avait trouvé des témoins de la scène.

– Et comment justifies-tu que tu aies laissé Michel en tête à tête avec son amie dans le jardin? C'est encore un élément absent de tes notes.

– D'abord, j'avais pris toutes les précautions. Ensuite, je l'ai fait en pensant à l'avenir. Si je suis appelé à retourner un jour sur le continent et que j'ai besoin d'aide, ce garçon-là se sentira obligé de me donner un coup de main en souvenir de ma gentillesse.

– Le dernier point est celui qui nous intrigue le plus. Lorsque tu as quitté notre agent dans le quartier E, tu es allé jusqu'à la résidence de Marc-Aurèle, l'un des pères de la Zone. Pourquoi être passé spécialement par là et avoir observé la façade?

– C'est le hasard qui a guidé mes pas. J'ai profité de la tranquillité de ce secteur pour marcher un peu. Je savais que, le lendemain, je resterais bloqué à la maison. Ce sont les drapeaux aux fenêtres qui ont attiré mon regard. J'ai tout de suite pensé que quelqu'un d'important devait habiter là, alors je me suis approché. C'était par simple curiosité, parce que j'ai envie de tout connaître...

– Mais de connaître quoi, Méto? intervient César 3 sur un ton agacé.

Je fais mine de ne pas comprendre sa question.

– Nous aimerions, reprend-il, que tu arrêtes de jouer les idiots avec nous et que tu te décides à nous dire la vérité sur ta présence au 187 du quartier E.

– Sincèrement, je ne sais pas ce...

– Très bien, nous en resterons là pour aujourd'hui, mais je te conseille vivement d'y réfléchir au plus vite. Pour nous, l'affaire n'est pas close.

Leur insistance me confirme que je ne me suis pas trompé. Marc-Aurèle, l'un des pères de la Zone 17, l'ancien marchand d'armes, le créateur de l'Espérène, est bien mon grand-père. Quelle faute ai-je pu commettre pour qu'il choisisse, malgré l'étendue de son pouvoir, de me confier à Jove et aux César? Je repense aussi à Caelina, ma surveillante surdouée, qui a réussi à m'espionner dans l'intimité de la famille Chêne sans que je me doute de rien. La prochaine fois, je me promets d'être plus méfiant.

Jean-Luc me propose d'aller nager dans la mer. Le temps est doux et je ne me fais pas prier pour prendre un peu d'exercice. On nous y autorise mais César 3 nous impose la présence de Bernard qui ne semble pas ravi de nous accompagner. C'est la première fois que je me laisse flotter dans cet environnement fascinant. Les vagues me rejettent sur la plage et je suis comme assailli par les algues. Mes compagnons m'invitent à les suivre plus au large. Je suis étrangement heureux, pas du tout anxieux. J'aperçois des troncs d'arbres ballottés par la houle à une trentaine de mètres. Bernard s'arrête et nous fait signe de rebrousser chemin. Avant de regagner la plage, l'image de ce que j'avais pris pour du bois flottant se précise: ce sont les corps étrangement gonflés de plusieurs hommes. Les deux autres me rattrapent.

Je sais qu'ils les ont vus aussi car nous rentrons dans un silence gêné.

À l'étude, je dois reproduire une carte de la Zone 17 avec les principaux repères et les grands axes. Je m'y applique avec sérieux.

Après le repas, nous remarquons tous l'absence de Jove qui est, nous annonce César 1, très fatigué.

– S'il n'y a pas de questions particulières à aborder, ajoute-t-il, je propose à chacun de regagner sa chambre. Quelqu'un a-t-il...?

Comme toujours, c'est une fausse question et personne ne songerait à intervenir. Les membres du groupe E quittent leurs fauteuils en silence. César ne termine pas sa phrase et conclut:

– Bonsoir à tous.

– Bonsoir, César, répondent en chœur mes camarades.

La baignade m'a fatigué et je sens les yeux me piquer. Je résiste au sommeil car j'attends la venue de Claudius ou celle de Romu. La porte s'ouvre. C'est mon ami.

– Tu n'as pas besoin de me raconter ta mission, déclare-t-il, car j'ai eu l'occasion d'en lire clandestinement le compte rendu dans le bureau des César. Tu ne t'es pas ennuyé mais ils t'ont fait courir de sacrés risques.

À la fin du rapport, une phrase ajoutée à la main par César 1 était plusieurs fois soulignée de rouge : *Jove ne croit pas au hasard*. Tu sais de quoi ils parlent?

– Oui. Jove me soupçonne de connaître mes origines et donc peut-être d'avoir réussi à ouvrir le classeur gris.

– Cela pourrait te coûter la vie, Méto.

– Ils n'ont aucun moyen de le prouver. Ils seront obligés de croire au hasard pour une fois, ils n'ont que cette solution. Puis-je sortir cette nuit? Je veux prendre des nouvelles d'Octavius.

– Oui. Entre minuit quinze et trois heures vingt-sept. Sois prudent.

– C'est promis.

J'effectue le parcours jusqu'à l'Entre-deux sans problème. Eve se détourne en m'apercevant et j'entends un bruit d'eau. Elle revient en s'épongeant le visage et me sourit :

– Je ne voulais pas que tu me voies avec mon masque de sorcière. Approche-toi.

Nous restons enlacés quelques minutes puis nous nous asseyons sur son matelas. Avant même que je ne le lui demande, elle me parle d'Octavius. Elle a dû le soigner en lui incisant l'oreille pour la nettoyer et le débarrasser de son anneau. Elle lui a aussi recousu quelques plaies au visage et au ventre, et l'a veillé pendant plusieurs jours. Il a à présent rejoint le groupe des Plageurs, et les Oreilles coupées le traitent normalement.

– J'avais peur qu'ils lui fassent payer notre amitié. Je compte lui rendre visite avant de remonter, tu sais où il dort?

– Oui, mais tu n'iras pas. Hier, j'ai surpris une discussion le concernant. Ils veulent te piéger, Méto, et Octavius est là pour servir d'appât. Il est surveillé jour et nuit. Tu dois renoncer à le rencontrer pour le moment. Je pourrai en revanche lui faire passer des messages.

Je décide de me ranger à son avis puis je lui raconte en détail ma mission sur le continent. Elle écoute avec beaucoup d'attention. Je la vois grimacer quand j'évoque Caelina:

– Cette fille joue l'enfant de la famille, et les parents font semblant d'y croire, alors que leur vraie fille est sans doute en danger. C'est horrible de faire ça!

– Elle ne l'a pas choisi. On l'oblige, tu sais.

Je vois son visage se durcir. Je regrette de lui en avoir parlé. Cette histoire ressemble trop à la sienne. Elle doit avoir peur que ses parents ne l'aient remplacée. Elle cache son visage dans ses mains pour pleurer. Je lui passe le bras derrière le dos et l'attire vers moi. Elle résiste un peu puis se laisse faire, secouée par les larmes.

– Je n'en peux plus, Méto. Il faut que tu me fasses partir. Je suis trop seule. Et je sens que les regards des brutes sur moi ont changé, j'ai peur. Je sors de moins en moins de ma cachette et j'ai du mal à manger et même à me laver. Je fais des cauchemars terribles dans lesquels je suis morte et oubliée de tous. La nuit dernière, j'ai failli avaler une boîte de médicaments pour en finir avec tout ça.

– Il faut absolument que tu tiennes bon, je vais te tirer de là. Et justement, je voulais te parler du marin qui m'a emmené à terre, Juan. Tu pourras embarquer d'ici quelque temps sur son bateau. J'ai repéré...

– Quand penses-tu me faire quitter l'île?

– Lors de ma prochaine mission.

– Quand, exactement, Méto? articule-t-elle en élevant la voix.

– Chut! Je ne sais pas encore précisément, Eve, mais je te promets que c'est pour bientôt.

Après un long silence, elle se détache de moi et m'apporte de quoi écrire. Je rédige le message pour Octavius:

Je ne t'oublie pas. Méto. M.l.m.

Je me lève et embrasse Eve sur la joue.

– Je reviendrai vite.

– Je sais.

Atticus me réveille en sursaut. Je ne me sens pas prêt à limer du métal ce matin et je grogne un peu:

– Atticus, il faut que je dorme... S'il te plaît.

– Méto, j'ai un cadeau pour toi ! Secoue-toi !

J'ouvre un œil. Il me tend sa clef avec un air triomphant. Comme je ne réagis pas, il ajoute :

– Elle est pour toi, celle-là. Moi j'en ai une autre.

– Comment t'y es-tu pris ?

– J'ai dit que j'avais perdu la mienne et ils m'en ont refait une.

– Et ils ne vont pas avoir de doutes ?

– Cela m'est déjà arrivé.

Il ouvre sa combinaison et me montre son dos. Je découvre les dessins de trois clefs : deux de couleur brunâtre et un plus rouge.

– C'est ma troisième, reprend-il, ils ont l'habitude. À chaque fois, avant de me donner la nouvelle, ils la chauffent sur des braises et me marquent avec pour que je m'en souvienne.

– Tu es fou ! Tu as fait ça pour moi ? Comment je pourrai...

– Laisse tomber, Méto. Tu es mon seul ami. Rendors-toi maintenant.

– Merci, Atticus.

Au réveil, je glisse ma clef dans ma chaussette et pars rejoindre les autres. Jean-Luc vient s'asseoir en face de moi avec un air étrange. Ses yeux sont cernés comme s'il n'avait pas dormi ou avait beaucoup pleuré. Il me fait comprendre qu'il a un secret à me confier et me demande si je suis prêt à l'entendre. J'acquiesce. Pourquoi voudrait-il subitement enfreindre les règles? Afin que les autres ne remarquent pas nos mines de conspirateurs, j'engage la conversation sur un ton léger:

– Il fait beau. J'espère qu'on retournera se baigner.

Il se force à sourire.

Un peu plus tard, quand nous revêtons nos tenues pour la course matinale, il se rapproche de moi pour me chuchoter:

– À la fin de l'exercice, propose-toi pour ranger les équipements.

Nous retrouvons le groupe. Ce matin, un parcours a été installé à proximité de la Maison et nous ne sommes pas contraints de porter notre masque. Nous devrons tour à tour courir, grimper, ramper et sauter. Bernard dirige la séance. C'est épuisant mais très amusant. Nous nous défions par deux. Je suis moins entraîné que les autres, pourtant je me défends bien. Jean-Luc montre vite son état de faiblesse. Les autres le forcent à aller plus vite en le rudoyant. Ils le traitent de «faible», d'«indigne» et se moquent de lui. À la fin, Bernard réclame deux volontaires pour rapporter le matériel. Comme prévu, j'offre mes services et il désigne Jean-Luc pour faire le second. Les autres s'éloignent. Nous commençons par retirer les piquets qui maintenaient le filet délimitant notre parcours. Jean-Luc se lance :

– Depuis que j'ai vu ces noyés hier après-midi, je n'arrête plus d'y penser.

– Moi je veux bien t'écouter mais tu es conscient que tu prends des risques, Jean-Luc ?

– Lesquels ? Je te connais et je sais que tu n'es pas du genre à aller rapporter. Et puis j'en ai besoin. Voilà : pendant la dernière mission, nous sommes intervenus sur un cargo rempli d'« Indésirables ». Comme d'habitude, nous devions faire le sale boulot, celui que les autorités de la Zone n'osent pas imposer aux services de sécurité. Notre tâche consistait à saboter les instruments de navigation pendant la nuit, pour que le bateau parte à la dérive vers le large, et ensuite à vider le carburant dans la mer à l'aide d'une pompe. Ce n'était pas la première fois mais là, ils nous attendaient. Ils nous sont tombés dessus, à peine embarqués. Nous avons été enchaînés et battus sur le pont. Des enfants et des femmes venaient nous insulter et nous cracher dessus. Cet enfer a duré presque une heure, jusqu'à l'intervention des soldats. Là, le carnage a commencé. Des morts par balles partout, des familles entières jetées par-dessus bord. J'ai participé à ce massacre et depuis j'y pense sans arrêt.

– Le cargo, c'était le *Liberta* ?

– Comment tu le sais ?

– J'ai lu les journaux sur le continent. Ils écrivaient que les passagers avaient volontairement choisi de quitter les eaux territoriales.

– Ce n'est pas tout. J'ai parlé à Juan la veille de la mission. J'avais en charge la préparation du Zodiac et je l'ai croisé sur le ponton où il réparait son bateau. Nous avons échangé quelques mots. J'ai juste évoqué une sortie en haute mer mais il a dû comprendre. Je ne vois pas qui d'autre aurait pu les avertir. Depuis, je me considère comme responsable de tous ces morts et je me sens terriblement coupable.

– Tu as fait part aux César de tes soupçons à propos de Juan?

– Tu es fou! Avouer que je les ai trahis! Je serais bon pour crever au frigo.

– Alors, pourquoi les autres te rejettent-ils?

– Ils sentent bien que je suis anéanti par ce que nous avons vécu cette nuit-là. Mais ils voudraient que je sois comme eux, que je passe à autre chose. Ma culpabilité leur rappelle leur propre faute. C'est pour cela qu'ils me détestent vraiment maintenant.

Nous continuons notre tâche sans parler. Avant de refermer la réserve, il ajoute:

– Je te remercie, Méto. Ça m'a libéré d'un grand poids. Tu sais que si tu veux te confier, je serai là pour toi moi aussi.

Cette dernière phrase résonne comme une invitation mais je dois rester sur mes gardes. Et si les César m'envoyaient un «faux ami» pour m'extorquer des confidences?

Je suis convoqué en fin d'après-midi dans le bureau.

– Nous avons une mission à te confier, déclare César 1. Mais ne va pas t'imaginer que tu es devenu irremplaçable. Nous ne pouvons pas envoyer quelqu'un d'autre car tous tes camarades ont échoué précédemment et leurs visages sont déjà connus de nos ennemis. Nous allons t'exposer le problème mais tu devras réfléchir à une stratégie et nous la présenter avant de te lancer car tes chances seront minces et nous n'aimons pas faire courir aux membres du groupe E des risques inconsidérés.

Il me tend une photo où j'identifie tout de suite Hiéronymus, une personnalité marquante de la Maison, un être d'un calme et d'une force redoutables. J'estime que nous avons à peu près quatre ans d'écart car j'étais encore Bleu clair quand il a disparu de la Maison des enfants. Il était toujours bienveillant avec les petits et s'interposait en cas d'injustice, quitte à s'opposer à l'autorité des César. Aujourd'hui que je sais ce que ces mots recouvrent, je pourrais dire que c'est le «grand frère» que tout le monde aimerait avoir.

– Tu le reconnais?

Je hoche la tête. Il reprend :

– Il était parti infiltrer dans la Zone 17 une bande d'enfants coupables d'actes de sabotage et il a choisi de rester parmi eux et de devenir un de leurs chefs. Nous avons tenté à plusieurs reprises de le ramener à la raison mais sans succès. Nous ne savons plus comment le convaincre. Essaie d'y réfléchir et propose-nous un plan. Voilà le reste du dossier.

Dossier : Hiéronymus

Dossier prioritaire

Portrait

Cheveux foncés et teint hâlé. Yeux marron.

1,80 mètre pour 70 kilos.

Âge : 18 ans et 4 mois.

Trois infractions constatées durant sa période à la Maison des enfants :

– désobéissance,

– bagarre,

– tentative de déstabilisation du groupe des Rouges.

Particularités

Intelligent, manipulateur, grand contrôle de ses émotions, s'est montré capable de prendre des risques pour les autres, peut faire preuve de générosité.

En résumé, une personnalité difficile à cerner et donc à contrôler.

Mission initiale

Infiltrer la bande des enfants du secteur I connue sous le nom de groupe «Chiendent», dont les membres se livrent à des actions violentes principalement tournées contre les autorités de la Zone 17. Il devait les identifier, eux ainsi que les soutiens dont ils disposent, et repérer leurs planques et caches d'armes.

Pendant le premier mois, des informations régulières nous sont parvenues. Ensuite, sa trace a été perdue. Un nouvel agent dépêché sur place a constaté qu'il était toujours vivant. Ce dernier, ayant été reconnu par Hiéronymus, a immédiatement été réexpédié à la Maison, porteur du message suivant:

«Maintenant que j'ai compris, je ne reviendrai jamais. Je sais qui sont mes frères et qui sont mes ennemis. Hiéronymus.»

Liste des stratégies utilisées lors des tentatives de récupération

– l'amitié

– la raison

– la séduction

– l'annonce de son RF

– le chantage
– la force

Localisation
Hiéronymus est très mobile. Il dispose d'au moins six points de chute pour se cacher. Il utilise prioritairement trois maisons (dont les adresses sont en annexe) habitées par de fausses familles et trois ou quatre maisons occupées par de vraies familles sympathisantes à sa cause.

Rôle actuel au sein du groupe «Chiendent»
Il est, depuis peu, le numéro un de l'organisation. Il planifie les opérations de sabotage et n'hésite pas à y participer personnellement à l'occasion. C'est lui qui est à l'origine du boycott des médicaments de la firme AAAP qui appartient à Arthur F., un des membres du Triumvirat. Il aurait par ailleurs mis en place des écoles clandestines pour les orphelins. Selon des sources concordantes, il essaierait actuellement de fédérer les différents groupes clandestins de la Zone 17.

Dernière information
Son groupe est actuellement fragilisé par des vendeurs de drogue qui tentent de s'installer sur son territoire pour élargir leur clientèle aux jeunes marginaux jusque-là épargnés.

Je trouve Hiéronymus formidable. Si je n'avais pas tous mes amis qui comptaient sur moi, je suivrais peut-être le même chemin. Je rêve depuis quelques nuits d'une fin heureuse pour nous tous et, petit à petit, je la vois se dessiner. Je vais avoir besoin de ce « héros » pour mener à bien mon grand projet.

Je passe l'après-midi à relire les notes qu'on m'a fournies. Je dois savoir au plus vite ce que signifient les lettres RF. Je commence à avoir une idée de la stratégie que je vais présenter aux César. Il faut que je me montre convaincant face à eux car je veux absolument rapatrier Eve sans délai. C'est mon premier objectif, bien avant la mission. D'ailleurs, les autres ayant tous échoué, je ne vois pas pourquoi je réussirais.

Pour la deuxième fois consécutive, Jove est absent lors de la soirée mais César 1 ne fait aucun commentaire à ce sujet. Nous regagnons donc nos chambres plus tôt. Comme chaque fois, j'attends le passage d'un de mes visiteurs habituels. Aujourd'hui, c'est Romu, qui semble très énervé. Son débit est rapide :

– Mon père va mal. Il va peut-être enfin mourir. Les César sont très excités mais passent leur temps à m'éviter. J'en suis rendu à écouter aux portes et ce que j'entends me met en colère. Les César vont tout faire pour garder le pouvoir en désignant Rémus comme successeur du vieux.

Comme il est incapable de prendre des décisions rationnelles, ils décideront à sa place. Je ne vais pas les laisser faire! Ça, je te le jure. Ils devront m'éliminer pour parvenir à leurs fins. Méto, je vais bientôt avoir besoin de toi. Tu es prêt à rejoindre mon camp?... Tu hésites?

– Je suis de ton côté, Romu.

– Merci, c'est ce que je voulais t'entendre dire. Je dois y aller.

Comme il s'apprête à me serrer la main, j'ajoute:

– Romu, je te suis fidèle parce que je suis sûr qu'avec toi les choses changeront enfin à la Maison. J'ai raison, n'est-ce pas?

– On en reparlera plus tard. D'accord?

Je suis réveillé par Atticus, qui paraît soucieux:

– Je dois te prévenir que les choses ne se passent pas comme je l'avais prévu. Les César vont organiser une fouille complète des chambres et des individus pour retrouver la clef. C'est toi qui es principalement visé. Un copain m'a rapporté des paroles de César 3: «Bizarrement, c'est un passe-partout utilisé dans le secteur de Méto qui a disparu!» Où la planques-tu habituellement?

– Sur moi, dans une de mes chaussettes.

– Ils vérifieront tes vêtements et tous les recoins du vestiaire pendant la douche. Je ne sais pas comment tu vas t'en sortir. C'est de ma faute, tout ça!

– Atticus, je vais trouver une solution. Je t'en prie, ne t'inquiète pas. Tu as déjà tellement fait pour moi.

Je ne parviens pas à me rendormir après son départ mais, au matin, je sais comment procéder. La douche se déroulant après la course matinale, je vais pouvoir cacher la clef à l'extérieur. Il faudra pour cela échapper quelques secondes aux regards de mes «camarades».

Au petit déjeuner, Jean-Luc m'accapare. Son état ne s'est pas amélioré. Il me parle à voix basse :

– Les autres m'ont mis à l'index. Je crois qu'il serait préférable que tu ne me fréquentes pas trop en ce moment. Sinon, tu risques de subir le même sort.

– Je ne suis pas du genre à abandonner un ami.

– Merci de te dire mon ami.

Nous partons courir. Au bout de deux kilomètres à peine, j'entends Jean-Luc s'effondrer derrière moi. Je m'arrête et me baisse pour lui porter secours. Il semble évanoui. Avant d'alerter les autres, j'enfouis ma clef sous une plaque de mousse. Je place ensuite deux bâtons en croix par-dessus. Je crie en essayant de mémoriser quelques éléments du paysage. Tout le groupe E rapplique et entoure Jean-Luc. Après lui avoir assené plusieurs claques bien lourdes, Bernard déclare :

– Fabriquons un brancard et rentrons.

En moins de cinq minutes, nous sommes déjà sur le chemin du retour.

Je prends ma douche tranquillement. Les soldats qui fouillent les lieux et les tenues avec minutie ne font rien pour passer inaperçus. Bredouilles et dépités, ils pénètrent dans les douches pour nous observer en détail. Nous nous laissons manipuler comme des pantins. Avec de fines torches électriques, ils explorent longuement l'intérieur de nos bouches. Ils repartent en grognant. Nous nous rhabillons en échangeant des regards soulagés.

Alors que je sors du vestiaire, César 3 m'invite à le suivre dans la salle où l'on prépare les missions.

– Alors, commence-t-il, tu as avancé?

– Oui, je crois. Avant tout, expliquez-moi la signification de RF?

– Ce sont les initiales de Retour Famille. On lui a fait croire que sa sœur était décédée dans un accident de voiture et que sa famille était autorisée à réclamer son retour.

– Cela aurait signifié qu'il était libre et n'avait donc pas à revenir ici.

– On l'invitait quand même à repasser par la Maison pour obtenir les renseignements nécessaires sur sa famille et subir une visite médicale. Mais changeons de sujet. Comme tu l'as lu, cette annonce ne l'a pas intéressé et il a préféré rester avec les enfants errants. J'espère donc que tu as trouvé autre chose.

– Oui. Mais pour peaufiner mon plan, j'aurai besoin d'avoir des renseignements sur les passagers du *Liberta*, ce bateau dont parlaient les journaux de la Zone.

– Et pourquoi donc? articule César 3 d'une voix sévère.

– Je dois d'abord me forger un personnage crédible pour me faire accepter de la bande. J'ai pensé dire que je m'étais échappé du cargo pour rejoindre le continent et que je vivais terré dans les égouts depuis mon arrivée. Cela expliquera mon manque de connaissance de la Zone et de la vie sur la terre ferme en général.

– Je vais réfléchir aux types de documents que je pourrai te laisser consulter sans risques pour la Maison.

– Je crois que plus je serai informé, plus je serai efficace.

– Efficace pour quoi faire et contre qui?

– Je ne comprends pas cette question.

– Je suis sûr du contraire, mais passons. Comment comptes-tu te faire adopter par ces marginaux violents? Ils sont non seulement suspicieux mais peu charitables. Tu as pensé à une sorte de cadeau?

– J'ai découvert dans votre dossier que la bande de Hiéronymus avait eu des conflits avec les vendeurs de drogue. Je peux revendiquer la mort du motard nommé Boris.

– Et pour convaincre Hiéronymus de revenir?

– Avec lui, je jouerai franc-jeu et je me rappellerai à son souvenir. Je me vanterai d'avoir mené avec succès une révolte contre les César. Je lui dirai ensuite que j'ai besoin de lui pour me venger de Jove et détruire la Maison. Je lui expliquerai que j'ai choisi de m'infiltrer au sein du groupe E pour rassembler des alliés et accumuler un maximum d'informations en vue d'élaborer un plan. J'ajouterai que son expérience et ses compétences me sont nécessaires pour mener à bien mes projets. Connaissant sa générosité, il devrait accepter de m'aider.

César 3 m'adresse un regard que j'ai du mal à décrypter: entre la méfiance et l'amusement.

– Tu es en effet très subtil.

Il se lève pour sortir. Je l'entends murmurer:

– Peut-être un peu trop à mon goût.

Il part, sans doute pour s'entretenir avec les autres César avant de prendre une décision. Je reste seul près d'une heure. Je suis conscient de l'avoir surpris et sans doute inquiété, mais le temps presse et je me devais de proposer une solution. Je me sens vide. César 3 est de retour:

– Contre toute attente, ta mission est validée. Envisages-tu de travailler seul?

– Non, j'aimerais être accompagné par Anne.

– Pourquoi elle?

– Je l'ai vue à l'œuvre. Elle est très efficace. Elle sait se rendre invisible et connaît bien le terrain.

La vraie raison est que je préfère savoir à tout moment où se trouve la personne qui me surveille.

– Entendu. Tu partiras dans deux jours. D'ici là, ne néglige aucun détail dans ta préparation. Ah oui! J'allais oublier: Jean-Luc veut te voir. Sache qu'il nous inquiète. Je pense que nous nous sommes trompés sur son compte: il n'a pas l'étoffe d'un E.

Mon camarade est allongé sur un des lits de l'infirmerie. Il est très agité. Son visage est couvert de sueur.

– Ah! Méto, mon ami! Tu es là. Viens près de moi. Parle-moi. Je dois chasser tous ces souvenirs qui encombrent mon cerveau.

– Je ne sais pas trop quoi te dire.

– Raconte-moi ce que tu veux. Ici nous sommes seuls et il n'y a personne qui puisse nous entendre. Ta dernière mission ou quand tu dirigeais la révolte contre les César. Vas-y, je t'en prie.

Comme je reste muet, il s'emporte:

– Tu n'as pas confiance? C'est ça? Mais moi, je t'ai tout dit!

Je décide d'accéder à sa demande mais en prenant soin de ne pas évoquer les fragments de l'histoire encore ignorés des César. Il m'écoute avec attention et pose quelques questions. Je le trouve tout à coup très vif et concentré. Je le quitte pour aller dîner, contre la promesse de revenir le lendemain. Ainsi que je m'y attendais, les autres ne me montrent au moment du repas que de l'indifférence, comme si j'avais choisi mon camp et qu'ils me méprisaient désormais. Je ne peux m'empêcher de penser que tout cela relève d'une mise en scène visant à m'isoler et faire de moi un confident obligé de Jean-Luc.

Après l'extinction des feux, Claudius passe me voir.

– Profitons bien de cette rencontre, Méto, déclare mon ami, Romu m'a fait comprendre que ce serait la dernière avant longtemps. Dorénavant, il veut que ta porte reste close la nuit, sauf pour lui. Trop de choses lui échappent, m'a-t-il déclaré. Il a besoin de garder le contrôle. Il a peur qu'on complote derrière son dos.

– Ça ne m'étonne pas. Il se sent seul et traqué. Mais je n'ai plus besoin de lui pour sortir car je dispose d'une clef de ma chambre !

– Je me doutais que c'était toi. Tout ce remue-ménage, c'était de ta faute ! Et tu as réussi à passer au travers de la fouille ?

– J'avais été prévenu et j'ai caché la clef à l'extérieur pendant la course du matin.

– Méfie-toi quand même, Méto. Hier, j'ai surpris la fin d'une discussion dans le bureau. J'ai réussi à comprendre que Jove parlait de toi. Il disait qu'il fallait te laisser aller au bout de ton audacieux projet et que les César devaient cesser d'avoir peur d'un enfant. En quittant la salle, César 2 maudissait à voix basse «le vieux chef qui n'a plus toute sa tête et fait courir des risques inconsidérés à la Maison». «Mais Méto n'a pas encore gagné, je n'ai pas dit mon dernier mot», lui a répliqué César 1.

– J'aurai besoin de sortir demain soir. Pourrais-tu m'indiquer les horaires?

– Laisse ouvert, j'essaierai de passer.

Je lui explique ma prochaine mission sur le continent. Je le vois grimacer:

– Récupérer Hiéronymus? Tu me fais peur. Entre eux, ils en parlent comme d'une opération impossible, voire suicidaire. Je crois qu'ils ont trouvé là un moyen de se débarrasser de toi.

– Ne t'inquiète pas. Je serai prudent.

Après cette première nuit complète depuis longtemps, je pars rejoindre les autres pour le petit déjeuner. Ils m'ont laissé une place près d'eux mais ne me permettent pas de m'insérer dans la conversation. Je me résigne à ma solitude. Dans les vestiaires, au moment où je me redresse après avoir enfilé mon équipement, je perçois qu'on a glissé quelque chose dans ma chaussure droite. J'esquisse un mouvement pour me déchausser mais je suis retenu dans mon geste par Bernard :

– Pas le temps, nous sommes déjà en retard.

C'est un coup monté. La douleur se fait sentir dès les premières foulées. Je devine des sourires sous les masques de mes bourreaux. Je déploie des efforts considérables pour ne pas leur donner la satisfaction de me voir souffrir. Je sais que je ne tiendrai pas longtemps. Ils me doublent un à un en me bousculant à chaque fois, ce qui me fait perdre l'équilibre. Ils me distancent un peu mais se retournent à tour de rôle pour me surveiller. Je vais résister jusqu'à la cachette de la clef. Je me concentre sur mes repères. J'espère ne pas me tromper lorsque je me laisse tomber. Je me débarrasse de ma chaussure tout en fouillant l'herbe en tous sens pour retrouver l'objet. Je le glisse tout terreux dans ma chaussette gauche. Les autres reviennent sur leurs pas. J'extirpe un clou de mon talon. Ma chaussette est tachée de sang. Je crie sous le masque « Bande de salauds ! » mais il ne sort qu'un son ridicule, comparable au cri d'un porc qu'on malmène. Les autres me tirent pour me remettre debout. Je n'ai pas eu le temps de refaire mon lacet. Ils me propulsent vers l'avant et m'obligent à courir en tête. Ils me poussent quand je ne vais pas assez vite à leur goût. Malgré ma colère, je ne laisse rien paraître sous la douche et fais simplement un détour par l'infirmerie pour me soigner. César 3 s'inquiète de mon état :

– Comment t'es-tu blessé ? Enlève l'autre chaussette tout de suite ! On va t'en trouver des propres.

Je m'exécute sans angoisse car j'ai fait passer la clef dans ma poche pendant le rhabillage.

– Juste un caillou pointu dans ma chaussure. J'aurais dû réagir plus tôt. Comment va Jean-Luc aujourd'hui ?

– Pas très bien. Il veut te voir, d'ailleurs.

– J'essaierai d'y aller plus tard. Je dois avant tout mettre au point ma mission.

J'ai appris à interpréter la plus petite expression qui s'affiche sur le visage d'un César. Il est décontenancé. Il n'avait pas prévu que je refuse.

Dans la bibliothèque, je trouve un dossier sur le *Liberta*. J'écarte les coupures de presse que je sais peu fiables pour m'intéresser aux plans du bateau et à la liste des passagers et des membres d'équipage. On m'a aussi préparé un dossier plus général sur les « bateaux d'exil » et les conditions matérielles de la vie à bord.

Réglementation officielle

Les cargos ont le droit à deux ravitaillements en eau potable et en carburant par an. Ceux-ci sont effectués au large par des super-tankers affrétés par les Zones dont les bateaux sont issus. À cette occasion, du courrier peut être transmis. Aucun débarquement n'est autorisé.

Vie quotidienne à bord

La séparation entre membres d'équipage et passagers établie au début du voyage s'estompe généralement assez vite, et tous les passagers s'organisent pour effectuer les différentes tâches nécessaires à la vie communautaire. Dans certains bateaux, des comités de survie ont vu le jour et les décisions sont prises de manière démocratique.

Pour assurer leur subsistance, les occupants développent diverses activités, pêche, chasse et piégeage d'oiseaux, mais également cultures hors sol de soja, haricots et lentilles. Beaucoup ont recours en parallèle à des razzias sur le continent dans et en dehors des Zones officielles.

Des écoles sont instituées pour les enfants et des échanges de compétences entre adultes organisés.

César 3 passe faire le point. Je construis peu à peu mon personnage et celui de Caelina qui jouera ma grande sœur. Nous devons avoir tous deux des cheveux bruns car c'est la couleur la plus répandue dans la Zone 17.

– Nous avons programmé ton départ dans la nuit de demain à après-demain, à trois heures. Tu penses que tu seras prêt?

Je lui assure que oui. Avant de s'éloigner, il me demande d'aller voir Jean-Luc sur-le-champ. Il ajoute que, si ce dernier ne se reprend pas, une décision de déclassement sera prononcée dès le lendemain.

– Qu'attendez-vous de moi exactement?

– Il est fragile psychologiquement en ce moment et nous pensons que tu pourrais l'aider à passer ce mauvais cap. Il se raccroche à toi mais visiblement ton cœur a durci et tu ne fais rien pour lui.

Cette insistance me paraît suspecte. Comment un César peut-il me reprocher de ne pas être sensible?

Je retrouve Jean-Luc dans un piteux état. Je lui annonce:

– Je vais bientôt partir en mission. Je voulais te revoir avant mon départ. Tu es au courant qu'ils parlent de te déclasser? Tu sais ce que cela signifie? Plus de missions sur le continent, uniquement des tâches imbéciles de contrôle et de surveillance à l'intérieur de la Maison...

– Je m'en fous. À quoi je sers ici, à part à faire le mal? Je me disais que ces hommes qu'on a vus flotter, on les avait tués alors qu'ils ne causaient de tort à personne. Notre vie est mauvaise, à quoi bon continuer?

– Je ne peux pas t'expliquer encore, lui dis-je, mais je suis persuadé qu'une vie meilleure est possible pour nous. J'ai un plan et, si tu veux en faire partie, il y a une place pour toi.

– C'est vrai ? demande-t-il, en se forçant à garder les yeux ouverts.

– Je te le promets. À bientôt, Jean-Luc.

Nous apercevons Jove un bref instant dans la soirée. Il est avachi dans un fauteuil et paraît soudain plus vieux et plus petit. Chacun s'approche à son tour. Il se contente de nous regarder avec bienveillance. Nous regagnons nos chambres. J'attends le silence complet dans les couloirs pour enfin utiliser ma clef. Claudius passe très tard. Il se glisse dans la pièce et m'annonce à voix basse :

– Couloirs libres dans vingt minutes et jusqu'à deux heures douze. Sois prudent. Salut.

– Merci. Ne t'inquiète pas pour moi.

Je me lève pour m'asperger la figure avec un peu d'eau et je marche sur place pour dégourdir mes muscles. Je me plaque ensuite contre la porte pour surveiller les derniers déplacements. J'y vais.

J'effectue sans trop réfléchir le parcours qui me sépare d'Eve et je parviens à l'entrée de la grande salle, où je perçois encore quelques murmures près des feux du soir. Il est un peu tôt. Dans mon secteur, la voie est libre et je franchis l'Entre-deux sans attirer l'attention. Eve semblait m'attendre. Je la sens anxieuse. Je la serre contre moi un court moment. Nous allons nous asseoir sur son lit. Elle me fait face. Son beau visage est marqué par la fatigue.

– Tu partiras la nuit prochaine. D'ici là, essaie de dormir un peu.

– Demain, Méto? Demain?

– Oui. Mémorise bien mes consignes. Habille-toi en garçon et noircis ta peau. Le bateau est ancré à une distance que j'évalue à un kilomètre cinq vers le nord. Tu devras longer la côte par la plage. Prévois de partir à minuit. Le trajet est escarpé. À certains endroits, tu devras grimper ou te faufiler entre des rochers, peut-être même enjamber des mares d'eau. Sur place, il te faudra guetter le bon moment pour monter à bord. Le bateau est petit. À l'avant de la cabine sont stockés des filets et des sortes de cages. Sur le pont, tu découvriras une trappe. Ouvre-la et glisse-toi à l'intérieur. Ne bouge sous aucun prétexte. Je t'en ferai sortir dès que possible.

Je la trouve étrange, comme absente. Elle me sourit bizarrement. Je lui demande de répéter toutes mes recommandations, elle s'exécute machinalement. Je vois peu à peu ses traits s'adoucir, comme si elle comprenait enfin ce qu'elle disait.

– On va partir, Méto. C'est vrai alors, on va partir!

Elle se jette sur moi et éclate en sanglots. Je l'entoure de mes bras jusqu'à ce qu'elle s'apaise. Puis, avant de me relever, je lui glisse à l'oreille:

– À demain, Eve.

– À demain, Méto.

Ce matin, Jean-Luc est présent au petit déjeuner. Bien que son état général ne semble pas s'être beaucoup amélioré, il m'attend et se fend même d'un rictus qui ressemble presque à un sourire.

– Je n'ai pas encore retrouvé l'appétit, mais je voulais être là avant ton départ pour te remercier.

– C'est normal de soutenir un ami.

– Pas pour tout le monde, chuchote-t-il. Personne ne m'a encore dit bonjour ce matin. Il faut que je redevienne comme eux ou que je disparaisse. Tu pars quand?

– La nuit prochaine, mais je ne connais pas la durée de la mission. C'est une vraie, cette fois-ci.

Il me regarde manger. Ensuite, je l'aide à se lever et le raccompagne jusqu'à l'infirmerie. Il s'écroule sur son lit. Je le borde avant de sortir. Les yeux fermés, il me lance:

– Je te promets d'être sur pied à ton retour.

– Mais je l'espère bien, Jean-Luc.

Au moment où je le quitte, César 3 m'attire vers le bureau. La question est directe:

– Qu'est-ce que tu lui as dit pour qu'il réagisse enfin?

– Ce qu'il voulait entendre. C'est vous qui m'avez appris à mentir. J'ai bien retenu vos leçons. Vous devriez être content.

– Ne tourne pas autour du pot. Tu lui as dit quoi exactement?

– Je lui ai parlé d'espoir. Je lui ai dit qu'on pouvait changer l'avenir.

– Et toi, tu y crois? demande-t-il en m'adressant une moue ironique.

– Non, mais ça a marché. Je peux y aller?

– Oui.

Je m'apprête à quitter la pièce quand il me rappelle:

– Je n'apprécie pas ton arrogance, Méto. Dis-toi bien que je t'ai à l'œil.

J'occupe ma matinée à mémoriser les éléments du dossier, en particulier la localisation des caches du «groupe terroriste». Je découvre quelques personnages importants de la bande des Chiendents. Je cherche dans un gros livre de mots appelé dictionnaire la signification de cette appellation:

Chiendent (de «chien» et de «dent»): petite plante herbacée à rhizomes, vivace et très nuisible aux cultures.

J'en profite pour chercher *affre,* car je suis sûr que mon vieil ami, aujourd'hui disparu, n'avait pas choisi son nom par hasard.

Affres: angoisse, tourment, torture.

Toute sa vie résumée en un mot.

Je me demande comment Caelina appréciera que je l'aie imposée à mes côtés pour cette mission. S'il s'avère que c'est un piège, comme le suggère Claudius, je l'entraîne dedans.

Vers onze heures, Bernard vient m'inviter à changer ma couleur de cheveux, ce qui me remplit de joie. J'avais peur que les César aient oublié. Lui ne montre aucun enthousiasme, comme si cette tâche était dégradante à ses yeux. Il l'effectue en bougonnant. Lorsqu'il revient un peu plus tard pour le rinçage, il consent à desserrer les dents :

– Tu sais, pour ta mission, ne te fais pas d'illusions, tu ne la réussiras pas. Essaie déjà de revenir entier.

– J'avais compris, Bernard.

César 2 passe me voir juste après le repas. Je lui demande comment je retrouverai Caelina.

– Tu la rejoindras vers onze heures dans le square de l'Avenir radieux, au centre du secteur E. Tu sais, ce quartier qui t'intéresse tellement pour des raisons mystérieuses.

En prononçant cette dernière phrase, le ton se veut sarcastique. J'essaie de garder un visage impassible. Je décèle dans son regard une menace. Il ajoute calmement :

– Il faut que tu ailles essayer les vêtements de ta mission. Tu ne peux pas mettre les mêmes que la dernière fois.

– Pourquoi?

– Il te faut des habits usés, passés de mode.

Devant mon air d'incompréhension, il explique:

– Le style des vêtements change au fil des années. Les gens des bateaux vivent en dehors de ces évolutions. Ils ont gardé ceux qu'ils avaient en embarquant.

– Et ma nouvelle identité?

– Tu peux l'inventer toi-même, les Chiendents n'ont aucun moyen de la vérifier. Pour les autorités de la Zone, tu conserveras les papiers de Michel Chêne, au cas où. Mais, pour tout te dire, il faudra que tu évites absolument tous les contrôles car cette couverture ne tiendra pas longtemps, surtout si les policiers suivent la procédure et appellent le collège. Logiquement, vous ne serez pas trop exposés. Si les enfants perdus vous adoptent, ils vous apprendront à passer entre les mailles des filets.

L'après-midi me paraît interminable et je scrute sans cesse ma montre. Je ne sais plus quoi faire pour m'occuper. Alors, je demande à aller nager en mer. On me l'accorde mais sous escorte. Les deux gars réquisitionnés me suivent en traînant les pieds. Je suis le seul à me mettre à l'eau. Ils discutent en forçant un peu la voix car les vagues et le vent couvrent leurs paroles. Je perçois malgré tout quelques bribes de leur conversation. Les sujets abordés tournent autour de la succession de Jove. Il semblerait qu'une grosse somme d'argent soit proposée à Romu pour qu'il se retire du jeu. Il est aussi question de moi. Je crois reconnaître les qualificatifs suivants: «protégé de Jove», «frimeur», «manipulateur». Que des compliments... Pour me venger, je m'éloigne de mes surveillants et fais mine de ne pas les entendre quand ils me rappellent. Je cède quand ils se sont bien époumonés et ont mouillé leur pantalon en essayant de se rapprocher de moi. Je prends en sortant l'air idiot du gars sincèrement désolé. Je sens à leurs regards qu'ils ne sont pas dupes.

Je mange en solitaire et retourne dans ma chambre aussitôt le dîner fini, Jove étant de nouveau invisible.

Je pense à Eve, à l'épreuve que je lui impose, à cette longue marche avec la peur au ventre. J'imagine sa frêle silhouette se faufilant dans la nuit. Comment réagira Juan s'il l'aperçoit? N'ai-je pas été trop confiant? Ne risque-t-elle pas la mort à cause de moi en ce moment?

Je veux profiter de cette mission pour me rapprocher de ma famille. Je rêve de croiser le regard de mon père, de prendre la main de ma petite sœur, de sentir l'odeur de ma mère. Peut-être aussi pourrai-je revoir Marcus dont je garde l'adresse en mémoire. Pour tout cela, je vais devoir gagner Caelina à ma cause ou trouver un moyen de la neutraliser.

CHAPITRE 7

César me secoue car c'est l'heure de partir. Je n'ai qu'à enfiler mes chaussures et attraper mon sac à dos. Je le suis jusqu'à la porte. L'air frais de la nuit me saisit et finit de me réveiller totalement. Je longe la falaise en me répétant tout bas : « Pourvu qu'elle soit là, pourvu qu'elle soit là. »

Juan m'accueille avec une solide poignée de main et m'entraîne dans la cabine. Il démarre le moteur puis garde le silence pendant de longues minutes, comme s'il voulait mettre de la distance avec l'île avant d'engager la discussion.

– Alors, Méto? De nouveau en mission secrète pour la Maison?

– Pour moi, surtout. Les César m'aident à leur insu à

réaliser mes plans personnels, comme celui de retrouver mes parents.

– Tu es un rebelle, c'est ça? demande-t-il, amusé.

– Comme toi, Juan. Je sais que tu renseignes les bateaux d'Indésirables sur les projets de Jove.

Il tente de rester impassible mais son petit sourire a disparu et je sens que j'ai touché juste. Je reprends:

– Jean-Luc l'a compris. Je te rassure, il n'en dira rien car cela le désignerait aux autres comme un imbécile ou un traître. Je pense que nous devrions essayer de devenir amis car nous sommes dans le même camp.

– Et entre amis, on ne se cache rien, c'est ça?

– Exactement.

– Alors? Je t'écoute.

Je comprends immédiatement qu'il sait pour Eve. Comme je préfère en avoir le cœur net, j'abats mes cartes:

– Tu veux parler de la personne qui se planque dans la cale?

– Par exemple.

Il me fixe un instant, impassible, avant d'ajouter:

– Ne t'inquiète pas pour elle. J'ai lu sur son visage une telle détresse et un tel épuisement que j'ai sciemment détourné la tête quand elle est arrivée. Tu pourrais la faire sortir, c'est un endroit irrespirable.

– Tu as raison.

Je me précipite sur le pont pour délivrer Eve. Tout se passe comme je l'avais rêvé mais nous devons rester sur nos gardes. J'ai mon arme à portée de main. Eve s'extirpe avec difficulté du trou. Je lui tends la main. Elle se serre brusquement dans mes bras en pleurant. Juan n'a pas bougé. Dans un souffle, elle articule :

– Je voudrais boire et me laver le visage.

– Viens, avant, je vais te présenter à un ami.

Je l'entraîne vers la cabine. Ses cheveux dissimulent son visage. Juan la couve d'un regard bienveillant. Il me tend une gourde et une couverture grise. Eve s'éloigne. Il déclare :

– On dirait qu'elle revient de l'Enfer. Parle-moi d'elle.

Pendant que je lui raconte l'histoire de mon amie, j'aperçois Eve qui frotte énergiquement son visage mouillé. Puis elle s'enroule dans la couverture et s'allonge sur une banquette. Nous ne distinguons plus qu'un peu de sa chevelure. Elle dort enfin.

– J'ai tout de suite compris que tu étais différent, Méto, affirme Juan en souriant. Et ta mission d'aujourd'hui, c'est quoi?

– Je vais chez les Chiendents retrouver un ami. Mais ne t'inquiète pas pour eux, je n'ai pas du tout l'intention de leur nuire. J'ai d'autres projets.

– Si tu en as besoin, je connais quelqu'un chez eux. Son nom est Sul. C'est mon frère. Et tu seras seul?

Lorsque je prononce le nom de Caelina, son visage se ferme :

– Je la connais bien, celle-là, c'est un vrai petit soldat. Ne lui dis rien de tes motivations profondes ou je ne donne pas cher de ta peau.

Le reste du voyage se déroule en silence. Nous échangeons des coups d'œil complices. Nous sommes heureux de pouvoir compter l'un sur l'autre. Le bateau accoste et je vais réveiller Eve. Nous saluons Juan avant de nous engager sur le ponton. Je demande à mon amie de m'attendre un instant, le temps d'aller vérifier que la voie est libre. Nous nous rendons dans le square proche du port et nous cachons à l'abri d'épais bosquets. À mesure que la ville s'éveille et qu'apparaissent les premières lueurs du jour, je vois s'éclaircir le visage d'Eve. Elle abandonne son masque de douleur.

Une heure plus tard, main dans la main, nous marchons lentement sur un trottoir. Elle tourne sa tête dans tous les sens et semble s'émerveiller de cette réalité qu'elle croyait ne jamais revoir. Je suis très attentif aux passants et aux voitures qui nous croisent. Je lui achète un billet de train. Elle le porte à son nez pour le respirer. Elle me chuchote à l'oreille :

– Dans quelque temps, je voudrais que tu viennes chez moi. Je veux que tu me voies vraiment, comme la jeune fille que j'aurais toujours dû rester.

Elle m'embrasse dans le cou et ajoute :

– Je te dois tellement, Méto...

– Pense à toi maintenant. Je te promets d'essayer de venir, mais tu devras être patiente.

– J'ai l'habitude, mais tu ne m'as jamais fait attendre en vain. Fais attention à toi. Je ne veux pas te perdre. J'ai laissé un message aux Oreilles coupées pour désigner mon successeur. C'est Octavius. J'ai pensé que l'Entre-deux serait un refuge pour lui, comme il l'a été pour moi, et que cela faciliterait vos rencontres. Et puis il faut bien que quelqu'un s'occupe de soigner les brutes.

Le train entre en gare et nous nous détachons l'un de l'autre. J'ai du mal à retenir mes larmes. Je me dirige rapidement vers le secteur E. Je m'arrange pour passer devant le 187 avec le vague espoir d'apercevoir ou de croiser un membre de ma famille. Lorsque j'arrive à proximité, la rue semble bloquée à la circulation et de nombreux hommes en armes sont postés tout le long du trottoir. Une voiture anormalement longue sort de « mon jardin ». Un vieil homme et une femme occupent les sièges arrière. Je parviens à croiser le regard de la dame ; je crois que c'est Maman... Les agents de sécurité referment le portail et les policiers s'engouffrent dans des voitures pour suivre Marc-Aurèle. La rue retrouve son calme. Le lieu du rendez-vous est à cinq cents mètres de là. Caelina est assise sur un banc à l'entrée du square et fait semblant de lire. Ses cheveux bruns sont tirés en arrière et laissent admirer ses grands yeux sombres. Je m'assieds près d'elle.

– Bonjour, Méto. Si quelqu'un nous observe, prends ma main et embrasse-moi, comme tu as vu faire Michel et sa copine dans le jardin. Nous aurons moins l'air de dangereux comploteurs.

– Et pourquoi tu n'en prendrais pas l'initiative toi-même?

– Dans ce monde, ce sont les garçons qui le font. Ne me demande pas pourquoi, je n'en sais rien.

– Très bien.

– Il paraît que tu as un plan très original. Je t'écoute.

Pendant que je lui expose mes projets, elle me fixe comme si j'énonçais les pires bêtises qu'on puisse imaginer. À plusieurs reprises, je la sens même prête à m'interrompre. Lorsque je termine, elle marque un temps avant de déclarer:

– Pourquoi tu me dis tout ça? Tu sais très bien que je serai obligée de faire mon rapport.

– Tu n'as aucun souci à te faire puisque c'est exactement le plan que j'ai présenté aux César.

– C'est uniquement une ruse, alors, pour attirer Hiéronymus? Tu n'as pas réellement l'intention de te révolter contre la Maison?

Je vois ses traits se relâcher. Elle souffle et reprend, soulagée :

– Donc, c'est une ruse. J'aime mieux ça.

J'évite son regard. Elle n'est pas mûre pour comprendre, mais ça viendra. Nous nous levons et partons vers le nord. Soudain, elle me saisit la main et pose sa tête sur mon épaule. Cet élan de tendresse me rappelle Eve. Je me dis que mon amie est arrivée maintenant, qu'elle a déjà serré ses parents dans ses bras et qu'ils ont échangé leurs regrets. Caelina appuie sur mes doigts fortement. Je me tourne vers elle et elle m'embrasse sur la bouche. Je réalise enfin qu'on nous a repérés. Nous pressons le pas. À la sortie du square, Caelina me lâche la main et part en courant. Je la suis. Nous slalomons entre les voitures et nous engouffrons dans une étroite ruelle. Elle s'arrête bientôt pour pousser la porte en fer d'une maison délabrée. Elle ramasse une barre de métal avec laquelle elle bloque l'ouverture. Nous reprenons notre respiration. Elle plaque son oreille contre la serrure pour guetter les bruits de l'extérieur. Après quelques minutes, elle explose :

– Méto, si tu n'es pas plus concentré, j'annule la mission. Sache que je n'ai jamais déçu la Maison et je ne faillirai pas cette fois-ci à cause de toi.

– Je m'excuse, Caelina, cela n'arrivera plus.

– En effet, c'était ta dernière chance : tu n'as plus le droit à l'erreur.

Sous son visage gracieux, c'est la voix menaçante d'un César que j'entends. La partie ne sera pas facile. J'interroge :

– Où sommes-nous ?

– Dans une des planques des groupes E. Comme je t'accompagne, ils n'ont pas jugé utile de te les faire mémoriser. On va attendre quelques heures et on sortira par une autre issue. Je pense qu'il serait préférable d'arriver de nuit chez les Chiendents.

– Je suis d'accord. Nous devons répéter nos rôles, nous créer des noms, inventer notre passé, jouer au frère et à la sœur, avoir l'air en détresse : c'est bien que nous soyons au calme pour nous préparer.

L'atmosphère se détend progressivement. C'est une fille rigoureuse qui n'accepte aucun à-peu-près. J'aime son exigence. Elle me rassure. Je parviens tout de même à la faire rire à deux reprises. Nous nous choisissons des prénoms, elle sera Véronique et moi Bruno. Après presque trois heures d'échanges, elle conclut :

– Nous avons bien travaillé, Méto. Maintenant, essayons de prendre un peu de repos car la nuit sera longue. Commence, je vais faire le guet.

– Je ne crois pas pouvoir m'endormir maintenant.

– Allonge-toi et pose ta tête sur mes cuisses, je vais arranger ça.

Je m'exécute sans tarder. Elle plaque ses pouces et index sur mon front et entreprend de faire glisser la peau de mon crâne dans un mouvement de va-et-vient.

– Je faisais comme ça avec mon amie Lucia, quand elle était trop énervée le soir. Et ça marchait très bien.

Ce massage n'est pas très agréable mais je ne parviens bientôt plus à garder les yeux ouverts.

Je ne sais pas combien de temps j'ai dormi mais je me sens reposé. Caelina s'installe dans la même position et s'endort presque instantanément. Je détaille son visage, sa peau claire et lisse, et ses paupières qui se crispent involontairement. Je ne résiste pas à l'envie d'effleurer ses cheveux brillants et souples. Elle fronce le nez par moments.

Vingt-six minutes plus tard, elle est debout et fait des mouvements pour réveiller ses muscles. Je sors ma torche pour éclairer la carte. Je pointe mon doigt sur le trajet à parcourir. Caelina m'entraîne dans une autre pièce qui donne sur une cour jonchée de gravats et de détritus. Nous la traversons pour déboucher dans une ruelle aux murs aveugles. Nous courons jusqu'à la rue. Le secteur semble désert. On entend les voitures arriver de très loin. Nous marchons vite sans croiser âme qui vive. Nous atteignons une rue aux maisons toutes semblables, escaladons un muret et nous glissons dans le jardin de la «fausse maison». Nous grattons doucement à la porte du garage pendant plusieurs minutes avant d'entendre les premiers bruits. Un garçon de seize ou dix-sept ans, qui devait nous observer depuis longtemps, sort d'un taillis derrière nous. Il paraît très détendu, visiblement familier de ce genre de situation.

– Vous êtes qui?

– Des rescapés du *Liberta*. Des soldats sont venus couler notre bateau, il y a une semaine. Comme nous avions été prévenus, le commandant a essayé d'évacuer les enfants sur des canots de sauvetage avant la bataille.

Il lève le bras et nous sommes aussitôt entourés par une dizaine d'enfants qui entreprennent de nous fouiller et se saisissent de nos sacs. Nous pénétrons à l'intérieur de la maison. On perçoit une odeur de cuisine. Nous découvrons les visages de ceux qui nous accompagnent. C'est toujours le même qui parle:

– Asseyez-vous et expliquez-nous comment vous vous êtes retrouvés à gratter à la porte de notre garage.

– Nous avons rencontré quelqu'un près du port qui nous a parlé de vous, commence Caelina.

– Qui?

– Nous ne savons pas. Il nous a dit de l'appeler Chef. Il nous a nourris et cachés pendant trois jours avant de nous donner votre adresse en échange de la montre de notre père.

Caelina cache son visage dans ses mains comme si elle pleurait. Je reprends :

– Nous n'avons plus rien à perdre. Aussi nous sommes prêts à agir en rejoignant votre combat pour venger nos parents et nos amis. Bien sûr, nous ne connaissons pas le coin mais nous savons nous battre avec et sans arme, et nous sommes courageux et... désespérés.

Nos interlocuteurs nous écoutent sans réagir. Leur chef explique :

– Nous allons vous nourrir et vous resterez ici le temps que nous prenions une décision à votre sujet.

Deux enfants sont désignés pour nous conduire à l'étage dans une chambre avec un grand lit et une douche aménagée dans un coin. Nous sommes bien entendu enfermés à clef et les fenêtres sont privées de poignée. Tout se déroule comme nous l'avions prévu. Les murs de cette pièce doivent être percés de petits trous pour permettre à nos hôtes de nous espionner. Nous parlerons donc le moins possible. On nous apporte un petit déjeuner dans la nuit. Nous dormons à tour de rôle.

Le matin, nous sommes séparés pour être interrogés chacun de notre côté. Caelina passe la première. Elle ne revient que deux heures plus tard, les yeux rougis par les larmes. Elle me sourit discrètement pour me rassurer. On m'invite à descendre au sous-sol dans une petite pièce sans fenêtre, juste meublée d'une table carrée et de deux chaises. Je m'assois devant notre interlocuteur de la veille.

– Je suis Sif, le responsable de la maison. Je dois m'assurer que tu n'es pas venu pour nous espionner ou nous nuire.

– Comment puis-je te prouver ma sincérité?

– Il n'est pas question qu'on confronte tes informations avec celles données par ta sœur entre deux sanglots. Car si nous avons affaire à des envoyés des Maisons ayant bien appris leur leçon, cela ne servira à rien.

Il se recule, pose les mains à plat sur la table et me fixe. Je soutiens un instant son regard puis je me réfugie dans la contemplation du plafond lézardé. Il observe le moindre de mes gestes avant de se mettre à écrire sur des feuilles blanches. Je me surprends à bouger involontairement les doigts de ma main gauche. A-t-il une méthode pour interpréter les mouvements du corps? Peut-il percevoir l'inquiétude, la tension, voire le mensonge ou la traîtrise? Je suis un peu déboussolé et je commence à mieux comprendre que Caelina ait choisi de pleurer. Elle pouvait ainsi en partie cacher son visage et combler le silence. Je m'appuie bien sur le dossier de mon siège et croise les bras. Je garde les yeux ouverts mais je m'enfonce dans mes pensées: Eve, Marcus, Claudius, Octavius, mes parents, ma sœur...

– Pourquoi toi, tu ne pleures pas? Après tout ce que tu as subi...

– Ça ne vient pas. Plus tard, peut-être. Et puis, j'ai plus urgent à faire. Je dois m'occuper de Véronique et assurer notre survie, et surtout je veux agir enfin, avec vous j'espère. Je ne demande qu'à faire mes preuves. Je suis prêt à prendre des risques.

– On verra.

Le silence de nouveau et lui qui couvre des pages d'une écriture serrée. Lorsqu'on me ramène à la chambre, je ne sais quoi penser. Caelina semble dormir. Je m'allonge près d'elle. Elle me sourit comme si elle venait de leur jouer un bon tour. Je sens leurs présences derrière les murs et je décide d'imiter ma complice en m'abandonnant au sommeil.

Caelina me réveille. On nous a déposé du pain, deux pommes et de l'eau. Nous mangeons avec appétit. La porte s'ouvre. Sif et un plus vieux se plantent devant nous:

– Nous allons vous mettre à l'épreuve cette nuit, commence notre hôte. Un sabotage à effectuer. Montrez-vous courageux et nous vous adopterons. Phil va vous donner les détails.

Ce dernier déplie une carte de la Zone et pointe une large tache blanche située à la périphérie.

– C'est une usine d'Espérène de cet escroc de Marc-Aurèle. Nous voulons lui rappeler que nous pouvons le frapper n'importe où et à n'importe quel moment. Ce soir, beaucoup de gens seront à leurs fenêtres car c'est la nuit de l'Embrasement, certains tenteront même de s'approcher pour admirer le spectacle. Comme chaque année, les autorités mettront le feu aux fleurs d'Espérène recouvrant la Zone grise qui ceinture la 17. Un immense ruban de flammes entourera la Zone pendant un quart d'heure. Dans les quartiers de la frontière, on y verra comme en plein jour.

J'interviens :

– Il y aura aussi des forces de police dans les rues, je suppose.

– En effet, presque autant que de curieux. Mais si vous réussissez, cela fera beaucoup de témoins. Demain les journaux n'en parleront pas mais ceux qui auront vu ou entendu l'explosion propageront l'information.

Il sort un plan grossier tracé sur une feuille de cahier d'écolier. C'est le plan de l'usine d'Espérène. Une croix précise le lieu où nous devons placer la charge.

– Il s'agit d'une poubelle rouge en métal située contre le bâtiment, le long d'un mur aveugle. Donc, si vous posez la bombe à temps et que vous ne sautez pas avec, ça ne fera aucune victime.

Je commence à saisir pourquoi il a employé le mot « courage », peut-être aurait-il dû utiliser celui de « sacrifice ». Je demande :

– L'explosion se déclenchera avec une minuterie que vous allez programmer à l'avance?

– Tu comprends vite, c'est bien. Donc, pour résumer, la mission est simple: vous vous rendez devant l'usine sans vous faire arrêter, vous déposez la charge quelques minutes avant l'horaire prévu et vous revenez ici.

– Pourquoi seulement quelques minutes avant l'explosion? interroge ma complice.

– Ils patrouillent avec des chiens entraînés à détecter les explosifs. Plus on les dépose tôt, plus on prend le risque de faire échouer la mission.

Pendant le long silence qui suit, nous avons le temps de peser le côté suicidaire de l'entreprise. Phil nous observe, guettant une réaction. Je regarde ma montre. Il est presque dix-neuf heures.

– Vous partez dans quarante minutes. C'est assez loin et vous irez en train. Vous serez sur place une heure avant l'explosion de l'engin. On vous indiquera un abri où vous cacher en attendant le bon moment.

– Et on est sûrs de la personne qui a réglé le détonateur? s'enquiert Caelina.

– C'est moi. Jusqu'à maintenant, nous n'avons pas eu de surprises.

Une heure plus tard, nous trottinons dans des rues désertes en direction des voies ferrées. Rita, une fille de l'équipe, nous accompagne jusqu'à une clôture métallique. Elle tend son bras et explique :

– Vous courez jusqu'au tas de traverses qu'on aperçoit là-bas. Vous vous planquez derrière en attendant le train. À cet endroit, la voie dessine un coude et les trains roulent au pas. Vous en profiterez pour grimper sur la dernière plate-forme qui transporte du matériel agricole. Je vais soulever le grillage pour que vous puissiez vous faufiler dessous. Pour la suite et le retour, je vous ai fait un plan avec toutes les indications. Bonne mission et à demain.

À peine arrivés aux traverses, nous percevons déjà un bruit de moteur. La locomotive nous dépasse, suivie de wagons de voyageurs, puis d'autres recouverts de bâches de couleur. Nous nous hissons sans problème sur le dernier et trouvons deux places confortables dans la cabine d'un tracteur rouge. Après plus d'une heure de voyage, à la hauteur du poste d'aiguillage 62, nous sautons et courons rejoindre les rues du quartier de la frontière.

On entend des sirènes de police au loin. On aperçoit les gyrophares des voitures qui se postent aux carrefours. Caelina est comme toujours très concentrée. Nous approchons de la zone critique. Nous passons entre les planches d'une palissade pour continuer notre avancée à couvert. Des ordures diverses jonchent un sentier mal défini, nous progressons moins vite. Nous nous arrêtons pour observer la carte : nous sommes à moins de trois cents mètres de la cache des Chiendents. Nous traversons deux rues puis grimpons les marches défoncées d'un immeuble éventré. Au quatrième étage, nous poussons la seule porte encore en place pour découvrir notre poste d'observation. Une fenêtre donne sur l'usine, l'autre sur l'entrée de notre bâtiment. Nous pouvons enfin parler. C'est Caelina qui prend la parole :

– Enlève le sac à dos et va le poser derrière cette cloison. Je ne suis pas tranquille. Je les trouve un peu amateurs, ces Chiendents. La préparation a été bâclée.

– Tout va bien se passer. Et puis nous avons la chance qu'ils nous aient fait confiance si vite.

– Justement, je trouve ça trop facile. Je crois qu'ils se doutent de quelque chose. Cette mission est peut-être un moyen de se débarrasser de nous.

Caelina sort des jumelles et observe l'usine. Je déplie le plan.

– Tu aperçois la poubelle rouge ?

– Non, mais c'est normal : elle est dans un recoin. Par contre, les patrouilles avec les chiens sont très visibles.

Comme nous n'avons rien à faire, je propose à Caelina de me raconter son enfance à la Maison des filles. Je m'attendais à un refus mais elle y consent sans se faire prier. Comme elle me l'a dit une fois, son île s'appelle Siloé. Elle décrit les mêmes règles absurdes que les nôtres pour manger ou dormir. La discipline implacable des Matrones au crâne rasé et la peur panique des enfants, que les soldats venaient secouer en hurlant à la moindre incartade. Je constate que, dans la Maison de mon amie, seules les activités physiques différaient de celles des garçons. On leur imposait des séances d'équilibre sur des plates-formes de plus en réduites et de plus en plus hautes, des exercices de souplesse où elles devaient rentrer dans des boîtes étroites au prix de contorsions douloureuses. Petit à petit son visage devient grave quand elle parle de ses amies perdues à jamais et de sa «petite sœur» Lucia qui deviendra bientôt une servante-esclave.

– Et vous ne jouiez jamais à l'inche?

Devant son ignorance, je lui détaille les règles de notre jeu préféré et lui narre nos combats acharnés. J'évoque aussi la mort de Spurius. Elle fait une moue dégoûtée:

– Et tu aimais ça...

Après un long moment de silence, je reprends:

– Tu sais que j'ai fomenté une révolte quand j'étais à la Maison?

– J'ai lu ton dossier, Méto. Je ne vois pas ce que cela t'a rapporté. Une grave blessure, deux amis morts, d'autres sévèrement châtiés, et tout ça pourquoi? Pour rien.

– Pas pour rien. J'ai compris qu'on pouvait agir sur nos vies. Qu'on pouvait changer notre avenir et celui des gens qu'on aime, celui de ta petite Lucia...

– Et comment ? Ce Monde rejette ses enfants. Ne te fais pas d'illusions : la seule voie de la survie est l'obéissance envers ceux qui détiennent du pouvoir.

– Et s'il existait une vraie solution pour tes amies et les miens, tu serais de mon côté ?

Elle souffle en levant les yeux au ciel.

– Méto, reprend-elle, alors, c'était vrai : tu cherches vraiment à agir contre Jove et tu voudrais que je sois ta complice. C'est non, Méto.

– Tu n'es pas différente de moi, Caelina, et tu sais bien que la vie qu'on nous impose est mauvaise et que nous nous devons de tout tenter pour sauver de la servitude ceux que nous aimons.

Elle regarde sa montre et déclare :

– Je crois qu'il est temps de se rapprocher de notre cible.

Il y a déjà beaucoup de monde dans la rue. Souvent rassemblés par petits groupes, les gens progressent en silence. Certaines personnes portent leur enfant sur les épaules. Arrivés aux carrefours, tous lèvent les mains à la hauteur de leurs oreilles, comme s'ils se soumettaient à un contrôle de police. Pourtant, au lieu de rester immobiles, ils continuent d'avancer, sourire aux lèvres et indifférents aux injonctions des policiers. On sent une grande tension mais la foule est trop nombreuse et déterminée pour être stoppée. Nous nous dissimulons dans la masse et franchissons les barrages. Nous sommes bientôt contraints de quitter ce flux protecteur pour nous diriger vers le lieu de notre mission. Nous courons en longeant les murs jusqu'à un renfoncement signalé sur le plan. Nous sommes à une cinquantaine de mètres de la poubelle rouge. Il n'est pas question de sortir la tête pour regarder les patrouilles passer. Nous devons uniquement nous fier au bruit des voix et des pas sur le bitume. Le faible tic-tac de la minuterie résonne dans nos têtes. J'ai hâte d'en finir. J'irai seul et Caelina s'éloignera pour créer une diversion en cas de problème. Je pose mes mains sur mes cuisses pour les empêcher de trembler. Caelina me passe la main dans les cheveux et articule d'une voix à peine audible :

– Vas-y maintenant !

Je fonce tête baissée, les mains effleurant presque le sol. J'atteins sans encombre la poubelle qui a la forme d'un large tonneau sans couvercle. Je suis tellement crispé que j'ai du mal à retirer mon sac. Je dépose le dangereux paquet. Au moment de revenir, j'entends un ordre crié par un homme : « Attaque ! », puis le grognement d'un chien lancé à pleine vitesse. Je reste figé sur place le temps que la patrouille s'éloigne. Je sens l'angoisse monter. Des gouttes de sueur perlent sur mon front. Si je tarde trop, je vais sauter avec l'engin. Après une profonde inspiration, je m'extirpe de ma cachette et cours comme un fou jusqu'à notre poste d'observation en haut de l'immeuble. Nous nous sommes donné rendez-vous là-bas en cas de pépin. Je vais essayer de localiser Caelina grâce aux jumelles. Soudain une formidable détonation retentit et un objet enflammé est propulsé à une vingtaine de mètres. Quand la poussière retombe, je constate que la bombe a éventré un mur. Un flot de voitures convergent sur les lieux, toutes sirènes allumées. Je n'entends pas Caelina arriver. Elle reprend difficilement son souffle. Elle a du sang sur le bas de son pantalon.

– Tu es blessée?

– Non, c'est le sang du chien, je l'ai tué. J'ai eu très peur, ils m'ont tiré dessus. Il ne faut pas qu'on bouge tout de suite. On doit attendre que les gens refluent vers leurs quartiers pour sortir.

Nous nous asseyons côte à côte. Je passe mon bras autour de son cou. Elle se laisse faire et pose même sa tête sur mon épaule. Nous restons ainsi à écouter nos battements de cœur pendant de longues minutes. Puis une rumeur se fait entendre. C'est la foule qui compte. Nous nous relevons pour assister au spectacle. C'est comme un chemin de lumière qui se dessine au loin. La totalité de l'horizon est en flammes. On entend crier sans pouvoir discerner si ce cri exprime de la joie ou de la colère. Peut-être une forme de rage. Le feu s'éteint assez vite et nous dévalons les escaliers pour nous fondre dans le flot humain. Caelina me serre contre elle, sans doute pour mieux dissimuler les taches sur ses vêtements. Nous ne parvenons à la fausse maison qu'au petit matin.

– Bravo les gars! lance Sif, quand nous pénétrons dans l'entrée. Je viens d'avoir plusieurs amis au téléphone. Votre action n'est pas passée inaperçue. Tu saignes, Véronique?

– Non, j'ai dû me débarrasser d'un chien. C'était la première fois que je supprimais un être vivant, alors j'en ai mis partout.

Sif sourit à cette remarque et ajoute:

– Allez vous reposer. Cet après-midi, je vous présenterai quelqu'un d'important.

Nous mettons du temps à nous endormir. Je voudrais tant que Caelina se rallie à ma cause. Je m'endors dans ses cheveux.

Des mains inconnues me secouent énergiquement. Mon amie n'est pas là. On m'informe que je suis attendu dans le salon. Je m'habille en hâte et descends les escaliers. Hiéronymus me fait face. J'ai devant moi celui qui défie la Maison depuis tant d'années, celui qui a tout risqué pour décider de sa vie, celui qui consacre son existence à combattre l'injustice. Il émane de lui une bienveillance et une autorité qui me rassurent. Il m'a reconnu mais se garde de l'annoncer à ses amis.

– Voilà le héros de la nuit ! Tu es, paraît-il, un rescapé du *Liberta*. Tu t'appelles Bruno, c'est ça ?

– Oui. Où est ma sœur ?

– Elle est sortie pour remplacer son pantalon taché et déchiré. Elle sera de retour dans deux heures environ.

– Deux heures pour acheter un pantalon ? C'est beaucoup !

– Rita l'accompagne. Elles vont se balader un peu toutes les deux.

J'espère que Caelina n'en profitera pas pour me dénoncer à l'un des agents de Jove et demander ma récupération par les soldats de l'île.

– Je suis Géronimo, un des chefs des Chiendents. Mes amis, j'aimerais parler seul à seul avec notre nouveau compagnon.

Sans marquer la moindre réaction, les autres quittent la salle. Mon ancien camarade de dortoir se rapproche :

– Alors, Méto, que fais-tu là ? Ne me dis pas que tu es venu tenter de me récupérer ?

– Officiellement, si. Mais en vérité, pas du tout. Je viens chercher de l'aide. Je joue au membre zélé du groupe E pour accéder au continent et organiser une révolte.

Je lui raconte toute mon aventure : notre rébellion, le séjour chez les Oreilles coupées, Affre, Louche, Gouffre et Radzel, mes rapports avec Romu et le dossier gris, mes premières missions, la mort imminente de Jove et les manœuvres pour sa succession. Je lui parle aussi de Caelina.

– Nous l'avons repérée depuis longtemps. Nous avons choisi de l'éloigner pendant notre rencontre mais, rassure-toi, elle est bien surveillée. Tu sais que je m'attendais à ta visite car Juan nous avait prévenus.

– Alors tes amis savent que nous ne sommes pas des rescapés du *Liberta* ?

– Bien entendu, mais ils ne devaient pas éveiller les soupçons de ta copine. Elle doit continuer à croire que sa mission se déroule au mieux. Alors, comme ça, le classeur gris t'a révélé tes origines ?

– Je suis le petit-fils de Marc-Aurèle.

– De Marc-Aurèle ? Rien que ça ! Mais parle-moi un peu de ton projet de révolte.

– Je veux créer une société autonome sur l'île, complètement coupée du reste du Monde. Avant, il faut que je réussisse à fédérer tous ses habitants : enfants, soldats, serviteurs, Oreilles coupées, professeurs et même quelques César. On aura besoin de tous. J'aimerais aussi y amener les enfants perdus de la Zone et les filles et les garçons qui souffrent dans les Maisons sur d'autres îles.

– C'est un beau rêve, très généreux ! Ton grand-père et ses amis ne le toléreront jamais.

– J'y ai déjà réfléchi. Il faut « noircir » notre territoire en faisant croire à une contamination sévère. Plus personne n'osera y aborder. Dans l'immédiat, j'ai besoin que tu m'indiques quelqu'un sur qui je pourrai compter parmi les soldats.

– Achilléus. En espérant qu'il soit toujours vivant.

Il réfléchit un long moment puis il reprend :

– Méto, ne te précipite pas. Tu ne dois pas entraîner tous ces gens dans ton aventure avant d'être certain de pouvoir réussir. Essaie de revenir me voir et nous ferons le point.

– D'accord. J'ai besoin que tu dises aux autres de me laisser sortir. Mon meilleur ami qui s'appelle Marcus a bénéficié d'un « Retour Famille ». J'ai très envie d'aller le voir, si tu es d'accord...

– Bien sûr. Profite de l'absence de ta surveillante et vas-y maintenant. Je peux même t'y déposer en moto si cela ne t'effraie pas trop.

– J'en ai déjà fait avec un certain Boris et j'ai survécu... Pas lui...

– Ah ! c'était toi ? Il n'a eu que ce qu'il méritait.

C'est aussi dans le quartier E qu'habite la famille de Marcus. Son immeuble est gardé par un jeune homme affublé d'un drôle d'uniforme. Il contrôle tous les gens qui entrent. Je suis contraint d'attendre qu'il s'intéresse à une jolie fille qui cherche son chemin pour me faufiler derrière son dos. Je monte au deuxième étage par un large escalier en pierres blanches. Je sonne à la porte. Une jeune femme avec un tablier blanc vient m'ouvrir. Elle me scrute des pieds à la tête :

– Vous désirez, jeune homme ?

– Je voudrais voir Olivier. Je suis un ami.

– Et vous êtes ?

– Euh... Bruno.

– Je vais me renseigner, dit-elle en refermant la porte sur moi.

J'attends une bonne trentaine de secondes sur le palier. Un voisin qui rentre chez lui observe avec dégoût mes habits de pauvre. J'espère qu'il ne va pas donner l'alerte. Mon ami apparaît enfin.

– C'est toi ? C'est toi ! Tu es là ! hurle-t-il presque. Viens vite.

Marcus ne peut retenir ses larmes. Très vite, il essaie de se reprendre :

– Je pense à toi, à Octavius et à Claudius tous les jours. Vous me manquez tellement ! Comment vont-ils ?

Je lui donne de leurs nouvelles et lui raconte tout, même mon grand projet. Puis je demande :

– Et toi ? Ta famille ? Tu es heureux ?

– Pas vraiment. Je ne suis là que parce que ma sœur est morte. Il y a des photos d'elle partout. Ma mère essaie de me sourire mais je dois lui rappeler sa chère disparue parce qu'elle finit toujours par pleurer. Moi je ne suis que le deuxième choix après tout. Je suis là faute de mieux. Et puis je ne les connais pas. Ma vraie famille, c'est vous. Si tu réussis à transformer l'île, je repartirai avec vous. Ici, je ne suis pas à ma place.

Il me parle de son collège, me détaille son matériel de classe et me fait visiter chaque pièce de son appartement. Il tente de retarder le moment des adieux.

– Je dois y aller, maintenant, Marcus.

– Attends, il faut que je te montre quelque chose.

Il tire d'un meuble du salon un gros cahier rempli de photos et pointe un homme au milieu d'un petit groupe :

– Cette photo a une dizaine d'années mais on le reconnaît bien. Jove est mon oncle, le frère de ma mère. À bientôt, Méto.

Lorsque je pénètre dans la chambre où les Chiendents nous hébergent, je surprends Caelina en train de se regarder dans un miroir. Elle porte ce qu'on appelle une « jupe » de couleur jaune. Elle me fait un clin d'œil et vient coller sa bouche près de mon oreille. Sa voix est à peine audible et l'air chaud qu'elle produit me chatouille :

– Tu étais où ?

– J'ai fait un tour avec Hiéronymus. Nous avons même sympathisé et mon plan l'intéresse. Et toi ?

– Rita m'a proposé d'aller dépenser un peu d'argent dans une boutique de vêtements. Je ne l'avais jamais fait. Je crois que c'était une bonne expérience pour comprendre la vie des filles ici.

– Caelina, notre présence sur le continent n'est plus utile pour le moment. Hiéronymus a maintenant besoin de temps pour réfléchir et s'entretenir avec les membres de son groupe. Il faudrait prévenir les responsables de nos Maisons de notre intention de rentrer.

– D'accord, je vais m'en occuper. Tu veux venir avec moi ?

Nous marchons très près l'un de l'autre. Soudain, elle m'embrasse sur les lèvres. Je tourne ma tête dans tous les sens à la recherche d'une menace. Elle me déclare en souriant :

– Pas de danger en vue, Méto. Je voulais seulement tester ta réactivité. Cela t'a déplu ?

– Pas du tout. Si c'est dans l'intérêt de la mission, n'hésite pas à recommencer.

Nous arrivons devant une boîte aux lettres de particulier où elle glisse un papier qu'elle cachait dans sa poche arrière.

– Voilà, c'est aussi simple que ça. Demain, nous repasserons dans la matinée pour la réponse.

Nous rentrons tranquillement, non sans effectuer quelques «tests de réactivité», ce qui provoque à chaque fois une étrange sensation dans mon ventre.

Pour la première fois, nous mangeons avec les autres. Je trouve l'ambiance merveilleuse. Les personnes autour de la table se racontent des histoires. Le repas est souvent interrompu par les fous rires des plus jeunes. Un petit garçon nommé Jeannot me fait des grimaces.

De retour dans la chambre, nous nous allongeons sur le lit. Caelina chuchote:

– Qu'est-ce que je vais bien pouvoir leur raconter quand on sera de nouveau là-bas?

– Ce qu'ils veulent entendre: qu'on a réussi à s'infiltrer chez les Chiendents, qu'on a réussi notre examen de passage, qu'on a gagné leur confiance, que Hiéronymus a été intéressé par notre plan et qu'il veut nous revoir, qu'il faudra d'autres voyages pour le faire mordre à l'hameçon. C'est tout.

– Avec toi, les choses ont toujours l'air simples mais...

Ils vont m'interroger sur toi... Si je ne réponds pas sincèrement, je les trahis, Méto.

– C'est à toi de choisir qui tu veux trahir. Je sais que tu es quelqu'un de bien. Plus je te connais, plus je me sens proche de toi. Je tiens à toi... J'éprouve pour toi des sentiments que je n'ai jamais éprouvés avant.

Elle pose ses lèvres sur les miennes un court instant puis s'écarte vivement :

– J'avais oublié qu'ils nous observaient. On ne doit pas faire ça entre « frère et sœur » car ce sont des prémices à l'accouplement.

– Caelina, ils savent que nous sommes envoyés par les Maisons.

– Comment ça ? Mais les Chiendents détestent les gens comme nous... Nous ne pouvons pas rester là plus longtemps !

– Hiéronymus s'est porté garant pour nous parce qu'il me fait confiance.

Ma compagne ne sait plus quoi penser. Les yeux braqués sur le plafond, elle médite un long moment. Soudain, elle pivote vers moi et me glisse à l'oreille :

– S'ils savent, alors on peut s'embrasser.

Quand j'ouvre les paupières, je découvre mon amie assise au bord du lit, le regard perdu dans le vide.

– Tu penses à moi, Caelina?

Elle se force à sourire mais le ton est grave:

– J'ai pensé à toi toute la nuit, si tu veux savoir. Méto, je vais trahir ma famille pour toi.

– De qui parles-tu? De ceux qui t'ont coupée de ton passé, qui te manipulent et mettent ta vie en danger? Tu te trompes de personnes, Caelina. Ta famille, c'est ton amie Lucia... et moi aussi. À nous, tu peux faire confiance parce que nous t'aimons sincèrement. En attendant de retrouver ta vraie famille, à toi de t'en construire une.

– La vraie, si elle existe, je ne la connaîtrai jamais.

Je la sens au bord des larmes. Je pose ma main sur son épaule et j'ajoute:

– Un jour, tu sauras, Caelina. Je te le promets.

Le départ est fixé à minuit et quatre minutes pour Caelina et à une heure trente-sept pour moi. Nos hôtes nous conseillent fermement de ne pas bouger de la maison car le signalement précis d'un jeune couple de terroristes circule dans la presse du matin. Nous aurions été filmés par une caméra de surveillance aux abords de l'usine.

Hiéronymus repasse brièvement à la maison. Il me convoque seul dans la salle au sous-sol. Mon amie grimace en me regardant sortir.

– Nous allons préparer une expédition dans une maison de Marc-Aurèle qui se trouve dans un secteur de campagne de la Zone 17. D'après nos renseignements, c'était sa résidence principale, ainsi que celle de sa famille, avant qu'il ne s'installe dans sa demeure officielle. Il l'utilise maintenant uniquement pendant les week-ends. Nous pensons donc que c'est là que tu as vécu avant d'être expédié sur Hélios. Je voulais savoir si tu avais gardé de ce lieu un quelconque souvenir.

– Je ne me souviens que de l'odeur de la graisse qu'on utilise parfois en mécanique et d'une chaufferie où je me réfugiais. Mais comment savoir si ces détails correspondent à une réalité?

– Il pourrait s'agir de l'atelier secret de Marc-Aurèle... Ta présence durant cette visite me paraît absolument nécessaire. Méto, il faut que tu te débrouilles pour revenir en mission d'ici une semaine. Tu as une idée pour les convaincre?

– Oui, je dois finir de mettre au point ta «récupération», cher Hiéronymus.

Lorsque j'ouvre la porte de la chambre, Caelina se détourne de moi. Elle n'apprécie pas cette mise à l'écart. Après plusieurs minutes d'un silence embarrassé, elle me déclare, sans que je perçoive s'il s'agit vraiment d'une question:

– Tu ne vas pas me raconter?

– Tu voudrais?

– Non. Je n'y tiens pas. J'ai trop peur qu'ils réussissent à me faire parler là-bas.

Nous occupons notre attente en somnolant. Je la regarde dormir. Je profite aussi de son sommeil pour lui rédiger un petit mot que je glisse dans ses affaires:

307153751. Mange le message.

CHAPITRE

8

J'ai une longue conversation avec Juan pendant la traversée de retour. Il m'annonce que son frère, Sul, a été arrêté deux jours plus tôt et qu'il va participer la nuit prochaine à sa tentative d'évasion. Je lui raconte nos exploits lors de la nuit de l'Embrasement.

– Je ne me doutais pas que c'était vous. Le pouvoir va relancer les mesures de couvre-feu, les contrôles d'identité et les arrestations massives pour marquer les esprits. J'espère qu'à la longue la population va réagir et nous rejoindre dans notre combat.

– Je vais avoir besoin que tu évacues une autre personne pour moi d'ici quelques jours.

– Encore une jolie fille?

– Non, un adulte retenu contre son gré chez les Oreilles coupées. Il se fait appeler Louche.

– Pas de problème, si c'est un ami à toi.

Juan me parle ensuite de sa famille qu'il a quittée le jour de ses dix-huit ans parce qu'il n'avait pas digéré qu'elle ait cédé si facilement à la loi en choisissant d'abandonner son frère.

– Maintenant, je me dis qu'elle n'avait pas le choix. C'est toujours mieux que mes voisins qui se sont suicidés en famille.

– Quelle horreur !

– Leur pavillon sert aujourd'hui de « fausse maison ». Des enfants s'y cachent et des militants adultes viennent, le temps des contrôles de police, se grimer et jouer les parents aimants.

– Comment ton frère a-t-il échappé aux Maisons ?

– Il a été prévenu par un voisin et a réussi à s'enfuir. Mes parents ont été longtemps suspectés d'être ses complices et de le cacher, et les autorités ont bien failli m'emmener à sa place. Après plusieurs semaines de recherches et d'intimidations, les enquêteurs ont fini par admettre leur bonne foi.

– Tu vois encore tes parents ?

– Non.

Nous n'échangeons plus le moindre mot jusqu'à l'île et évitons même de nous regarder. Je le sens profondément triste. Je lui frôle l'épaule en guise d'adieu. J'aperçois un sourire forcé dans le reflet du pare-brise.

– Alors, Méto? Déjà de retour. Tu ne nous as pas ramené Hiéronymus?

– Non, César, mais j'y arriverai. Je l'ai rencontré à deux reprises et il me croit sincère. Pour le moment, une prise du pouvoir par les habitants de l'île ne lui paraît pas possible. Mais je l'ai convaincu de me laisser une chance de lui prouver le contraire. À notre prochain rendez-vous, il faudra que je lui présente un projet réaliste. Je vais donc, grâce à votre aide, enfin, si vous le voulez bien, élaborer un plan d'attaque crédible. Si j'y parviens, il m'a promis de revenir sur l'île pour m'aider.

– Si je comprends bien, il faudrait que je te permette d'organiser au mieux notre propre destruction.

Il part soudain dans un rire nerveux dont je ne le croyais pas capable. Il réussit très vite à le réprimer et m'offre de nouveau son visage lisse au regard impénétrable.

– Raconte-moi en détail ton séjour sur le continent.

Je reprends par le début le récit précis de mon équipée, en prenant soin d'occulter mes conversations que j'espère intimes avec Caelina et ma visite chez Marcus.

– C'est tout? Bien. Nous avons eu des informations concordantes et nous n'avons donc aucune raison de douter de ce rapport. À un détail près : tu es repassé volontairement devant la résidence de Marc-Aurèle au moment où il sortait avec son escorte. Est-ce encore une coïncidence ? Vas-tu enfin nous dire ce qui t'attire là-bas, Méto ?

– J'y suis allé... à cause de vous.

– Comment cela ? demande-t-il en haussant brusquement le ton.

– Vos soupçons la dernière fois face à ce qui n'était qu'un hasard, votre insistance à me faire avouer quelque chose que je ne comprenais pas, tout ça m'a donné envie d'aller y voir de plus près. J'ai la conviction que vous me cachez des éléments de mon passé, que cet homme a peut-être un rapport avec ma vie d'avant...

– Ça suffit ! Ne te monte pas la tête tout seul. Arrête d'imaginer et contente-toi d'obéir. C'est fini pour aujourd'hui.

Il quitte la pièce d'un pas décidé.

Jean-Luc semble se porter mieux, même si je trouve sa démarche encore un peu hésitante. Les autres continuent de l'ignorer.

– J'ai obtenu que tu sois autorisé à m'accompagner durant ma petite promenade obligatoire à l'air libre. Ce n'est pas encore la grande forme mais je fais des progrès.

Nous cheminons un moment sans rien dire, le temps de prendre un peu de distance avec la Maison. Je le questionne :

– Que s'est-il passé d'intéressant pendant mon voyage?

– La Maison bruit de rumeurs sur Jove et sa succession. Sa mort a été annoncée et démentie à plusieurs reprises. Les César ne parlent que de cela. Romulus est de plus en plus présent. J'ai été réveillé un après-midi par une violente dispute dans le couloir. Il hurlait, menaçait et insultait ses interlocuteurs. Je crois même que des soldats sont intervenus.

– Et les membres du groupe E?

– Eux se focalisent sur un autre sujet : toi. Ils te présentent comme un ennemi de l'intérieur. Tu es, selon eux, la personne dangereuse à surveiller.

– J'ai déjà vécu cela chez les Oreilles coupées. Sais-tu s'ils s'en sont pris à mon ami Claudius?

Il me fait signe que non, quand nous sommes rejoints par deux membres du groupe vêtus de leur combinaison de course. Je reconnais la démarche un peu raide de Stéphane. Ils restent à distance mais sont suffisamment proches pour nous entendre. Nous optons pour le silence. Même s'il est impossible de comprendre les sons déformés qui sortent des masques, nous percevons qu'il s'agit de menaces et d'intimidations. Face à notre indifférence, l'agressivité prend la forme plus concrète de coups de pied dans les talons et de bourrades dans le dos. Ils cherchent l'affrontement. Mon camarade n'est pas en état de riposter et, seul, je ne ferai pas le poids. Nous décidons de presser le pas et de rejoindre la Maison au plus vite. Je me place derrière mon ami pour le pousser et le protéger en faisant écran avec mon corps. Je m'efforce de dominer une grande colère qui monte en moi. Il le faut si je veux rester entier et mener mon plan jusqu'au bout. Je le dois à mes frères. Les coups s'arrêtent subitement lorsque nous posons un pied dans le couloir. À sa demande, je laisse Jean-Luc regagner seul l'infirmerie. Je fais un détour par ma chambre pour me changer et décide d'aller voir César 1.

Assis à son bureau, il est absorbé par la lecture de documents. Il me sourit pour me faire comprendre que je suis condamné à attendre son bon vouloir et qu'il va en profiter. Après une vingtaine de minutes, il consent à lever la tête pour s'adresser à moi :

– Je viens d'apercevoir ton ami qui retournait à l'infirmerie. Il semblait préoccupé. La promenade s'est mal passée ?

– Non, je n'ai rien remarqué.

– Pourquoi me déranges-tu ?

– J'ai besoin de rencontrer les chefs des soldats. Il faut que je connaisse un maximum de noms et de visages, que je prouve à Hiéronymus que je bénéficie de soutiens puissants, que ma révolte est possible.

– Il n'en est pas question. Leur quartier est interdit aux civils.

– Mais César, il en va de la mission!

– Une liste avec photos te suffira.

– Notre adversaire est subtil et méfiant. Il connaît par cœur cette communauté. Je ne dois rien négliger car il pourrait me piéger. Si vous n'avez pas confiance, mieux vaut abandonner.

– Si la décision ne venait pas de plus haut, il y a longtemps que nous l'aurions fait.

Je prends seul mon repas et vais directement me coucher. Je suis exténué. Quand je pénètre dans ma chambre, je découvre Romu assis sur mon lit. Il a l'air à cran.

– J'avais hâte que tu rentres. Je vais avoir besoin de toi. Mon père est dans le coma. Pour l'instant, l'information est secrète. Les César s'apprêtent à désigner mon frère comme son successeur. Mais j'ai réussi à convaincre Rémus qu'on ne devait pas laisser les autres décider à notre place. Nous nous départagerons lors d'un combat singulier: un simple match de lutte où tu seras mon témoin. Celui qui perd s'engage à quitter l'île et à ne jamais revenir.

– Pourquoi veux-tu absolument prendre la suite de ton père? Ça te plaira d'être craint et détesté?

– J'aurai enfin l'impression d'exister.

– Que feras-tu de ton pouvoir? Tu changeras les choses?

– Sans doute. Alors, tu acceptes?

– Oui. Romu, j'ai besoin de voir Claudius.

– Il passera demain.

– Et les autres soirs?

– Si tu veux. Méto, tu dois rester sur tes gardes. La dernière fois que mon père m'a parlé, il a insisté pour que je veille sur toi car beaucoup à la Maison aimeraient te voir disparaître. Il a ajouté que, malgré tes erreurs dans le passé, il avait de l'admiration pour toi, pour ton esprit retors et ton goût du risque. Il a été jusqu'à dire que tu étais le fils qu'il aurait aimé avoir, ce qui m'a fait très mal.

Je m'endors sans me déshabiller. Atticus me réveille un peu plus tard. Je me redresse pour ne pas replonger tout de suite dans le sommeil.

– Méto, des rumeurs sur la mort de Jove commencent à circuler. Certains serviteurs sont nerveux. Ils ont peur de voir un des fils arriver au pouvoir: Rémus, l'attardé cruel, ou Romulus, le fou sanguinaire. La grande majorité a cessé de croire à un quelconque changement.

Ils attendent leur mort en espérant qu'elle soit la moins violente possible. Seuls quelques-uns se prennent encore à rêver d'une insurrection générale.

– Dis à ceux-là de ne rien tenter pour l'instant. Il est trop tôt.

– Méto, j'ai sur le corps les traces des précédentes tentatives. Les soldats gagnent toujours et tout recommence.

– Cette fois-ci, ils seront avec nous, Atticus.

– C'est ça, rendors-toi, petit Méto, et continue ton rêve.

Pour me réveiller tout à fait, je suis contraint de m'asperger d'eau glacée et de m'assener quelques claques sonores. César 1 m'intercepte à peine sorti de ma chambre et me déclare :

– Tu as cinq minutes pour déjeuner. Ce matin, tu vas rencontrer quelques officiers de l'île dans leurs quartiers. Quand tu circuleras parmi eux, évite de fixer les plus jeunes. Ils sont souvent très agressifs. Ils passent tous par une phase où leur apparence les effraie ou leur fait honte. Ils sont donc extrêmement sensibles au regard des autres. Je t'attends au bureau.

J'expédie mon repas et griffonne en urgence un court message au cas où je croiserais Achilléus, l'ancien ami de Hiéronymus.

Je suis César dans des couloirs inconnus. Bientôt, il ouvre une porte et s'efface pour me laisser pénétrer dans ce qu'on pourrait appeler la «Maison des soldats».

À partir de ce moment, je suis escorté par deux hommes en armes. Très vite, devançant notre progression, une phrase se répand, tantôt chuchotée, tantôt hurlée: «Un faible dans nos murs! Un faible dans nos murs!» Nous croisons un groupe qui marche au pas. Le bruit des fers qui frappent le carrelage est assourdissant. Deux handicapés appuyés sur des béquilles s'écartent devant nous. L'odeur est forte: un mélange de camphre qui soulage les membres endoloris, de graisse à chaussures et de sueur. Des cris me parviennent par une porte grande ouverte. Un gars aux yeux bandés frappe avec un gourdin sur des assaillants qui le harcèlent de tous côtés. Il s'encourage en éructant des injures mais observe aussi de courtes pauses pour localiser ses adversaires à l'oreille. Les coups portent et font mal. Nous parvenons enfin à une pièce minuscule, juste meublée d'une table ronde, où quatre personnes ont pris place et semblent m'attendre. Mes guides referment la porte derrière moi.

– Bonjour, Méto, dit le plus vieux qui m'invite à m'asseoir près de lui. Expose-nous ton plan. Il paraît que nous pouvons t'être utiles.

Je détaille la stratégie que j'ai mise au point et les péripéties de mon dernier voyage. Mon regard est attiré par le plus jeune du groupe. Je m'efforce de ne pas montrer mon intérêt, comme me l'a suggéré César 1. Je suis mal à l'aise.

– Je te fais peur, Méto? C'est pour ça que tes yeux me fuient? Ne crains pas de contempler celui que tu appelais «ton ami» autrefois.

– Élégius! Tu l'es toujours et je suis content de te revoir. Je n'oublierai jamais que c'est toi qui m'as appris à dominer ma peur après mon initiation. Tu étais aussi mon modèle à l'inche...

Je lui souris mais ne peux m'empêcher de frémir face à son visage méconnaissable. C'est comme si on avait greffé ses yeux sur un horrible masque.

– Revenons à notre sujet, s'énerve mon voisin. Qu'attends-tu exactement de nous?

– Je dois faire croire à Hiéronymus que je bénéficie d'appuis importants parmi vous. Il faut que je puisse décrire vos méthodes, votre équipement, que je connaisse ceux d'entre vous qui exercent le pouvoir pour prouver que mon plan est fiable.

– Les César semblent avoir une totale confiance en toi, déclare le vieux. Ce n'est pas mon cas. Tu n'apprendras qu'une infime partie de nos secrets, juste le minimum pour accomplir ta mission.

– Je ne connais pas vos noms.

– Je suis Quirinus, voici Achilléus et Isaurus. Tu reviendras demain vers onze heures. Élégius va te raccompagner. Soyez discrets, les hommes sont nerveux en ce moment.

Je me lève et leur tends la main. Après quelques secondes d'hésitation, Quirinus se décide à répondre à mon geste. Les autres font de même machinalement. J'ai glissé un message dans la manche d'Achilléus. À un furtif mouvement de gêne qu'il a eu malgré lui, j'ai pu voir qu'il l'avait senti.

Hiéronymus m'a dit que je pouvais compter sur toi. Rencontrons-nous seuls au plus vite.

Mon ami me ramène sans traîner dans ma zone. Je ne sais pas si son cœur a changé autant que son physique. Je veux croire que non.

Après un repas solitaire, je suis convoqué dans le bureau par César 1. J'en profite pour lui demander des nouvelles de Jove.

– Il dort, Méto. Il dort profondément. Mais il va s'en sortir, son heure n'est pas venue.

Il ouvre ensuite un dossier et m'interroge avec son petit sourire habituel :

– Dans ton plan, est-ce que tu préconises l'élimination des César?

– Pas nécessairement. Une nouvelle donne sera proposée à tous. Nous ne rejetons personne *a priori*. Mais ceux qui refuseront notre projet devront quitter l'île.

– Est-ce toi qui dirigeras la Maison après?

J'ai soudain une étrange sensation, comme si César sondait mon cerveau. Je bredouille:

– Pour... pourquoi cette question?

– Même si nous savons tous les deux que tout ce dont nous parlons ne verra jamais le jour, ta vision de ce futur improbable doit être parfaitement claire. Alors, est-ce toi qui seras aux commandes?

– Non, l'ensemble de la communauté se mettra d'accord sur un mode de fonctionnement et élira un chef pour une période courte encore à définir. Personnellement, je ne suis pas intéressé par le pouvoir, je me verrais plutôt enseigner ou travailler de mes mains.

– Tu affirmes que vous chasserez ceux qui n'adhèrent pas au nouveau système, mais qui te dit qu'ils accepteront de partir ou qu'ils ne reviendront pas plus tard pour reconquérir l'île avec des aides extérieures?

– Alors, nous les tuerons.

– C'est radical et cela ne te ressemble pas beaucoup.

– Nous sommes dans une fiction, César.

J'accompagne Jean-Luc dans sa promenade. L'allure est plus rapide aujourd'hui. Il fait des efforts et accepte même de courir sur quelques centaines de mètres. Aucun membre du groupe E ne vient nous rendre de «visite amicale». Mon camarade a le temps de me rapporter les termes exacts d'une dispute entre César 1 et César 2 dont il a été témoin le matin:

– «Non, César 2, tant que Jove n'est pas cliniquement mort, je me sens lié par ma promesse.» «Même si cette promesse permet à Méto de diffuser des idées de révolte parmi les soldats, sous couvert d'un plan oiseux! Il n'a rien à faire dans leurs quartiers, la règle veut que les différentes communautés de l'île ne se rencontrent jamais.» «Je sais tout ça. Un peu de patience et nous réglerons le cas Méto.»

Le soir, nous mangeons avec les autres mais sommes relégués en bout de table. Ils nous tournent ostensiblement le dos. Je retrouve ma chambre avec plaisir. Je me réjouis d'avance de la venue de Claudius.

Je dois veiller tard avant de voir enfin la porte s'ouvrir. Mon copain est souriant. Je lui donne des nouvelles d'Octavius et de Marcus mais je me garde de l'informer de mes projets. Il risquerait de me décourager.

– Je veux aller voir Octavius cette nuit.

– Entre trois heures trente-huit et cinq heures quarante. On se revoit demain?

– Avec plaisir, mon ami.

Je règle mon réveil et je m'allonge. Les visages d'Eve, de Caelina tournent dans ma tête mais aussi le regard vide de ma mère quand elle m'a vu.

Il est temps que j'y aille. Dans les couloirs, malgré l'habitude, je ne peux m'empêcher de sursauter au moindre bruit. Je me faufile dans les boyaux de la grotte et gagne l'Entre-deux sans problème. Octavius dort profondément. Il a du mal à me reconnaître :

– Méto, enfin ! J'ai tellement besoin de toi. Si tu savais comme c'est dur... Malgré les carnets laissés par celui d'avant, j'hésite sans cesse dans des moments où il ne faudrait pas. Je les fais plus souffrir que je ne les soulage. Pourquoi est-il parti ? Que signifient ces écritures ?

Je lui raconte toute l'histoire d'Eve depuis son arrivée jusqu'à sa fuite.

– C'est grâce à elle que je suis là ? Ce n'était pas une bonne idée. Je suis incapable de la remplacer et je n'aurai bientôt plus de médicaments.

– Je vais t'emmener tout à l'heure dans les réserves. J'essaie de trouver une solution pour arranger tous nos problèmes. En attendant, fais-moi confiance et surtout aie confiance en toi.

– J'ai recousu Titus et j'ai pu parler avec lui. Il m'a demandé si je savais ce que vous étiez devenus. Il m'a aussi fait part de ses regrets. Quand les soldats les laissent tranquilles, les luttes entre clans se déchaînent.

Deux «Sangliers» sont morts récemment, dans une embuscade.

Je l'entraîne vers la Maison. Il me suit en silence. Quand nous pénétrons dans les couloirs, il est pris de tremblements. Je l'entoure de mes bras et le pousse jusqu'à la réserve de médicaments. Il se détend progressivement. Je remplis son sac en lui chuchotant des commentaires. Avant de partir, je lui tends deux boîtes de somnifères et tire un papier de ma poche:

– Tu les remettras à Louche avec ce message. Viens, je te raccompagne jusqu'à l'escalier. Je repasse bientôt. Courage, Octavius.

Dans quelques jours, dès que je connaîtrai mes dates de mission, je demanderai à Louche de droguer la nourriture du soir pour que je puisse rencontrer longuement et sans risque Nairgels, le chef des Oreilles coupées. Évidemment, ensuite le cuisinier sera en danger et je devrai l'aider à fuir comme je m'y suis engagé quand je vivais là-bas.

En rentrant, je tombe sur Atticus qui nettoie ma chambre. Je lui souris et me glisse dans mon lit. Il me lance:

– Tu es en retard. Tu devrais être plus prudent. Je sens que tu nous prépares quelque chose... Méto, je serai toujours à tes côtés même si c'est pour mourir.

– Ça sera pour vivre, Atticus, pour vivre enfin.

Le réveil est douloureux mais je n'ai aucune raison objective de refuser la course du matin. Je vérifie l'intérieur de mes chaussures avant de me lancer. L'énergie revient peu à peu et je ne me fais pas distancer. De retour au vestiaire, personne ne m'adresse la parole. Je sens pourtant qu'ils brûlent de m'annoncer une mauvaise nouvelle. En sortant, Stéphane se décide :

– Ton copain a fait une rechute pendant la nuit, il est définitivement hors jeu. Je pense que cela ne t'étonne pas. Ici, il n'y a pas de place pour les faibles.

Je ne vais pas lui donner le plaisir de lui faire préciser le sens d'« hors jeu ». J'en parlerai avec un César.

Je suis de retour dans la Maison des soldats où l'ambiance est toujours aussi impressionnante. Au détour d'un couloir, j'assiste à une scène de châtiment. Un soldat est roué de coups par deux de ses congénères sous l'œil bienveillant de l'assemblée qui frappe en cadence dans ses mains. Celui qui m'escorte me saisit le bras pour me faire avancer plus vite. Mes hôtes m'attendent. Quirinus prend la parole d'entrée :

– Tu vas suivre Élégius durant la journée. Ne t'écarte pas de lui et sois très attentif à ses instructions. Les troupes sont nerveuses depuis cette nuit et, malgré les calmants, certains pourraient se montrer dangereux. Pose les questions qui te sont nécessaires mais ne t'attends pas systématiquement à des réponses.

Achilléus intervient :

– Ton plan me paraît tout à fait fantaisiste, Méto, et j'ai du mal à croire qu'ils te laissent faire en haut lieu. Tu es allé sur le terrain. Tu devrais pouvoir élaborer un scénario plus simple pour piéger Hiéronymus. Une petite équipe du groupe E et nous en soutien sur le...

– Achilléus, ce n'est pas à nous d'en décider, intervient Quirinus. Suivons les ordres.

– Même si c'est très risqué ?

Le chef quitte la salle sans rien ajouter. Les autres lui emboîtent le pas. Je suis seul avec Élégius et j'en profite pour l'interroger :

– Qu'a fait le gars qu'ils tabassaient dans le couloir ?

– Il s'est endormi en faisant le guet. Un de ses collègues est mort. Ici, l'erreur se paie sans délai.

– C'est Quirinius qui commande ?

– Oui, Achilléus est son second. Il est au courant de toutes les décisions car il doit être capable de remplacer le numéro 1 s'il venait à disparaître.

– Pourquoi, Quirinus est malade ?

– Nous le sommes tous en vieillissant. Des blessures mal soignées, les greffes d'os qui lâchent, le sang qui se corrompt, l'infection qui gagne. On ne manque pas de raisons de mourir prématurément. Dans les couloirs, profil bas. Ne réponds à personne. Première étape, une réserve de munitions. C'est à trente mètres sur la droite.

Sur ce parcours restreint, j'ai le droit à un coup de coude dans le ventre et une bourrade derrière la nuque. Impossible de déterminer dans le petit groupe que nous avons croisé qui a porté les coups. Je reprends mes esprits dans la salle où sont stockés les grenades, armes à feu, uniformes et couteaux. Deux gardes sont en faction devant une épaisse cage en fer dont les rayonnages sont remplis de boîtes blanches. Le mouvement de tête de mon guide m'indique que je n'ai pas besoin d'user ma salive à poser une question sur le contenu de ce stock, je n'en saurai pas plus. Il entrouvre la porte pour vérifier si le passage est libre.

– Cinquante mètres à gauche, la salle des cartes de l'île. On va courir.

L'endroit est très éclairé. Des cartes de l'île et de la Zone 17 recouvrent les murs. Certaines représentent des endroits que je ne parviens pas à identifier. D'autres encore s'entassent sur de larges tables. Nous sommes seuls. Élégius ne parle pas et semble attendre un signal. Une petite porte s'ouvre, Achilléus apparaît et me prend dans ses bras.

– Depuis le temps que j'espérais un message de mon ami, je commençais à douter de voir les choses bouger avant de quitter ce monde.

Il m'invite à m'asseoir sur une des tables. Élégius s'écarte pour surveiller la porte.

– Il y a maintenant trois ans, juste avant sa fuite, alors que je me remettais à peine de mes opérations des os, Hiéronymus est passé me voir. Nous nous sommes juré, ce jour-là, de faire disparaître la Maison et de punir Jove. Nous devions organiser chacun de notre côté, lui à l'extérieur, moi à l'intérieur, une grande insurrection. J'ai pour ma part constitué au sein des troupes un réseau opérationnel capable d'agir le moment venu. Il t'envoie enfin ! Je l'ai senti dès que tu es entré : tu n'as pas le profil d'un exécutant. Je connais ton histoire et les risques que tu as su prendre. Méto, raconte-moi ce que vous préparez.

Je lui brosse rapidement les éléments du plan en insistant sur les questions à régler : Que faire des opposants ? Comment convaincre le Monde que l'île est passée en Zone noire ? J'ajoute :

– Le moment me semble propice. Jove est dans le coma. La succession n'est pas établie. Je connais bien Romu. Il a trouvé un moyen pour s'opposer aux César qui veulent utiliser Rémus comme une marionnette. Je peux l'aider à vaincre et ensuite...

– Romulus fait partie du plan ? s'inquiète mon interlocuteur.

– Je le connais mieux que personne et je crois qu'il pourra nous aider.

– J'en doute. Le pouvoir et l'argent changent les gens. Réfléchis bien avant de lui accorder ta confiance. Trop de vies sont en jeu.

Il semble hésiter un instant avant de demander:

– Tu t'es fait des amis durant ton séjour chez les rebelles des grottes?

– J'ai encore quelques proches sur place. Les autres me voient comme un complice de Jove et un traître à leur cause. Ça va être un groupe difficile à convaincre. Je vais bientôt rencontrer leur chef en tête à tête.

– Seul? C'est suicidaire.

– J'ai prévu d'endormir toute la communauté pendant mon passage.

– Je connais bien Cassius, celui qui se fait appeler maintenant Nairgels. Nous avons mêlé notre sang et notre sueur sur les terrains d'inche autrefois. C'était un homme d'honneur. Je veux participer à l'entretien. J'imagine que tu t'y rendras pendant l'heure morte une de ces prochaines nuits. Tiens-nous au courant.

Il consulte sa montre et ajoute en levant sa main en signe d'adieu:

– Élégius, utilise les passages secrets pour le ramener chez lui, je veux être sûr qu'il ne lui arrive rien. À bientôt, Méto.

Mon guide ouvre un placard et s'y engouffre à quatre pattes. Le conduit est étroit et parfaitement obscur. Ma nuque et mes épaules frottent les parois. Après quelques minutes, Élégius se fige et m'annonce doucement :

– Nous y sommes. Tu n'as plus qu'à pousser la porte.

– Que s'est-il passé pour que les soldats soient dans cet état ?

– C'est toujours comme ça, à chaque retour de mission. L'effet des drogues de guerre qui s'efface, les douleurs qui réapparaissent, les hallucinations qui hantent le sommeil, des cris dans la tête qui ne veulent pas se taire. Dans quelques jours, tout sera rentré dans l'ordre et ils seront prêts pour combattre à nouveau.

– Comment fais-tu pour tenir ?

– Grâce à Achilléus et aux autres, à ceux qui ont fait naître en moi un espoir, à toi aussi maintenant. Pour nous contacter, deuxième cabine de douche, derrière le tuyau, à deux mètres du sol, un petit trou qui communique avec nos quartiers. Glisse ton message dedans. Salut, Méto.

La stratégie des membres du groupe E semble avoir changé. Ils m'ont gardé une place au milieu d'eux pour le déjeuner. Stéphane pose sa question à voix basse :

– Qu'est-ce que tu vas faire chez les soldats ?

– La règle numéro 9, les gars ! Je ne peux rien dire.

– Tu parlais bien à Jean-Luc.

– Oui, mais sans enfreindre les règles. Jamais. Vous savez tous que je travaille sur l'arrestation de Hiéronymus et que je ne pourrai pas y parvenir seul. Les César ont envie de tester mon plan car, même s'il leur apparaît farfelu, ils ne veulent laisser passer aucune opportunité de coincer votre ex-ami. Je ne sais d'ailleurs pas pourquoi il est si important à leurs yeux. Vous le savez, vous?

Tous détournent la tête.

César 2 me reçoit un peu après. Sans que j'aborde le sujet, il me parle de Jean-Luc, retrouvé mort dans sa chambre au petit matin. La version du suicide semble la plus probable car on a découvert des boîtes vides de médicaments, des somnifères, sous son lit. Je demande à le voir et curieusement César accepte de me conduire sur-le-champ à l'infirmerie. Le corps de mon ami est couvert d'un drap jusqu'au cou. Mon attention est attirée par des marques sombres à la commissure des lèvres.

– César, ces traces, là... C'est comme si on l'avait fait boire et qu'il s'était débattu.

– J'avais remarqué, Méto. Nous enquêtons sur un membre du groupe E qui aurait pu quitter sa chambre cette nuit... pour aller à la réserve de médicaments, par exemple.

– J'espère que vous le trouverez, dis-je en contrôlant le ton de ma voix. Est-ce que je peux retourner achever ma préparation? Dès demain, je serai en mesure de vous présenter mon plan.

– Vas-y, Méto. Mais, j'y pense tout à coup, cette réserve de médicaments, c'est un lieu qui t'est familier.

– Qui m'était familier. Depuis que je suis revenu à la Maison, je n'y ai jamais remis les pieds.

– Bien sûr.

Je m'oblige à rester concentré sur mon travail. J'organise mes notes.

Plan pour récupérer Hiéronymus

Lui faire croire qu'une insurrection censée renverser le pouvoir de Jove et des César est sur le point d'aboutir et qu'il pourra y jouer un rôle majeur.

Éléments du plan à présenter à Hiéronymus

Ces propositions se veulent pragmatiques. Elles sont transitoires. Un changement trop radical est inenvisageable à court terme.

Jove

Il sera empoisonné avant l'attaque ainsi que ses deux fils.

Les soldats

Les soldats tiendront en apparence *les rênes du pouvoir. Leur autorité s'impose aux yeux de tous car ils sont craints et sont seuls capables d'assurer, au moins à titre provisoire, l'ordre et la sécurité.*

Plusieurs contacts ont déjà été pris avec Quirinus, leur commandant en chef, qui se dit prêt à tenir ses hommes en échange de conditions matérielles lui permettant d'adoucir sa fin de vie. Il est d'accord pour laisser Hiéronymus, dont il reconnaît l'intelligence et l'autorité naturelle, prendre les décisions.

L'utilisation de doses massives de calmants sera préconisée pour rendre les combattants inoffensifs.

La disparition progressive des soldats permettra l'émergence d'une nouvelle force recrutée parmi les enfants.

Les César

Les César prêteront serment de fidélité à la communauté ou seront éliminés. Étant donné leurs capacités d'organisation, il paraît important d'en conserver au moins deux.

Les Oreilles coupées

Face à ce groupe réfractaire à l'autorité quand elle émane de l'extérieur, la manipulation s'impose. Il faudra attiser les oppositions claniques pour les affaiblir.

Des promesses de pouvoirs importants seront faites conjointement et secrètement aux chefs des Sangliers, des Lézards et des Faucons.

Les violents combats (occasionnant des blessés graves, voire des morts) qui s'ensuivront réduiront considérablement leur capacité à nuire.

Les serviteurs

Leur statut ne sera que partiellement modifié. Ils conserveront leurs tâches mais verront leurs conditions de vie améliorées (suppression des brimades, de l'anneau et des privations de nourriture).

Les enfants de la Maison

Ils seront dans un premier temps tenus à l'écart des changements.

Les enfants errants de la Zone 17

Des enfants abandonnés et persécutés de la Zone 17 pourront être accueillis sur l'île.

Question à résoudre encore pour que le plan semble plausible

Comment couper l'île du reste du Monde pour éviter toute intervention extérieure?

Une idée de réponse

Faire apparaître l'île comme gravement et irrémédiablement contaminée, et rendre l'interdiction de débarquer officielle (comme sur Esbee). Mais comment y parvenir?

Je passe la fin d'après-midi à guetter un César qui viendrait m'arrêter car quelqu'un m'a peut-être aperçu avec Octavius dans la réserve des médicaments la nuit dernière.

À ma grande surprise, Stéphane me demande en privé si je peux lui trouver une place dans ma prochaine expédition sur le continent. Il se dit lassé d'attendre qu'on le sollicite pour une vraie mission. Je lui assure qu'il n'est pas en mon pouvoir de recruter mon équipe et que ce sont toujours les César qui décident. La moue qu'il m'adresse prouve que je ne l'ai pas convaincu.

Je patiente sur mon lit en attendant Claudius. Il passe peu avant onze heures.

– Tu as été aperçu chez les soldats. Ici, les informations circulent très vite. On reparle de «Méto, le traître». J'ai même entendu «Méto, le futur Jove», dans les rangs des serviteurs et des enfants. Alors, tu as un nouveau plan, j'imagine?

Je décide de lui raconter le double jeu que je mène actuellement et les contacts que j'ai pu prendre.

– Tu m'impressionneras toujours! Tu ne renonces jamais. Rappelle-toi quand même que nous avons échoué la dernière fois.

– Ce sera différent cette fois-ci.

– Si tu le dis... Comment va «Octavius le médecin»?

– Pas très bien. Il vit dans la terreur de donner la mort sans le faire exprès. Il a rencontré Titus qui a été blessé lors d'une rixe. Notre ancien ami lui a dit qu'il nous regrettait.

– Pauvre Titus, je ne l'envie pas.

– Dis-moi, tu dois être au courant qu'un membre du groupe E a été assassiné la nuit dernière. Tu ne sais pas si quelqu'un a été aperçu dans les parages de l'infirmerie?

– Je me renseignerai.

Romu arrive une heure plus tard. Il me fait signe de me taire et de le suivre. Les couloirs sont déserts. Nous pénétrons dans un placard dont la paroi amovible débouche sur un conduit semblable à celui que j'ai emprunté le matin chez les soldats. Nous parvenons à une salle de sport que je ne connais pas. Rémus, les bras croisés, nous attend. Il est accompagné de mon ami de révolte, Mamercus, que j'avais retrouvé lors du match d'inche fatal qui avait scellé mon retour à la Maison. Le frère de Romu m'inflige une brutale mais amicale accolade, son témoin me serre chaleureusement la main. Romu a le visage fermé et semble plus conscient de l'enjeu du combat. Tandis que son frère me sourit et grimace, il déclare sur un ton solennel:

– L'issue de ce match déterminera le successeur de notre père, et le perdant s'interdira toute contestation. Le résultat sera gardé secret jusqu'au décès avéré de Jove. Jurons ! Méto ?

– Je le jure.

– Mamercus ?

– Je le jure.

– Rémus ?

– Je jure tout aussi, dit-il en rigolant.

Puis, devant le rictus agacé de son frère, il reprend :

– Je le jure.

– Je le jure, conclut Romu.

Nous nous déchaussons et les lutteurs retirent leurs vêtements pour ne garder que leur justaucorps. Ils s'échauffent en effectuant des moulinets avec les bras et des flexions. Enfin, ils se font face.

– Allez ! crie Mamercus.

Ils s'attrapent violemment et tournent sur eux-mêmes. Ils grognent ou respirent bruyamment. Romu entraîne son frère au sol et se plaque sur lui. Mais Rémus se dégage, roule sur le côté pour se mettre à genoux. Romu se redresse et lui fait face. Rémus se jette littéralement sur le cou de son frère et entreprend de l'étrangler. Son regard à cet instant est celui d'un fou. Nous intervenons pour les séparer. Nous réussissons avec difficulté à écarter les mains de l'agresseur qui se tortille dans tous les sens en hurlant. Romu a changé de couleur et semble paralysé. Prostré, il souffle doucement par la bouche. Je déclare d'une voix nette :

– Il faut arrêter, les gars. Vous n'êtes pas en état de combattre.

– Je suis d'accord, approuve Mamercus.

Les deux frères reprennent peu à peu leurs esprits et se relèvent. Romulus annonce :

– Il faut en finir. Tu es de mon avis, Rémus?

– Oui, et tout de suite.

Sans que l'on puisse intervenir, le combat recommence, plus déchaîné que jamais. Ils sont debout, enlacés jusqu'à l'étouffement. Ils ressemblent à cet instant à un monstre à quatre pattes qui lutte pour garder son équilibre. Rémus plante ses dents dans l'épaule de son frère qui hurle et propulse sa tête en avant pour lui frapper le front. L'impact est violent et sonore. Rémus part en arrière et s'écroule sur le banc qu'on utilise pour se déchausser. Son cou a plié sous le choc et il est immobile. On voit couler du sang derrière l'oreille gauche. Mamercus s'approche :

– Il faut appeler. Il va mourir.

Romu se plante devant nous et articule difficilement :

– Je vais m'en occuper, les gars. Retournez dans vos chambres. Je ne veux pas que vous payiez pour ça.

Comme nous ne bougeons pas, il hurle carrément :

– Foutez le camp tout de suite ! Barrez-vous !

J'ai honte de les laisser là, mais Romu a raison. Je détale par mon passage secret et me précipite dans ma chambre. À peine m'y suis-je réfugié que j'entends des pas précipités dans le couloir et des portes qui claquent. Lorsque Atticus arrive, j'ai l'impression de ne pas avoir fermé l'œil plus d'une dizaine de minutes. Mais sa présence amicale m'apaise et je me laisse envahir par le sommeil.

Ce matin, les visages sombres que je croise semblent porteurs de la mauvaise nouvelle. Je suis sûr que Rémus est mort. Aucune parole n'est échangée au cours du petit déjeuner. En rejoignant les vestiaires avant la course du matin, je me rapproche de Stéphane et risque d'une voix à peine audible :

– Qu'est-ce qui se passe ce matin?

– Personne ne le sait mais la consigne est au silence absolu.

Je suis le groupe avec difficulté. César m'attend à la sortie de la douche pour me conduire dans la salle où se préparent les missions. Je lui demande :

– Vous avez trouvé qui a tué Jean-Luc?

– Pas encore. Il n'y a pas de témoins ni de preuves évidentes, mais nous soupçonnons un des membres du groupe. Et toi, tu n'as pas ta petite idée?

– Si, mais je n'accuse pas sans preuve.

– C'est sage. Montre-moi ton dossier.

César lit lentement mes notes. J'essaie de deviner ce qu'il en pense. Je le sens souvent presque amusé, mais aussi dubitatif en parcourant certains passages.

– C'est un bon piège. Tu as su rester mesuré et l'idée d'offrir un refuge aux enfants errants dont s'occupe notre ami est excellente. Tu es devenu maître dans l'art de manipuler les gens, Méto. Est-ce inné chez toi?

– Non, je crois avoir beaucoup appris en vivant parmi vous.

Cette remarque ne provoque pas la moindre réaction. J'enchaîne:

– Avez-vous la réponse à la question que je pose à la fin?

– Évidemment. Les autorités de l'île doivent simplement déclarer sur l'honneur que l'île est contaminée, indiquer les preuves correspondantes, évaluer la gravité de la situation et la durée possible de la «quarantaine». Au vu de ces éléments, une commission d'experts déclare officiellement le déclassement de l'île.

Après une pause, César reprend:

– Combien de jours sur le continent te seront nécessaires cette fois-ci?

– Trois jours devraient suffire. Je pourrai partir quand?

– Après-demain soir. D'ici là, repose-toi. Tu sembles ne pas avoir dormi depuis une semaine.

Je reste dans ma chambre le plus possible jusqu'au soir mais sans parvenir à m'assoupir. Le silence absolu reste la règle pendant le dîner. Claudius me rend visite et me raconte ce qu'il a appris durant la journée :

– Rémus s'est accidentellement blessé en luttant amicalement avec son frère. Tu imagines la « tendresse » de la rencontre, dit-il en souriant. C'est suffisamment grave pour que l'information soit tenue secrète. Tu n'es pas plus étonné que ça ?

– Si, si.

– À part ça, l'enquête sur la mort de ton copain piétine, ils ne savent pas où chercher.

– Oriente-les sur Stéphane. Je le trouve bizarre, celui-là.

Mon ami m'indique avant de partir le créneau horaire pour une possible escapade.

Je suis si fatigué que j'ai du mal à me sortir du lit pour rejoindre Octavius. L'air frais du dehors me redonne du courage. Il dort profondément et je me contente de lui glisser un message à donner à Louche. Je lui écris que je reviendrai le voir la nuit prochaine.

Atticus m'a laissé dormir et, ce matin, je me sens mieux. Je souffre tout de même pendant l'exercice. Je me débrouille pour dépasser tout le groupe en fin de parcours afin de choisir ma cabine de douche. Je glisse le message qui indique simplement : *À ce soir.*

J'attends dans ma chambre des nouvelles des César, apparemment occupés à des affaires plus urgentes. À l'heure du déjeuner, j'apprends que Stéphane a été convoqué pour être interrogé. En l'absence de preuves formelles, je sais que la rencontre sera douloureuse pour lui. Nous sommes consignés dans nos chambres pour le restant de la journée. Peut-être ont-ils peur qu'on puisse entendre les cris de notre collègue s'il tarde à avouer.

Je dors une bonne partie de l'après-midi. Nos repas nous sont livrés dans nos chambres et nous sommes enfermés à clef.

Vers vingt-deux heures, je guette un moment de calme pour déverrouiller ma porte. Claudius arrive une heure plus tard.

– Tu avais raison. Il a craqué vers vingt heures. Les détails qu'il a donnés ne laissent planer aucun doute.

– Je dois me rendre chez les Oreilles coupées cette nuit.

– Tu n'as pas de temps à perdre. La voie sera libre entre vingt-trois heures dix et une heure quarante-cinq. Salue Octavius pour moi.

Mes complices d'un soir m'attendent dans l'escalier. Ils me suivent sans rien dire. Notre progression est plus lente que lorsque je suis seul car Achilléus montre vite des signes de fatigue et je comprends qu'il faut le ménager. Dans la grotte principale, l'atmosphère est fantomatique. Beaucoup d'Oreilles coupées se sont endormis à même le sol. Nous trouvons comme je l'avais prévu leur chef dans la tente de commandement. Il ne sursaute pas à notre arrivée, comme s'il nous attendait.

– Ma dernière heure est venue, c'est ça? Méto, le traître, vient accomplir le sale boulot. Tu vois, je n'ai pas fui quand j'ai compris que tous mes frères avaient été drogués. Mais tu n'as pas eu le courage de venir seul. Qui t'accompagne?

– Nous sommes là pour te parler. Je te présente Achilléus et Élégius.

– Bonsoir Cassius, commence Achilléus, tu te souviens de moi? Je suis venu en personne et sans armes pour te rencontrer. Tu connais mon pouvoir?

– Oui, tu es tout près du sommet. Que me vaut cet honneur?

– De grands changements se préparent et la question que tu dois te poser est la suivante: veux-tu y prendre part? Jove va mourir et nous avons l'opportunité de construire un avenir meilleur pour tout le monde sur cette île.

– Pourquoi prends-tu de tels risques?

– Je suis presque au bout du chemin et je veux offrir à mes hommes une fin de vie digne. Je veux surtout éviter que l'usine à monstres continue de gâcher des enfants. Je tiens à faire quelque chose de bien avant de mourir. Et j'aimerais que tu sois à mes côtés comme autrefois sur les terrains d'inche, quand nous étions amis.

– Mes gars et moi n'avons pas besoin que les choses changent. Notre vie est comme un jeu et c'est bien ainsi.

– Vous vous entretuez pour obtenir ou garder des places dans votre hiérarchie. Vous broyez vos faibles pour en faire des esclaves. Vous subsistez grâce au bon vouloir de vos oppresseurs qui ne vous gardent en vie que pour que vous serviez de partenaires d'entraînement à leurs troupes. Tu n'es pas idiot et tu sais tout ça. Il est temps que tu songes à grandir, mon ami, à assumer enfin tes responsabilités de chef, à guider tes hommes vers une voie plus difficile mais plus digne. Je n'ai pas hésité à me présenter à visage découvert car je sais que tu es un homme d'honneur et que tu ne nous mettras pas en danger. Réfléchis à notre proposition mais pas trop longtemps: les choses risquent de se faire sans vous.

Nairgels nous regarde partir sans broncher.

Élégius se rapproche de moi et me demande:

– Où se trouve la couchette du Lézard qui renseigne la Maison?

– Radzel? Pourquoi?

– Je veux voir à quoi il ressemble.

Je lui montre le chemin mais j'ai la sensation désagréable qu'il ne me dit pas tout. Il se penche soudain pour ramasser un couteau près d'un dormeur. Achilléus m'empoigne énergiquement pour m'empêcher d'intervenir et me glisse à l'oreille :

– Il faut parfois en sacrifier un pour en épargner cent.

Je raccompagne mes amis jusqu'à la sortie de la grotte et les abandonne pour rejoindre Octavius.

– Tu es là, enfin! Que s'est-il passé? Tu as l'air bouleversé!

Je lui raconte les détails de ma terrible soirée et les événements de la nuit précédente.

– Rentre dormir, Méto, tu n'es pas responsable des actions de tes amis.

– Peut-être. Louche viendra sans doute se réfugier dans l'Entre-deux pour éviter les représailles. Cache-le et donne-lui ce message. Salut.

CHAPITRE 9

Une journée d'attente. Je m'use les nerfs à imaginer les pires scénarios qui commencent tous par: «Et si, par malheur, il arrivait que...» Je sors seulement pour les repas, la course du matin et pour fixer avec César 3 le rendez-vous avec Caelina.

Pour m'occuper l'esprit, j'essaie de me représenter ce que fait au même moment chacun de mes amis: Marcus et Eve dans leur nouvelle vie, Octavius et Claudius entamant une journée ordinaire, Caelina et Louche, fébriles avant le départ, comme moi.

Enfin, c'est l'heure, je prends le chemin de l'embarcadère. Juan est comme toujours mutique et froid tant que nous ne sommes pas au large. Sans que je le lui demande, il ouvre un placard et je découvre Louche, complètement hébété. Mon ami cherche un peu ses mots :

– C'est vrai… alors ? C'est fini… Je vais revoir les… miens, ceux que j'ai… Merci, Méto. Tu as tenu ta promesse, toi…

Nous nous serrons dans les bras l'un de l'autre. Il est très ému et préfère s'écarter de nous quelques minutes pour cacher ses larmes. Puis il revient et raconte :

– Aujourd'hui, le réveil a été dur pour la communauté. Nairgels a tenu un discours devant une assemblée encore abrutie par les somnifères. Il a expliqué que, avec la complicité d'un traître, les César avaient montré la vulnérabilité des Oreilles coupées. J'écoutais, à l'abri chez Octavius. Comme prévu, ils m'ont cherché dans les cuisines, ont cassé du matériel. En fouillant le reste de la grotte, ils ont trouvé le cadavre de Radzel, que ses camarades ont porté dans l'Entre-deux pour qu'Octavius prononce les paroles sacrées. Ces épreuves n'ont pourtant pas resserré les rangs des Chevelus car des bagarres ont encore éclaté dans l'après-midi. Je suis soulagé d'être parti.

– Tu vas retrouver ta famille sur le continent ?

– Oui, ma fille de quinze ans et ma femme. Elles ont dû penser que je les avais abandonnées. Après si longtemps, j'espère qu'elles seront heureuses de me revoir.

– Comment es-tu arrivé sur l'île ? lui demande Juan.

– Au départ, je n'avais été embauché par la Maison que pour trois mois. Je devais former de futurs cuisiniers, appelés à me remplacer au terme de mon contrat. Mais une nuit, un commando d'Oreilles coupées m'a enlevé. Et durant deux ans, trois mois et vingt-sept jours, j'ai travaillé comme un esclave pour ces brutes.

Puis Juan nous décrit la tentative malheureuse pour libérer son frère. Cet épisode a révélé aux Chiendents l'existence d'un mouchard parmi eux. À cause de cela, le groupe ne se réunit plus et mon ami s'inquiète pour Sul, qui risque d'être envoyé sur une île lointaine, ainsi que l'avait prévu la loi avant qu'il ne s'enfuie.

Après le débarquement, nous attendons, comme à chaque fois, cachés dans le square du port. Je quitte Louche aux premières lueurs du jour. Il refuse l'argent que je lui propose pour prendre le bus. Il veut marcher afin d'avoir le temps de réaliser qu'il est bien là. Il veut aussi trouver les mots qu'il prononcera en arrivant chez lui.

Je vais pour ma part attendre Caelina dans notre square habituel. Je l'aperçois de loin et ressens à ce moment précis comme une douleur au ventre. Je m'efforce de réguler ma respiration. Mon amie est radieuse. Elle se lève et m'embrasse longuement en fermant les yeux. Il ne s'agit donc pas d'un « baiser de réactivité ». Je sens comme une chaleur m'envahir. Nous nous asseyons côte à côte sur un banc.

– Merci, Méto. Grâce à toi, je sais. Et cela a tout changé au fond de moi. Je ne suis plus la Caelina docile qui avait renoncé à conduire sa propre existence, qui se contentait d'obéir et de regarder le temps passer. Comment connaissais-tu le code?

Je lui raconte la découverte du classeur gris et les journées de recherche dans la bibliothèque de Gouffre.

– Ce n'était qu'une hypothèse. J'avais peur que cela fonctionne différemment sur Siloé.

– Tu as pris un risque énorme en me donnant cette preuve tangible de ta traîtrise envers la Maison.

– J'ai confiance en toi. Et puis... toi aussi, tu as changé ma vie.

Elle me prend la main et déclare:

– Il ne faut pas qu'on reste là. Je te rappelle que nous sommes recherchés pour actes terroristes.

Nous retrouvons la fausse maison et ses habitants. Nous mangeons quelques tartines avant de rejoindre les petits dans le garage où Rita leur apprend à écrire. Je m'occupe de Jeannot qui fait preuve de beaucoup d'application. Après le déjeuner, un gars vient annoncer le passage de Hiéronymus pour la fin de l'après-midi. Nous grimpons dans notre chambre. Caelina veut tout savoir de mes projets.

– Sur ton île, il y aura aussi des filles?

– Bien sûr. Les garçons ont beaucoup à apprendre de vous.

– Et nous serons ensemble pour toujours. Méto, avant d'aller vivre loin d'ici, je voudrais voir à quoi ressemblent mes parents. J'ai un grand frère aussi.

– Nous irons. Et tu t'appelles comment, en vrai?

– Isabelle. Mais je veux rester Caelina.

– Tu as raison, c'est très beau, Caelina.

Elle se love dans mes bras et s'endort. Je la regarde respirer un long moment avant de succomber à la fatigue.

On frappe à notre porte. C'est Hiéronymus. Je dois d'abord le convaincre de laisser mon amie assister à la discussion. Il y consent à contrecœur. Nous nous retrouvons au sous-sol, à cinq autour d'une table. Le chef m'invite à détailler les avancées de ma préparation.

– Je te félicite, Méto. Il semble toutefois que nous aurons du mal avec les Oreilles coupées.

Hiéronymus nous brosse ensuite par le menu l'intervention prévue pour le lendemain. Déguisés en jardiniers, nous allons profiter de l'absence de ma famille pour explorer la propriété. La maison est laissée à la surveillance de trois policiers que nous devrons neutraliser. Nous fouillerons le domaine de fond en comble à la recherche de tous les documents qui pourraient compromettre Marc-Aurèle, particulièrement ceux qui détaillent les tests qui ont été effectués sur l'Espérène.

– D'après des savants proches de notre cause, explique notre chef, ces rapports devraient révéler la totale inefficacité du procédé. Je veux que cette escroquerie soit exposée à la population de la Zone 17 et du Monde entier avant que je parte construire sur Hélios une société harmonieuse avec toi, Méto.

– Tu veux dire que l'Espérène ne dépolluerait pas les sols? demande Caelina.

– En effet. Avec sa pseudo-invention, Marc-Aurèle se présente comme le sauveur de l'humanité et vend des fleurs au prix du métal précieux.

Il déplie une carte et désigne les différents bâtiments:

– Quelque part, sans doute sous le plancher d'une de ces constructions, est dissimulé un laboratoire avec les preuves que nous cherchons. Méto, nous espérons que des bribes de mémoire te reviendront.

– Et si un membre de ma famille débarque?

– Pas d'affolement, ils ne connaissent pas bien le personnel qui travaille pour eux. Nous continuerons un moment à faire semblant, puis nous disparaîtrons discrètement. Pas d'autres questions?

Hiéronymus quitte la pièce.

Je demande à Sif si nous pouvons sortir en ville. Il me conseille d'être de retour avant le couvre-feu, car les contrôles se sont intensifiés depuis la nuit de l'Embrasement. Nous prenons un bus pour gagner le centre. Nous repérons vite la vaste et imposante maison de la famille de Caelina, située en secteur E, tout près du square où nous nous donnons rendez-vous.

– C'est peut-être la seule occasion que j'aurai. Je ne vais pas rester là à contempler des murs, je veux les voir pour de bon.

– Fais attention, tout de même.

Elle hésite quelques secondes puis s'avance vers l'entrée en me faisant signe de rester en retrait. Je me plaque contre le mur pour me rendre invisible. Quand la porte s'ouvre, elle se retrouve face à une femme âgée, portant un tablier blanc, qui la dévisage et lui demande sur un ton peu avenant :

– Vous désirez, mademoiselle?

Caelina comprend qu'elle a affaire à une servante et bredouille :

– Je ne sais pas. Excusez-moi... Je voulais...

– Qui êtes-vous? insiste l'autre d'une voix plus assurée.

– Je suis Isa... murmure mon amie, très mal à l'aise.

Une voix venue de l'intérieur interroge :

– Mais enfin, Marie, que se passe-t-il?

Une dame se présente alors sur le perron. Je suis frappé par la ressemblance des traits et de la chevelure. Elles ont la même taille mais Caelina a un corps plus fin et se tient très droite. La dame sourit puis, sans tourner la tête vers sa servante, lui déclare :

– Laissez-nous, Marie, je vais m'en occuper.

L'employée s'efface discrètement. La femme reprend sur un ton très doux :

– Bonsoir, mademoiselle.

– Bonsoir, madame, répond Caelina, qui retrouve la maîtrise d'elle-même. Excusez-moi de vous déranger mais je dois voir votre fils.

– Je vais appeler Victor, mais je vous en prie, ne restez pas dehors.

La porte se referme derrière mon amie. Je m'éloigne un peu pour l'attendre. J'essaie d'imaginer ce qui se passe de l'autre côté. Combien de temps dois-je demeurer là avant d'intervenir ? La rue est peu passante et je vais bientôt me faire repérer. Je regarde ma montre. Caelina est à l'intérieur depuis un quart d'heure, je lui laisse encore cinq minutes. La porte s'ouvre.

– Revenez quand vous voulez, mademoiselle. Vous êtes ici chez vous.

– Merci beaucoup, madame.

Je laisse Caelina s'éloigner avant de courir la rejoindre. Elle semble totalement euphorique. Elle prend une grande inspiration avant de raconter :

– À l'intérieur, j'ai cru m'évanouir. J'étais comme assaillie par des sensations étranges. Je ne peux pas t'expliquer.

Heureusement, ma mère m'a gentiment pris la main pour m'installer dans un canapé où on m'a servi du thé avec des petits gâteaux très bons. Assis en face de moi, mon père faisait mine de lire un journal mais je sentais qu'il ne me quittait pas des yeux. Victor, mon frère, est arrivé. C'est un grand gars un peu gros. Il m'a observée sans réagir. Alors j'ai pris les devants et je lui ai «rappelé» que je m'appelais Lisa, que j'étais toute nouvelle au lycée. Puis je me suis lancée dans une histoire de manuel de sciences égaré et de devoir urgent à faire. Il ne réagissait pas, visiblement embarrassé par ma présence. Alors sa mère l'a envoyé chercher le livre dans sa chambre. Elle s'était assise à côté de moi et, à un moment, j'ai senti qu'elle me caressait les cheveux. Elle s'en est excusée mais a justifié son geste en disant: «Ils sont si beaux!» Victor est revenu sans le livre, oublié paraît-il en cours, et s'est fait rabrouer. J'ai décidé alors de partir. Tu as entendu, Méto? Elle a dit que j'étais chez moi!

Dans le bus, je remarque vite qu'un homme a les yeux fixés sur nous. Je le vois noter quelque chose puis se diriger vers le chauffeur à qui il tend un papier. Nous sautons du bus à l'arrêt suivant et nous engouffrons dans une ruelle perpendiculaire. Nous courons. Un bruit de sirène retentit puis des aboiements. Caelina est devant: j'espère qu'elle a une idée du chemin. Je ne connais pas du tout ce quartier. Nous débouchons sur une large rue que nous traversons malgré une circulation dense. Caelina est douée pour éviter les voitures dont les klaxons blessent nos tympans. Nous entrons dans un magasin d'alimentation. Nous nous faufilons parmi les acheteurs et ressortons par une réserve donnant sur une cour qui sert aux livraisons. Nous escaladons un garage pour nous percher sur un toit-terrasse. Assis contre une cheminée, nous reprenons notre souffle.

– On va attendre un peu. Ici, c'est un bon poste d'observation.

Caelina pose sa tête sur mon épaule et se parle à haute voix :

– Ils ont l'air gentils. Ils correspondent exactement à l'idée que je me faisais du mot « parents ». Ma mère me ressemble. Je l'ai trouvée très élégante. Mon père paraît calme et rassurant. La maison sent bon les fleurs et les gâteaux.

Après un long silence, elle reprend, mélancolique :

– Et moi, je suis là, dans le froid et les odeurs de poubelles, poursuivie par la police et leurs chiens, livrée à moi-même. Interdite de bonheur.

Je passe mon bras autour de son cou. Elle pleure quelques instants puis me chuchote :

– Je suis quand même contente de savoir de quoi ils ont l'air. Et puis je ne dois pas me plaindre parce que, maintenant, il y a toi, Méto, qui veille sur moi.

Après nous être assurés du départ des patrouilles, nous descendons de notre refuge et rentrons en courant au repère des Chiendents.

Sif qui nous guettait nous avoue qu'il commençait à s'inquiéter. Après quelques hésitations, nous lui racontons notre visite. Il s'emporte :

– Vous avez pris des risques inconsidérés. Votre imprudence me déçoit. Caelina, si tes parents se doutent de quelque chose, ils iront directement se plaindre aux autorités car leur contrat d'abandon leur garantissait l'impossibilité d'une telle rencontre. On leur a promis que rien ne viendrait jamais réactiver le souvenir et la douleur. La Maison sera avertie dans l'heure. Je crois que tu dois envisager de ne jamais retourner sur ton île.

– Mais nous ne sommes pas sûrs qu'ils le diront. Ils semblaient sympathiques.

Sif ignore ma remarque. Nous montons dans notre chambre. Caelina se recroqueville sur le lit, le regard vide.

Je passe sous la douche avant de me coucher près d'elle. Sa respiration est saccadée. Elle pleure. Je lui prends la main et elle me laisse faire. Tout cela ne serait pas arrivé si je ne lui avais pas donné le code du classeur.

Au matin, je me lève avant elle et descends déjeuner avec les autres. Sif m'annonce :

– Elle pourra rester ici, si elle veut.

– Merci, je le lui dirai. À quelle heure partons-nous en mission ?

– Quelques gars sont allés emprunter une camionnette. Ils seront là d'ici une heure.

Quand je pénètre dans la chambre, j'entends l'eau de la douche couler. Caelina en sort peu après, le visage déterminé et prête à l'action.

– C'est la vie, Méto, déclare-t-elle. Ça va seulement un peu trop vite. Je vais manger, j'ai faim ce matin.

La camionnette rentre dans le garage, suivie de Hiéronymus sur sa moto. Après nous avoir salués, il ouvre la porte arrière du véhicule pour faire sortir cinq hommes. Ils ont les yeux bandés et sont vêtus d'une combinaison verte. Notre chef leur demande de se déshabiller. Ils sont ensuite enfermés dans notre salle de réunion. Pour cette opération, nous serons six : Caelina, Rita, Hiéronymus, moi et deux garçons que je vois pour la première fois. Nous enfilons les combinaisons des jardiniers et montons dans le véhicule. Personne ne parle pendant le trajet. Nous franchissons sans problème le poste de surveillance situé à l'entrée du domaine. Un peu plus loin, nous nous arrêtons pour faire descendre un gars qui n'est pas déguisé. Il doit neutraliser le garde et prendre sa place. Nous atteignons le perron de la maison. Les deux autres policiers sont désarmés et bâillonnés. Nous nous emparons de leur matériel de communication, appelé «Talkie-Walkie», qui les relie à leur collègue. Nous serons ainsi prévenus si la famille débarque plus tôt que prévu. Nous commencerons par la visite de la maison d'habitation.

Caelina force la serrure et nous pénétrons dans une vaste entrée. Je me sens bizarre et reste planté là plusieurs secondes, incapable de réagir. Notre chef me rappelle à l'ordre :

– Méto, on a du boulot.

Je commence par explorer le salon. Mon attention est attirée par les photos. Il y en a beaucoup de ma petite sœur dans différentes circonstances : soufflant des bougies sur un gâteau, déguisée avec une couronne, jouant avec une balle dans un parc. Il y a aussi quelques clichés de mes parents seuls ou encadrant leur enfant. Ils sont très jeunes sur certains, moins sur d'autres. Ma mère est toujours souriante, mon père semble souvent un peu absent. Je m'arrête sur une photo car un détail retient mon attention. Le nuage derrière eux paraît faux. C'est comme si on en avait réuni deux très différents pour n'en former qu'un seul. Je démonte le cadre et découvre que l'image a été coupée en deux. On a supprimé un élément qui se trouvait au milieu. Il ne me faut pas longtemps pour deviner que c'était moi, l'« élément ». Je remets tout en ordre et passe à la pièce suivante. Il s'agit d'un bureau. Hiéronymus épluche des dossiers qu'il a posés à même le sol.

– C'est le bureau de ton père, pas celui de Marc-Aurèle. Ici, on ne trouvera rien. Il faut aller au sous-sol. Tu viens ?

– Je vérifie les tiroirs et je te rejoins.

Je vide tout sur la table puis range soigneusement les affaires à leur place. Je tombe sur un carnet rouge rempli de textes courts écrits au crayon à papier. Sur la première page, je lis le titre, *Je ne te vois plus mais tu es toujours là*. Sans trop y réfléchir, je le glisse au fond de ma poche.

Je descends les escaliers pour retrouver les autres. À peine sur place, je suis saisi par l'odeur, celle de la graisse qu'on met dans les rouages des machines pour éviter les frottements et qu'utilisent aussi les soldats de la Maison pour nourrir le cuir de leurs chaussures. Caelina m'interpelle :

– Méto, ça ne va pas ? Tu es tout pâle !

Je reprends peu à peu mes esprits :

– Je me souviens de ce lieu.

Mes pas me portent dans une pièce qui sert de remise à de vieux meubles. Je me faufile jusqu'au mur de droite couvert par un rideau. Je le dégage et révèle l'existence d'une porte métallique sans poignée ni serrure.

– Impossible à ouvrir, déclare mon amie. Méto, cela te dit quelque chose?

J'ai la sensation d'accomplir mes gestes comme si j'étais mû par une force intérieure que je ne contrôle pas. Je plaque mes mains aux deux coins supérieurs. Je sens le métal se réchauffer au contact de ma peau. Au bout d'une vingtaine de secondes, des petits bruits mécaniques se font entendre de l'autre côté. Je m'écarte et la porte s'ouvre. Nous nous engouffrons tous à l'intérieur. Nous descendons un escalier et débouchons sur une vaste salle remplie de machines de toutes tailles, de tables encombrées de dossiers, de grandes armoires aux parois vitrées. On y trouve aussi des combinaisons très larges d'une matière brillante, avec un casque qui protège l'intégralité de la tête et du cou. Mes copains ne savent pas où porter le regard. Je traverse la pièce pour ouvrir une autre porte, c'est un atelier avec au centre un établi sur lequel traînent des sphères de métal. Hiéronymus fait des commentaires à voix haute:

– Ces boules servaient à enfermer des bacilles et des virus, et elles étaient ensuite larguées sur les populations pendant la guerre. Aujourd'hui, ces armes sont interdites, mais des témoins affirment qu'elles sont encore utilisées contre les réfugiés hors Zone. Cette machine-là sert à emboutir la feuille de métal pour lui donner la forme souhaitée. L'odeur de graisse est écœurante ici. Qu'y a-t-il à côté, Méto?

– À droite, c'est la chaufferie de la Maison, c'est là que mon grand-père m'enfermait quand je pleurais.

Caelina me prend par le cou et me demande doucement:

– De quoi avais-tu peur?

– Du bruit des machines, des hommes qu'il gardait là-bas sous la trappe et sur qui il testait des virus et des vaccins. Il disait qu'il voulait faire de moi un guerrier qui ignore les sentiments, qui ne pense qu'à faire éclater son génie et sa puissance à la face du Monde. Et moi, je n'étais qu'un enfant et...

– Excuse-moi, Méto, me coupe Hiéronymus, mais nous n'avons toujours pas mis la main sur les archives, et le temps presse.

– Au bout du couloir, pose tes mains comme moi tout à l'heure.

Nos compagnons le suivent tandis que Caelina m'enlace tendrement. Je lui explique:

– Tout m'est revenu d'un seul coup. Je me souviens... et c'est dur.

– J'ai vécu la même expérience hier et je n'en ai pas dormi de la nuit, mais depuis ce matin je me sens mieux, plus forte, parce que maintenant je sais. Allons rejoindre nos amis.

Les autres sont plongés dans les dossiers, cahiers et classeurs. Hiéronymus jette un œil sur tous ceux qu'on lui tend avant de les fourrer dans son sac à dos. On entend soudain grésiller le Talkie-Walkie. Notre chef appuie sur un bouton et écoute.

– La famille débarque, annonce-t-il. Laissez tout, répartissez-vous dans le parc et faites semblant de travailler. Nous remonterons dans la camionnette dans une vingtaine de minutes.

Tout en courant, je demande :

– Mais ils vont s'apercevoir de la disparition des deux policiers...

– Alf doit les retenir quelques minutes à l'entrée et leur expliquer qu'ils ont dû intervenir d'urgence sur les lieux d'un attentat et qu'une équipe de jardiniers travaillent dans le parc. J'attends la confirmation que le mensonge a bien été gobé par ta mère.

Nous sommes à l'air libre. Je saisis un râteau dans le véhicule et fonce de l'autre côté de la maison. Je reprends mon souffle tout en rassemblant des feuilles mortes pour former un gros tas. J'entends la voiture se garer et les cris d'un enfant qui s'approche. Ma sœur se dirige droit sur moi. Elle me sourit puis continue son chemin sans rien dire. Je regarde ma montre : il me reste quatorze minutes à attendre. Elle s'est arrêtée sous un pommier pour s'asseoir sur une planche suspendue par deux cordes. Elle se balance en chantonnant. Je continue mon ouvrage en la regardant du coin de l'œil. Elle est vraiment mignonne. Soudain, elle m'appelle :

– Monsieur Garçon ! Monsieur Garçon ! Tu peux venir me pousser, s'il te plaît ?

Je reste impassible mais elle insiste. Je finis par céder.

– Tu t'appelles comment ? demande-t-elle.

– Bruno. Et toi ?

– Appolonia.

Je la pousse doucement.

– Plus fort, s'il te plaît.

Je m'exécute mais j'ai peur de mal faire et qu'elle tombe. Elle rit aux éclats et m'encourage.

J'entends au loin une voix de femme qui appelle :

– Appie ! Où es-tu ? Appie ! Réponds, je te prie.

– C'est Maman qui veut que je vienne goûter. Tu reviendras me voir un jour ? Je mettrai ma couronne de princesse et ma robe qui tourne.

– C'est promis. Allez, ne fais pas attendre ta maman.

Je la regarde s'éloigner. Elle sautille et tourne sur elle-même. J'entrevois Caelina qui me fait signe. L'heure est venue de quitter ma maison.

Dans la camionnette, Hiéronymus, ravi, serre contre lui le sac avec les documents :

– Grâce à toi, Méto, on a mis la main sur un véritable trésor.

Je ne réponds pas. Je me remets de mes émotions.

À l'arrivée, nos prisonniers, les yeux toujours bandés, récupèrent leur équipement et sont reconduits par Alf à leur point de départ. Nous sommes consignés dans nos chambres pour des « raisons de sécurité ». Hiéronymus nous promet son retour pour le lendemain.

Je montre à Caelina le carnet que j'ai subtilisé dans le tiroir du bureau. Nous nous installons côte à côte pour le lire. Chaque texte occupe une page.

Maestro

Vouloir dire Non
Maestro
Mais ne pouvoir
Produire qu'un oui?
2.4

Juste après l'île

Il me touche le cœur
Il me tourne la tête
Il me tombe des mains
Il met ou démet la vie
Juste après l'île, il est là.

Mes souvenirs de toi
Envahissent mes heures
Trahissent mes regrets
Ou me rendent froid et mort.

(Je) vais

M E S I M M O N D E S
P E N S E E S S I
E N T E T A N T E S
E M P O I S O N N E N T
M A V I E V A I N E

Pour commencer, totem (surtout s'il est renversé)
N'a pas besoin de thé
Et Méphisto sera privé de fils
La métaphore ne souffre d'aucun affre
Et il n'y a jamais d'air parmi les météores.

(Je) crois

A H !   L A   V I E   M A L M E N E
L ' A M E   B L E S S E E   D E S
P O E T E S   S U R   C E T T E   T E R R E
V E R I T A B L E   M O U R O I R

Caelina me regarde et déclare :

– Tu sembles déçu. Tu pensais qu'il y parlerait de toi ?

– Je trouve ces textes bizarres.

– Ce sont des poèmes. Ils ne sont pas toujours faits pour qu'on les comprenne, en tout cas pas directement. Une Matrone en lisait secrètement à la Maison. Elle en parlait comme d'écrits magiques.

– Ce n'est pas ce que je voulais dire, Caelina. Je crois que ces textes en cachent d'autres.

– Ne va pas chercher trop loin. Ton père exprime une grande tristesse sans doute occasionnée par la perte de son fils, même si ton nom n'est pas cité. Quoique...

– Quoi?

– Dans *Maestro*, on trouve les mêmes lettres que dans *Méto*, il suffit d'en enlever une sur deux. M(A)E(S)T(R)O.

– Tu es géniale, Caelina! Cherchons encore. Ce 2.4 à la fin signifie peut-être qu'on doit supprimer une lettre sur deux à la ligne quatre du paragraphe: P(R)O(D)U(I)R(E) Q(U)'U(N) O(U)I? Ce qui nous donnerait *Pourquoi?*

– *Méto, Pourquoi?* Tu as raison, ces poèmes parlent de toi!

On nous appelle pour préparer le dîner. Nous sommes d'épluchage de légumes. Pendant que la soupe chauffe, je lis plusieurs fois la même histoire à Jeannot qui ne semble pas s'en lasser. Elle s'intitule *Le Petit Poucet.*

– Tu vois, déclare mon jeune ami après ma septième lecture, à la fin, tout s'arrange et la famille est réunie.

À table, les petits racontent leur journée. Je me sens bien dans cette ambiance fraternelle mais, ce soir, j'ai hâte de retourner décrypter les messages de mon père. Caelina n'a pas décroché un mot durant tout le repas. Je la sais préoccupée. De retour dans la chambre, je décide d'aborder le sujet qui la tracasse:

– Tu vas faire quoi demain soir?

– Je ne repartirai pas sur l'île, à l'isolement, je ne serai d'aucune utilité. Je ne veux pas rester non plus chez les Chiendents car les responsables de Siloé savent où je suis. Je suis résolue à partir avec toi... Enfin, si tu es d'accord. Ils ne penseront jamais à me chercher sur Hélios. Tu connais un lieu sûr où je pourrais me réfugier le temps que tu déclenches ta «grande rébellion»?

– Oui, l'Entre-deux des Oreilles coupées.

Je lui raconte dans le détail ma découverte du lieu, l'histoire d'Eve et celle d'Octavius. Pendant mon récit, je la vois grimacer comme si quelque chose la gênait.

– Cette «Eve», dit-elle, tu en parles avec tant d'émotion, comme si elle comptait beaucoup pour toi, comme si c'était elle...

– Caelina, c'est toi que j'aime et mon amour pour toi grandit de jour en jour. J'ai sans cesse pensé à toi pendant que j'étais à la Maison. Eve, c'est différent, je la vois aujourd'hui comme une grande sœur pour qui j'éprouve une immense affection.

Je la sens triste. Elle s'allonge sur le lit et me tourne le dos.

Juste après l'île

Il me touche le cœur
Il me tourne la tête
Il me tombe des mains
Il met ou démet la vie
Juste après l'île, il est là.

Je remarque que les quatre premières lignes commencent par *Il.* Et s'il fallait simplement lire les lettres qui se trouvent juste après, comme on le précise au dernier vers et dans le titre?

*Il **me to**uche le cœur*
*Il **me to**urne la tête*
*Il **me to**mbe des mains*
*Il **met o**u démet la vie*

Le poème suivant me paraît plus simple à déchiffrer, il suffit de lire uniquement la lettre qui débute chaque phrase.

***M**es souvenirs de toi*
***E**nvahissent mes heures*
***T**rahissent mes regrets*
***O**u me rendent froid et mort.*

Je passe à l'avant-dernier poème car il me semble assez facile à percer à jour.

Pour commencer, totem (surtout s'il est renversé)
N'a pas besoin de thé
Et Méphisto sera privé de fils
La métaphore ne souffre d'aucun affre
Et il n'y a jamais d'air parmi les météores.

Il faut écrire *totem* à l'envers, soit *metot* et lui enlever le *t* (*thé*). On découvre ainsi *Méto*. Pour *Méphisto* et en suivant le même principe, il suffit de retirer le *phis* (*fils*). On obtient toujours *Méto* quand on retranche de la même façon *aph... re* (*affre*) à *métaphore* et *é...res* (*air*) à *météores*.

Je recherche les quatre lettres de mon prénom dans les deux derniers. Je découvre *Méto* écrit deux fois et formant un V dans celui qui s'intitule *(Je) vais* et la même chose mais en croix dans *(Je) crois*.

(Je) vais

M *E S I M* ***M*** *O N D E S*
P ***E*** *N S E* ***E*** *S S I*
E N ***T*** *E* ***T*** *A N T E S*
E M P ***O*** *I S O N N E N T*
M A V I E V A I N E

(Je) crois

A H ! L A V I E ***M*** *A L* ***M*** *E N E*
L ' A M E B L E S S ***E E*** *D E S*
P O E T E S S U R C E ***T T*** *E T E R R E*
V E R I T A B L E M ***O*** *U R* ***O*** *I R*

Rencontrerai-je un jour l'auteur de ces textes où je suis si présent?

Caelina s'est endormie. Je décide de faire de même.

Comme la veille, nous sommes recrutés par Rita pour l'aider à enseigner aux petits. Je prends beaucoup de plaisir à cette activité. Hiéronymus nous rejoint pour le déjeuner. À peine assis, il annonce:

– Nous avons dérobé des documents exceptionnels. Toutes les preuves sont réunies pour exercer de très fortes pressions sur Marc-Aurèle. Des camarades réalisent actuellement des photocopies de ces dossiers afin de disposer de plusieurs exemplaires que nous stockerons dans différents lieux connus de nous seuls. Nous sommes persuadés que la police secrète va tout faire pour mettre la main dessus.

Caelina se penche vers moi pour m'expliquer le sens du mot «photocopie». Je suis étonné qu'une machine si pratique existe. Elle pose une question:

– Et pourquoi ne pas songer plutôt à faire tomber Marc-Aurèle ?

– Il serait remplacé par un autre aussi corrompu. Dans un premier temps, il me semble plus intéressant de procéder ainsi, entre autres pour qu'il ne s'oppose pas à l'expérience que Méto veut mettre en place sur l'île d'Hélios. Nous pourrons aussi nous servir de lui pour faire réformer toutes les Maisons ou pour améliorer la situation des populations des Terres noires. Nous avons de surcroît découvert une correspondance entre Marc-Aurèle et Jove. Ton grand-père gardait un double de toutes ses lettres. Il y est fait plusieurs allusions à toi, Méto. Je vais te confier ce dossier mais tu le laisseras à Sif avant de partir.

– Que dois-je annoncer aux César en arrivant ?

– Que je me suis engagé à venir sur l'île dans trois jours, le temps que je prépare ma succession à la tête des Chiendents. D'ici là, je compte sur toi et Achilléus pour réunir la plus grande part de la population de l'île autour de notre projet. Tu te sens prêt ?

– Et si Jove est toujours vivant ?

– Supprimez-le. Caelina, tu as prévu de partir avec Méto… Tu connais les risques ?

– Je les accepte.

Hiéronymus m'entraîne ensuite dans une petite pièce pour me remettre les lettres échangées par Jove et mon grand-père. Il me les tend.

– Je voulais aussi te parler d'une certaine Eve qui vient de rejoindre notre organisation. Elle m'a dit qu'elle te connaissait bien. Il se trouve que je l'avais croisée durant une mission pour la Maison. Je devais infiltrer tous les collèges du coin pour localiser une fille du groupe E qui avait disparu. Je me faisais appeler Charles à l'époque. Ah oui! j'oubliais, Eve voulait que je te dise qu'elle s'est réconciliée avec ses parents après des heures à pleurer en famille. Ensemble, ils ont réussi à savoir où avait été envoyé son frère. Il est sur Esbee.

– Quand nous serons maîtres d'Hélios, nous irons libérer les enfants des autres îles et aider ceux de l'«île noire».

– Que d'espoirs, soudain, hein, Méto?

– Que de luttes en perspective aussi!

Je retrouve Caelina qui me lance sans attendre:

– Pourquoi m'avez-vous écartée de la discussion? Parce que je suis une fille? Parce qu'il n'a pas confiance?

– Non, il veut que je te persuade de rester sur le continent. Il a plein d'endroits sûrs à te proposer. Tu devrais y réfléchir. Je te promets de venir te chercher très vite.

– J'ai déjà pris ma décision, dit-elle en esquissant un sourire. Allez, montre-moi cette correspondance! Je veux tout savoir.

Cher Marc-Aurèle,

Je t'écris à propos de mes chers enfants, Rémus et Romulus. J'étais tellement heureux à leur naissance, tu t'en souviens ? C'était presque inespéré à mon âge. J'avais de grands projets pour eux.

Depuis, je t'ai souvent entretenu des problèmes de croissance qu'ils rencontrent. Je n'ai su que récemment de quel mal ils sont atteints. Ils souffrent d'une forme rare d'insuffisance antéhypophysaire. Les glandes thyroïde et surrénale ainsi que les gonades ne sont pas stimulées. La conséquence en est terrible : mes enfants ne deviendront jamais adultes. Ils vieilliront, progresseront en sagesse et en intelligence mais garderont un corps d'enfant. Ils seront à jamais incapables de se reproduire. Tous les traitements hormonaux se sont révélés inutiles et je ne sais plus quoi faire. Je t'adresse cette lettre dans l'espoir que tu m'aides. Peut-être que toi, dont l'influence est si grande de par le Monde, tu connais des savants qui travaillent sur ce sujet ? Je suis désespéré.

À bientôt. Fidèles amitiés.

Jove

Cher Marc-Aurèle,

Depuis quelques années, je me suis rendu à l'évidence : je ne pourrai pas changer mes enfants. Ils resteront tels que la Nature dans son infinie injustice les a créés. J'ai décidé de prendre le problème à l'envers. Plutôt que d'essayer de gommer leurs différences, j'ai choisi d'adapter leur entourage à leur handicap. Nous ne sortons plus de peur de croiser le regard blessant des gens normaux, mais je paye des enfants pour qu'ils viennent jouer avec Romulus et Rémus. Je remplace mes « petits visiteurs » quand ils deviennent trop grands. Toutefois, j'ai compris récemment que Romulus était très conscient de la situation et montrait, en réaction, de l'agressivité envers les autres. Rémus, lui, semble ne rien remarquer. Je commence d'ailleurs à m'interroger sur son développement mental. Serait-ce un attardé ?

Je suis maintenant convaincu que cette situation ne pourra être que provisoire. Aussi, je réfléchis actuellement au profit que je pourrais tirer de ces nouvelles lois qui limitent la présence des enfants dans les Zones blanches.

Je pense t'envoyer bientôt un projet sur le sujet.

Fidèles amitiés.

Jove

Cher Jove,

J'ai lu avec un grand plaisir le dossier que tu m'as fait parvenir. Ce projet de Maison me paraît tout à fait intéressant. Toutes les règles que tu veux mettre en place sont absolument pertinentes. Je reconnais là ton esprit scientifique et tes compétences en matière de psychologie. Ta gestion rationnelle des enfants atteignant l'âge adulte est remarquable. Elle tient compte des compétences et des différents niveaux de garantie.

Enfin, je trouve merveilleux que tu construises une «Nouvelle Rome» autour de tes enfants. Ce Monde latin nous a tant fait rêver autrefois quand nous faisions ensemble nos études ! Nous avions même adopté des surnoms que toi, tu as le courage d'utiliser encore. À côté de Jupiter, j'étais Mars, le dieu de la guerre. Mes activités ultérieures ont montré que je l'avais bien choisi. Aujourd'hui, je suis un apôtre de la paix et je préfère celui plus neutre de Marc-Aurèle.

Tu me décris ton modèle de Maison pour enfants abandonnés comme non généralisable car tu l'as construite autour de Rémus et Romulus, pour qu'ils s'y sentent à l'aise au milieu d'enfants «toujours petits», aux délicieux prénoms latins. Je crois au contraire que ce lieu pourrait être la matrice de toutes les autres Maisons, il suffirait, par exemple, de quelques aménagements pour les adapter à une population féminine. Tu devrais y réfléchir.

Mes amitiés fraternelles.

Mars

Cher Jove,

Je comprends fort bien la nécessité de gommer la mémoire autobiographique de l'enfant au moment de son admission car il doit être débarrassé des influences affectives familiales qui pourraient l'affaiblir. Mais je suis plus dubitatif quant à l'intérêt de modifier le corps des futurs combattants pour les rendre «plus compacts et résistants à la douleur». Tu sais comme moi que tu les exposes à des complications et des maladies infectieuses. Je ne doute pas de tes compétences mais, statistiquement, c'est inévitable. Le jeu en vaut-il la chandelle?

Je pense souvent à toi en ce moment car j'ai depuis peu récupéré chez moi Agrippa et son fils de huit ans, Méto. Mon gendre a disparu depuis six mois lors d'une mission diplomatique dans les Terres noires. J'en profite donc pour reprendre en main l'éducation de mon petit-fils. Cet enfant a une intelligence remarquable. Son père, mathématicien à ses heures, a su développer son sens de la logique et de l'analyse. Mais il est beaucoup trop sensible pour faire son chemin dans l'existence. Je me dis parfois qu'une éducation « à la dure », comme celle que tu pratiques sur ton île, lui serait d'un grand secours.

Mes amitiés fraternelles.

Mars

Cher Marc-Aurèle,

Je voudrais d'abord te démontrer que la transformation des corps des soldats présente énormément d'avantages. Pour ce qui est des risques, j'en suis conscient mais ce n'est pas si grave de perdre en route quelques sujets. En revanche, leur nouveau corps les attache irrémédiablement à la Maison, ils sont comme des produits réputés dangereux et dont personne ne peut vouloir. Comment de telles créatures pourraient-elles se fondre dans la population de la Zone ? De plus, ainsi rendus effrayants, ils me permettront de terroriser facilement les enfants et de les dissuader de toute velléité de rébellion. Ils pourront également servir mes intérêts (et les tiens, si tu le désires) dans les endroits où j'aime à faire régner la « loi de Jupiter ».

En ce qui concerne ton petit-fils, tu peux me le livrer quand tu veux, je me ferai un plaisir de le dresser. En plus, il pourra garder son prénom car, s'il était peu porté à l'époque, c'est quand même un prénom latin.

Fidèles amitiés.

Jove

Cher Jove,

Il s'est passé plusieurs événements dans ma vie familiale que j'ai besoin de te relater. Le diplomate, qui est aussi poète, est réapparu. Il est même resté plusieurs mois chez moi, pour le plus grand bonheur de son fils dont je commence d'ailleurs à désespérer. Enfin, un beau jour, il est reparti. Il s'occupe, pour le compte de l'AZIL, d'actions humanitaires auprès des populations qui demeurent dans les Zones infectées. Je ne crois pas qu'il en reviendra vivant. La grande nouvelle de ces derniers jours, c'est que ma fille est enceinte. Avec les nouvelles lois en vigueur, elle devra soit avorter, soit abandonner un de ses enfants à une Maison. Elle n'en a pas vraiment conscience et croit sans doute que j'utiliserai mon pouvoir pour tolérer une exception. Mais je veux être un modèle d'intégrité et également me débarrasser de son rejeton indigne à mes yeux d'appartenir à notre lignée. Trop de sang de poète coule dans ses veines. J'ai donc imaginé que tu pourrais effacer la mémoire autobiographique d'Agrippa car je suis sûr que sans cela elle sera incapable de le laisser partir. Pour ma part, je m'arrangerai pour faire disparaître toutes les preuves matérielles de l'existence de Méto, que j'ai prévu de te confier, mais ça, tu l'avais compris.

Mes amitiés fraternelles.

Mars

Cher Marc-Aurèle,

Je suis à ta disposition pour m'occuper de ta fille et de ton petit-fils. Tu ne le regretteras pas. Amitiés fraternelles.

Jove

Cher Jove,

Contre toute attente, le poète est revenu. Mais rassure-toi, nous n'avons rien à craindre car j'avais préparé une version des faits au cas où. Je lui ai dit qu'Agrippa avait eu un accident de voiture, que Méto avait succombé à ses blessures et que ma fille avait depuis des pertes de mémoire importantes. Qu'elle ne gardait par exemple aucun souvenir du petit.

Depuis son retour, mon gendre passe beaucoup de temps à écrire Dieu sait quoi dans des cahiers. Un de mes serviteurs m'a certifié qu'il l'avait vu pleurer. Je ne crois pas qu'il va rester longtemps car Agrippa le regarde comme un étranger et il s'occupe peu de sa fille. Il se sent coupable, le pauvre.

Pour revenir à mon petit-fils, tu m'informes qu'il a tâté à plusieurs reprises de ton «frigo». Je te l'avais bien dit qu'il était buté. C'est un idéaliste comme son père, méfie-toi de lui, ce sont les plus dangereux.

Mars

CHAPITRE
10

Serrés l'un contre l'autre, nous attendons l'arrivée de Juan. Il pleut et nous nous sommes réfugiés dans la cabine d'un bateau vide. J'ai dessiné un itinéraire à Caelina pour qu'elle rejoigne l'Entre-deux sans trop de difficultés en passant par la plage. Elle portera aussi une lettre à Octavius pour qu'il comprenne que ce n'est pas un piège. J'irai les voir dès que possible. Je suis sûr qu'ils vont très bien s'entendre.

Mon ami accoste enfin. Il ne manifeste aucune surprise à la vue de Caelina, comme s'il avait été prévenu. Une fois sortis du port, nous restons un long moment sans rien dire. Je sens Juan gêné par la présence de ma compagne. Elle l'a compris et déclare :

– Je sens que je vous empêche de parler comme d'habitude.

– C'est vrai, dit Juan, que j'ai du mal à me faire à l'idée que tu aies changé de camp. Je me souviens, il n'y a pas si longtemps, de ton regard dur et supérieur.

– Je jouais mon rôle et ne faisais que suivre les ordres.

Je n'aime pas cette tension et préfère intervenir :

– Vous apprendrez à vous connaître. Nous allons bientôt vivre de grands changements où chacun devra montrer sa vraie nature.

Nous débarquons dans la tempête. Caelina s'éloigne sans même nous saluer. À cet instant, elle ne pense plus qu'à sa survie. Je remonte à la Maison. César 3 m'attend devant la porte. Je suis trempé.

– La Maison est en deuil, commence-t-il. Jove est mort hier soir, presque en même temps que Rémus. Romulus a décrété vingt-quatre heures de silence total à partir de six heures ce matin. Pour cette raison, je vais te demander de me faire ton rapport tout de suite.

Je lui fais part de la promesse de Hiéronymus. Il marque son contentement puis son visage s'assombrit :

– Où est Anne ?

– Elle est restée là-bas. Elle a peur.

– Que s'est-il passé ?

– Dans le parc du secteur E, nous avons croisé par hasard une femme qui lui ressemblait énormément.

Nous étions si troublés que, sans nous concerter, nous nous sommes mis à la suivre jusqu'à chez elle. Anne était persuadée d'avoir retrouvé sa famille. J'ai tenté de l'en dissuader mais elle a sonné à la porte et ils l'ont invitée à entrer. Elle a improvisé un rôle de camarade de classe du garçon et s'est éclipsée à la première occasion.

– Si c'est tellement simple, Méto, que craint-elle ?

– Elle sait qu'à la Maison, on ne croit pas au hasard.

– Nous en reparlerons. Après la journée de recueillement se tiendra une réunion des César et des responsables des soldats. Romulus tient absolument à ce que tu sois présent. Maintenant, va te coucher.

Je prends une douche. Pendant que j'enfile mon pyjama, je vois tourner la poignée de ma porte. C'est Élégius, qui ne perd pas une seconde à me dire bonjour :

– Méto. Nous nous heurtons à une résistance au sein de nos troupes. Les soldats ont tous juré fidélité jusqu'à la mort à Jove et ses fils. Il faut absolument que tu parles à Romulus. Si c'est ton ami, comme tu nous l'as assuré, convaincs-le de nous aider. Je t'ai déposé un plan pour t'indiquer où se trouve sa chambre. Ta mission s'est bien passée ?

Je lui raconte notre expédition chez Marc-Aurèle et toutes nos découvertes. Il repart et me lance, enthousiaste :

– Nous tenons Marc-Aurèle, Méto !

Je me glisse dans les draps et m'endors aussitôt.

Je consulte ma montre. Il est presque midi mais la Maison est comme morte aujourd'hui. En me dirigeant vers la cuisine pour y récupérer à manger, je m'étonne des efforts de chacun pour atténuer les bruits. Les soldats ont même équipé leurs chaussures de semelles de feutre. Pas le moindre sourire non plus, les gens préfèrent baisser la tête. Je mange sur un coin de table un morceau de pain et du fromage. Puis je retourne dans ma chambre pour écrire à Romulus.

Cher Romu,

Je viens d'apprendre pour Rémus et ton père. J'aimais bien ton frère. Tu dois te sentir bien seul. Je suis là comme tu l'as été quand j'avais besoin de toi. Il ne faut pas que tu te croies coupable de sa mort, c'était un accident et il était d'accord pour ce combat. Aujourd'hui, tu pleures tes morts mais demain tu devras regarder vers l'avenir car tu es maintenant responsable de tous les habitants de l'île. Beaucoup espèrent des changements. J'ai confiance en toi. Passe me voir cette nuit. Nous devons en parler.

Ton ami Méto

Je pars ensuite à la recherche de son repaire. J'aperçois deux soldats debout devant sa porte. Impossible de laisser ma lettre sans me faire remarquer. Je m'approche, hésitant. Je sors mon message et, sans un mot, à grand renfort de gestes, j'essaie de leur expliquer que je désire le glisser sous la porte. Ils se dévisagent un instant puis l'un d'entre eux m'invite à m'exécuter. Le regard insistant de l'autre m'indique qu'il me connaît mais sans sa voix je suis incapable de l'identifier.

Je suis sur mon lit à ne rien faire. Je pense à Caelina et Octavius, et je suis très inquiet. Que se passe-t-il en ce moment chez les Oreilles coupées? L'Entre-deux reste-t-il un endroit sûr? Je suis parcouru de frissons à l'idée qu'ils découvrent mon amie. L'après-midi se traîne. Je suis taraudé par une envie de vomir. J'essaie de dormir, en vain. Ce silence et cette inactivité m'angoissent. Je me rends au bureau et demande par gestes à César 4 l'autorisation d'aller me baigner en mer. Il acquiesce.

Dehors, je me sens mieux. Je me parle à voix haute et prends plaisir à entendre les goélands crier et les vagues se fracasser sur les rochers. Je nage dans un bouillon épais chargé d'algues et de sable. Je respire enfin. Je lutte pendant plus d'une heure contre la marée qui me rejette sur la plage. Quand je pose les pieds sur le sable, je suis complètement épuisé. Je rentre prendre ma douche et me changer. Même si leur présence hostile me pèse, je suis bien obligé de retrouver les membres du groupe E pour le dîner. Des feuilles de papier circulent ainsi que des crayons. C'est une conversation écrite où la taille des caractères exprime l'intensité du message. Ils me demandent ce que je pense de Romu. Ils anticipent ma réponse car ils ont ajouté plusieurs points d'interrogation à la suite, comme si je ne pouvais pas faire d'autre commentaire que : *C'est un dangereux ! C'est un fou !* Lorsque j'écris *C'est un ami*, je sais déjà qu'ils vont considérer cela comme une provocation ou de l'opportunisme, mais c'est la vérité. Plus aucun papier ne transite par moi. Et je peux manger en pensant à mes vrais amis.

J'attends Romu avec impatience. Il entre enfin vers vingt-trois heures trente. Il est très fatigué et passablement énervé :

– Qu'est-ce que tu voulais me dire ?

– On peut parler comme ça, à haute voix ? Il n'est pas encore six...

– C'est moi qui décide. Je t'écoute, Méto !

– Je voulais qu'on parle de la réunion de demain. Ça fait longtemps que je réfléchis à la meilleure façon de faire évoluer les choses ici.

– Tant mieux. Moi je vais leur annoncer que je pars avec une partie du magot de Papa et que je les laisse se débrouiller. J'ai déjà fait assez de dégâts, tu ne trouves pas?

– Même si je comprends ce que tu ressens, je pense que tu ne peux pas tout abandonner comme ça. La communauté doit parvenir à se mettre d'accord sur un projet commun. Il faut éviter les luttes sanglantes pour le pouvoir qui risquent d'éclater quand la place sera libre.

– Tu proposes quoi?

– Je propose de demander à tous les habitants de l'île de choisir leur avenir. Ensuite, chacun devra se plier à l'avis de la majorité ou quitter l'île.

– Si ça t'amuse... Je peux imposer des élections avant de m'en aller. Merci pour ton mot de ce matin. Je sais que toi au moins tu es sincère. À demain.

Nous sommes répartis autour d'une table, les quatre César, Quirinus, Achilléus, Romulus et moi. C'est le fils de Jove qui prend la parole le premier:

– Je viens vous annoncer que je n'assumerai pas mes responsabilités, que je quitterai l'île et rendrai le pouvoir quand la succession sera organisée. J'écoute vos suggestions.

– Je pense, commence César 1, qu'il faut continuer l'œuvre de votre père. Le système fonctionne bien car l'ordre règne, les conditions de vie des habitants sont bonnes et...

J'interviens sans ménagement :

– Les nôtres sans doute, mais celles...

– Tu n'as pas le droit de m'interrompre, Méto! Pour qui te prends-tu? Je me demande d'ailleurs ce que tu fais ici...

– Stop! hurle Romu. C'est encore moi qui commande et je désire entendre tout le monde. Méto, poursuis.

– Il y a tant de choses à changer: la vie pénible des serviteurs, les règles imbéciles dans la Maison des petits, les traitements dangereux que doivent subir les soldats...

– Je suis d'accord sur ce dernier point, ajoute tranquillement Quirinus. Il faut supprimer ces opérations qui font tant souffrir nos jeunes recrues. Mais il est important de maintenir une hiérarchie claire entre ceux qui dominent et ceux qui sont dominés. C'est une loi naturelle.

– Tout à fait exact, Quirinus, approuve César 1. Il ne faut pas toucher à l'équilibre de l'ensemble.

– Méto, demande Romu, tu proposerais quoi?

– Un partage des tâches, le droit pour chacun de participer aux décisions, la réintégration des Oreilles coupées au sein de la communauté, l'ouverture de l'île à d'autres populations...

Tandis que je parle, je vois Quirinus et les César échanger des regards amusés. Achilléus prend la parole d'une voix ferme et posée :

– Je trouve le projet de Méto digne d'intérêt et je ne crois pas que je serai le seul.

Quirinus en a le souffle coupé. Romulus déclare en se levant :

– Deux projets différents seront donc soumis à toute la population de l'île, y compris aux enfants et aux Oreilles coupées, et nous procéderons ensuite à un vote à bulletin secret. Chacun fera le serment d'accepter le verdict des urnes, ou il sera chassé.

– Mais un vote ici est impossible ! s'énerve César 1. Comment les enfants pourraient-ils savoir ce qui est bon pour eux ?! C'est totalement absurde ! Je m'y oppose formellement !

– La réunion est terminée. Nous nous retrouverons demain à la même heure. D'ici là, préparez vos arguments et informez chacun de la situation.

Romu quitte la salle sans se retourner.

Achilléus se rapproche de moi :

– C'est une première étape, Méto, mais c'est loin d'être gagné pour nous. Beaucoup sont effrayés par les changements. Il faut que tu rédiges un programme simple, pratique et rassurant.

– Achilléus, tonne Quirinus, ne perds pas ton temps à discuter. Nous avons du travail.

César 1 m'appelle. Son ton me montre qu'il est de nouveau dans son rôle :

– Tu préparais ton coup avec Achilléus depuis longtemps? Cette tactique pour récupérer Hiéronymus n'était qu'un leurre, n'est-ce pas, Méto? Tu penses peut-être que nous ne nous doutions pas que tu complotais dans notre dos?

Comme je ne réponds pas et me dirige vers la porte, il hausse le ton :

– Tu es un dangereux manipulateur. J'ai toujours su que tu nous trahirais. Ne crois pas que tu aies la moindre chance de gagner.

Je retourne dans ma chambre. Même si je dois rester prudent, je suis soulagé d'avoir pu enfin exposer mes opinions au grand jour. Je vais maintenant me concentrer sur la rédaction de nos propositions. Il faudra ensuite que je trouve des relais au sein de chaque composante de notre communauté pour défendre mes convictions. Pendant que j'écris, je sens une angoisse monter doucement. Des douleurs au niveau de l'estomac se manifestent en même temps que me reviennent les souvenirs de notre insurrection. Toute cette exaltation et tout cet espoir... pourquoi? Pour voir très vite se remettre en place l'ordre ancien, d'autant plus dur à supporter qu'on a pu entrevoir la possibilité d'une autre vie. Et si nous perdions? Les autres nous feraient payer cher notre audace. Si nos opinions ne triomphent pas, je ne resterai pas sur l'île. J'irai rejoindre les Chiendents et la clandestinité.

Je souris en relisant ma copie. J'aimerais que mes amis me donnent leur avis et corrigent peut-être des idées dont je ne mesurerais pas bien les conséquences. Je voudrais pouvoir écouter tous ceux qui, comme moi, aspirent au changement. Pourquoi devrais-je décider seul des priorités d'un programme qui engagera la vie de la communauté tout entière ? Je dois revoir Romu.

Sur place, ses gardes me barrent l'entrée :

– Il ne veut voir personne et sous aucun prétexte, m'explique l'un d'eux d'une voix ferme.

J'élève la voix :

– C'est moi ! C'est Méto ! Ouvre-moi !

Comme je m'approche pour tambouriner sur la porte, ils m'empoignent et me plaquent au sol. Tandis que je me débats, on m'enfonce un mouchoir dans la bouche. La porte s'ouvre. Romu semble se réveiller. Il articule difficilement :

– Laissez-le entrer.

Sa chambre est vaste. Au milieu trône un lit très large. Je remarque sur la droite une chaise et un bureau. Des livres traînent un peu partout et des vêtements jonchent le sol. À gauche, deux fauteuils font face à une télévision. Il m'entraîne dans cette direction et se laisse tomber sur le plus proche. Il tient sa tête dans ses mains.

– J'ai tout le temps mal à la tête et je ne dors plus beaucoup. Les médicaments n'y font rien.

– Qui te donne les cachets?

– César 3, et alors?

– Alors? Tu devrais aller à l'infirmerie toi-même et choisir ce que tu prends en lisant les notices.

– Tu crois que... Tu as raison, je suivrai ton conseil. Maintenant je t'écoute. Essaie d'être bref.

– J'ai besoin de rencontrer des serviteurs et des enfants pour prendre en compte leurs aspirations. Il faut que je puisse circuler librement dans la Maison et dans les camps, mais je dépends encore de l'autorité des César. Il me faudrait un papier signé de ta main qui m'autorise à me déplacer à ma guise.

– Écris ce que tu veux, je le signerai. Installe-toi au bureau. Mais dépêche-toi, s'il te plaît.

Je ressors ravi de la chambre de Romu mais ma joie est de courte durée. Quatre membres du groupe E me tombent dessus au détour d'un couloir. Trois me traînent jusqu'à ma chambre pendant que Stéphane m'assène des coups de pied dans les jambes et le ventre. Je suis jeté violemment sur mon lit. Ils sont plusieurs à me maintenir, tandis que Bernard éructe :

– Qu'est-ce que tu croyais, Méto? Qu'on allait te laisser faire?

Il se recule et tire un étui de cuir de sa poche arrière. Je sais ce qu'il renferme. En brandissant son poinçon sous mon nez, il jubile :

– Tu connais ce joujou ? C'est pour se défendre contre les enfants perdus, ceux qui ont mal tourné. Méto, tu leur ressembles et tu mérites le même sort...

Il s'interrompt. L'odeur m'annonce que des soldats ont débarqué. Je me relève d'un bond et découvre Élégius, encadré de deux gardes puissamment armés. Mes agresseurs s'évanouissent dans les couloirs, à l'exception de Bernard, que les soldats empêchent de sortir. Il s'exclame en souriant :

– On a quand même le droit de s'amuser un peu avec ses collègues !

Devant le regard fermé d'Élégius, le ton se fait menaçant :

– Personne, hormis les César, n'a autorité sur moi. Écartez-vous de mon chemin.

Nous le regardons s'éloigner, impuissants. Élégius déclare :

– Je n'ai pas le pouvoir de t'accorder une protection dès maintenant. Il faut que tu te barricades dans ta chambre. Demain matin, Achilléus évoquera le problème durant la réunion.

Je me boucle à double tour. Je ne pourrai rien faire de l'après-midi. Je suis en colère. Je repense à la partie d'inche que nous allions gagner et qui nous avait été volée au dernier moment parce que nos adversaires avaient triché. Peut-être est-il impossible de changer quoi que ce soit ici…

La nuit tombe. On ne m'a pas ravitaillé. J'ouvre ma porte le plus discrètement possible. J'espère très fort que Claudius passera. Il débarque un peu plus tard, le visage grave :

– Comment tu vas ? Fais voir, ils ne t'ont pas trop amoché ? Notre révolution est mal partie. J'ai entendu les César présenter le scrutin aux enfants. C'était un discours sur l'obéissance émaillé de menaces très claires. Ils veulent les dissuader d'y aller. Et, de toute façon, les petits sont persuadés que les César pourront savoir pour qui ils voteront. Le climat est à la peur, Méto, comme aux pires heures de la Maison.

– Je sais, Claudius, c'est pour cela que je veux aller dans le dortoir des petits cette nuit.

– Je m'en doutais. Le champ sera libre entre minuit dix et trois heures quinze. Sois très prudent. J'ai entendu un certain Stéphane promettre de te faire la peau.

Je rédige des messages pour Décimus et Mamercus :

À faire passer aux enfants

Vote anonyme et sûr. Une majorité de soldats nous soutiennent.

Méto

Je traverse les couloirs en prenant le soin d'écouter longuement pour repérer le moindre bruit suspect. Je récupère une craie dans une salle de cours. Je circule lentement dans le dortoir et vais glisser mes missives sous l'oreiller de mes amis. Je passe ensuite par les toilettes pour écrire une phrase dans chaque cabine :

Je veux vivre une vraie vie d'enfant.

Je n'ai pas peur.

Je vote pour le bonheur.

Je vais dire non à mes bourreaux.

En revenant, j'entends soudain une respiration proche de moi. Je suis observé. Je m'arrête. Ils sont au moins trois, cachés sur la gauche à une dizaine de mètres. Je fais demi-tour et détale dans les couloirs. Ils sont tout de suite sur mes talons. J'ouvre la porte d'un placard qui masque un passage et me réfugie dans les escaliers. La porte s'est refermée. Je les entends à peine. Ils essaient toutes les portes et visitent les débarras. Heureusement pour moi, ceux qui me cherchent ne connaissent pas tous les secrets de la Maison. J'attends pendant près d'une heure, la joue collée à la porte, avant de tenter une sortie. La voie est libre. Ma chambre est ouverte et Atticus fait le ménage. Son visage est tuméfié et sa lèvre inférieure saigne.

– Ils sont repartis il y a une demi-heure, commence-t-il, tu ne devrais pas rester là.

– Je vais m'enfermer et bloquer la serrure.

– Tu es courageux, Méto.

– Toi aussi, Atticus. Dis à tes amis que le scrutin sera réglo et qu'ils pourront s'exprimer sans crainte. Malgré les apparences, beaucoup de gens nous soutiennent, même parmi les soldats.

– Si tu le dis.

Je ne parviens à dormir que par fragments de quelques minutes. J'ai bien fait de coincer la clef dans la serrure car, à plusieurs reprises, je suis réveillé par des bruits métalliques et des jurons chuchotés de l'autre côté de la porte.

J'ai la surprise en quittant ma chambre au matin de découvrir que je suis attendu par Élégius et deux gardes.

– Je suis venu t'escorter. Achilléus a été victime d'une tentative d'empoisonnement hier soir. Tous les soldats sont bouclés dans leur chambrée.

Quand j'entre dans la salle, Romu n'est pas encore là et les deux soldats ne sont plus assis côte à côte.

Je prends place à côté d'Achilléus qui m'adresse un sourire compatissant en observant mes blessures. Il me glisse à l'oreille :

– Ils ne nous auront pas, nous sommes des durs à cuire.

Les cinq autres arborent les mines satisfaites de ceux qui pensent avoir déjà gagné. Romu fait son entrée d'un pas décidé. Il semble aller beaucoup mieux. Il me fixe d'un regard étonné :

– Tu as eu un accident ?

– Hier matin, en sortant de chez toi, j'ai été agressé par quatre « camarades » du groupe E qui m'ont traîné dans ma chambre pour me faire la peau, et c'est un miracle si je suis encore en vie. Cette nuit, ils ont de nouveau essayé de me trucider dans les couloirs. Et...

– Il est vrai, intervient César 1, que Méto n'a rien fait pour être populaire parmi ses collègues.

Romu lui ordonne de se taire et m'invite à reprendre.

– J'ai appris par ailleurs que les César usaient de leur autorité pour convaincre les serviteurs et les enfants de ne pas aller voter.

– Qu'est-ce que c'est que ce cirque ?! hurle Romu, furieux. Vous oubliez qui commande ? César 1, en tant que responsable de l'ordre à la Maison, j'estime que tu as failli. Tu seras consigné dans ta chambre pour vingt-quatre heures avec interdiction de parler à quiconque.

Les membres du groupe E, à l'exception de Méto, goûteront du frigo durant la même période. Les autres César, vous êtes sous surveillance. Quirinus, l'armée a-t-elle, pour sa part, respecté son serment d'obéissance?

– Certainement, Maître.

– J'ai pourtant entendu parler, reprend le fils de Jove, d'une tentative d'empoisonnement qui visait Achilléus.

– Nous enquêtons et, pour l'instant, rien ne prouve que le coupable soit un militaire.

Romu se lève et annonce solennellement:

– Je déclare que le vote sera strictement obligatoire et que les chefs devront s'assurer de la participation de tous. Nous réunirons toute la communauté dans un même lieu pour le scrutin. Ainsi chacun pourra surveiller le bon déroulement de l'élection. Un représentant de chaque liste exposera son programme en trois ou quatre minutes, et chacun s'exprimera ensuite dans le secret absolu. Désignez deux personnes dans chaque camp pour régler avec moi les problèmes d'organisation pratique. Le vote aura lieu demain à dix heures. D'ici là, les déplacements seront limités au strict minimum. Pour votre information, j'ai rencontré Cassius cette nuit. Les Oreilles coupées seront tous présents.

Romu sort. À peine quelques secondes plus tard, deux gardes font irruption et se saisissent de César 1 qui proteste:

– Je n'ai pas besoin de vous pour aller dans ma chambre. Ne me touchez pas !

Le regard totalement impassible, les deux cerbères soulèvent littéralement le chef de sa chaise et le poussent dans le couloir. Les autres César les suivent, tête baissée. Quirinus grimace puis se lève difficilement. Il s'éloigne en bougonnant.

– Méto, me dit Achilléus, c'est toi qui présenteras notre programme demain devant l'assemblée. Nous n'aurons pas de sitôt une telle occasion de changer notre avenir. Tu pourrais me montrer tes notes ?

– Avec plaisir. Je les ai apportées.

Il se plonge dans la lecture avec sérieux. En me rendant la feuille, il précise :

– Il faut que tu ajoutes qu'on aidera les « vieux soldats » à mettre fin à leurs jours s'ils le souhaitent. C'est très important pour nous.

– Nous devons désigner des hommes à nous pour la préparation du vote. Je vais proposer Claudius.

– Moi, j'enverrai Élégius. Je dois reconnaître, mon ami, que tu avais vu juste pour Romulus. Ce matin, sa clairvoyance et son autorité m'ont impressionné.

Je passe le reste de la matinée dans ma chambre à relire à voix haute et à réécrire mon discours.

Je fais la sieste près de trois heures. J'ai très envie d'aller rejoindre Caelina mais la règle aujourd'hui est d'éviter les sorties et je dois m'y résoudre. Je pense à elle de plus en plus souvent.

Le soir, je mange seul dans ma chambre. Je savoure particulièrement ce repas en pensant que « mes amis » dormiront au frigo. Vingt-quatre heures pour une tentative de meurtre, ce n'est pas cher payé. À la Maison, des petits s'y retrouvaient parfois pour avoir mal boutonné leur chemise.

Pour la première fois depuis très longtemps, je me glisse dans mon lit à l'heure légale. Je trouve le sommeil à peine la tête posée sur l'oreiller. Atticus me laisse dormir.

Ce matin, l'atmosphère dans les couloirs est étrange. Elle ressemble à celle de la Zone 17, la nuit de l'Embrasement. Les visages des habitants de la Maison me rappellent ceux de tous ces individus qui convergeaient vers la frontière avec un mélange d'excitation et de gravité dans le regard.

Le site retenu pour le vote se trouve devant l'entrée 1, tout au fond du cratère. Quand j'arrive, presque tous sont là, rangés par communauté, sur la pente intérieure du volcan.

Face à l'assemblée, trois petites tentes ont été plantées près d'une grande table et d'un tableau noir. Romulus trône au centre, encadré par Élégius et Claudius d'un côté, et de l'autre par César 4 et un soldat que je ne connais pas. Un serviteur vient déposer une caisse de bois devant Romu. Les derniers à nous rejoindre sont les punis de la veille. Le fils de Jove prend la parole dans un silence impressionnant :

– Ce jour est à marquer d'une pierre blanche. C'est la première fois que se trouvent réunis tous les habitants de l'île. Nous allons décider ensemble de l'avenir de chacun. Vous entendrez tour à tour les programmes des deux listes en présence. Vous viendrez ensuite, à l'appel de votre nom ou de votre matricule, écrire sur un papier le chiffre 1 ou le chiffre 2. Vous plierez votre bulletin deux fois et le déposerez dans cette caisse. Le comptage sera effectué devant tout le monde. Sachez enfin que, quel que soit le résultat, je ne m'y opposerai pas. Le premier orateur, qui défend la liste 1, est César 1.

Le représentant du camp adverse s'avance et prend la parole :

– Mes chers enfants, je vous appelle mes enfants car je vous connais tous. Je vous ai jadis accompagnés durant votre séjour à la Maison. Vous y avez bénéficié d'un enseignement solide et d'une éducation structurante. Nous vivons depuis longtemps sur la même île dans un parfait équilibre. Chacun reçoit chaque jour de quoi manger. Il vit en sécurité et il est soigné quand il souffre.

Même «ceux des grottes» savent que nous faisons tout pour les maintenir en vie.

«Chacun a trouvé sa place. Certains commandent, d'autres servent. Certains cultivent, d'autres nous défendent. D'autres encore ont choisi de vivre en marge et nous les respectons.

«C'est le meilleur système pour que tous soient protégés et vivent en paix. Bien entendu, certaines règles pourraient évoluer petit à petit. Nous pourrions, par exemple, décider de mettre fin aux opérations sur les jeunes soldats.

«Ah! j'oubliais. Si nous sommes élus, nous instituerons un nouveau rituel: un match d'inche intercommunautaire chaque semaine.

Cette dernière phrase soulève l'enthousiasme et les César s'échangent des clins d'œil. Il reprend, satisfait:

– Je vais laisser la parole à Méto, mon adversaire dont je n'ai rien à craindre car vous connaissez comme moi «ses exploits». Partout où il est passé, il a semé la discorde, la souffrance et la mort.

Je suis décontenancé par cette attaque directe et je marque un temps avant de me redresser. Je sors mon discours et, après quelques secondes, je le range dans ma poche. Je dois d'abord essayer de répliquer:

– Notre île ne vit pas dans la sécurité et la paix, elle vit dans la peur. Peur du frigo, des châtiments, des brimades, des dénonciations... Le soi-disant « merveilleux système » de César 1 maintient les serviteurs dans des conditions misérables. Les soldats sont soumis à tant d'épreuves qu'ils dépassent rarement l'âge de vingt ans. Quelle drôle d'harmonie en vérité ! Nous, nous voulons la fin de la peur et une vraie fraternité, que tous soient traités à égalité.

Je récite ensuite notre programme :

– C'est pourquoi nous vous proposons une nouvelle vie.

« Avec de nouveaux droits :

Droit d'élire ceux qui nous dirigent et de participer aux décisions.

Droit de protéger l'intégrité de son corps (suppression de l'anneau des serviteurs et des opérations sur les os des soldats).

Droit à une vie saine (hygiène, logement, nourriture, repos) pour tous.

Interdiction des châtiments corporels (suppression du frigo, de la claque tournante pour les enfants, des punitions physiques pour les serviteurs).

« Avec une nouvelle organisation de la semaine :

Deux jours consacrés à produire (culture, élevage ou pêche).

Un jour à s'entraîner à défendre l'île.

Un jour à transmettre aux plus jeunes.

Un jour à servir les autres (tâches d'entretien et de restauration).

Un jour d'échange, de jeu ou de fête.

Un jour secret pour soi-même.

«Avec une population enrichie:

Par l'arrivée de filles venues d'autres Maisons.

Par l'arrivée d'enfants abandonnés de la Zone 17.

En retournant à ma place, j'observe l'assistance. Je ne recueille que des sourires timides. J'ai le sentiment d'avoir échoué. Ce n'était peut-être pas à moi de défendre nos idées. Les César ont tant fait pour me déprécier aux yeux de tous... Je revois aussi ces petits que nous avons abandonnés à leur sort le soir de notre fuite, j'étais venu leur dire «à demain» alors que je les livrais aux soldats. Comment pourraient-ils me le pardonner?

César 4 appelle ensuite les enfants un à un pour le vote, puis c'est le tour des serviteurs, des soldats, des Oreilles coupées, des César, de leurs apprentis, des professeurs et du groupe E. Malgré la lenteur des opérations, personne n'ose se plaindre ni même élever la voix. Le dépouillement commence et chaque papier est vérifié plusieurs fois avant qu'un bâton soit tracé sur le tableau noir. Aucune liste ne se détache. Plus on approche de la fin, plus la tension est palpable. Nos adversaires extériorisent leurs sentiments. Ils se congratulent quand, pendant quelques minutes, ils accumulent les votes en leur faveur ou bien remontent à notre niveau après avoir été un instant distancés. Ils soufflent ou grimacent à chaque bulletin contre eux. En revanche, je ne parviens pas à visualiser mes partisans. Je les imagine partagés entre le secret espoir de la victoire et la peur que leur engagement soit découvert en cas de reprise en main de la Maison par les César et leurs alliés. Les scores sont de 157 pour la liste 1 et 156 pour la nôtre, lorsque Romu se lève pour annoncer que le dernier bulletin va être lu. Le visage soulagé de Claudius m'indique qu'il est en notre faveur.

– Parfaite égalité, déclare Romu. C'est étrange, mais cette nuit, j'ai rêvé d'un score semblable et ce matin j'ai réfléchi à un autre moyen de vous départager. À une façon pour chaque partie de montrer sa force et son intelligence. Je décrète donc que, demain à dix heures, des représentants des deux listes s'affronteront lors d'une partie d'inche sur la plage de l'Ours. Formation classique à six joueurs mais en deux manches gagnantes. Que les volontaires se rapprochent de leur représentant pour proposer leurs services avant de retourner à leurs occupations.

Des conversations s'engagent au sein de chaque groupe et les pentes du cratère se dépeuplent peu à peu. Une dizaine de personnes, parmi lesquelles certains de nos proches, mais aussi des apprentis César et des soldats, viennent s'agglutiner près de Claudius pour figurer sur notre liste.

– On vous contactera plus tard pour l'entraînement, lance-t-il, hésitant.

Nous faisons le point dans ma chambre avec Claudius et Élégius :

– Méfions-nous de traîtres infiltrés, commence le soldat. Nous ne devons compter que sur nos amis intimes. J'ai repéré parmi nos volontaires deux soldats très liés à Quirinus.

– Ils ont peut-être changé de camp, intervient Claudius.

– Mais peut-être pas. Je crois me souvenir que vous aviez rencontré le même problème lors d'un match contre Rémus quand vous étiez encore chez les Oreilles coupées. Je me trompe ?

– Pas du tout, dis-je. Et toi, Claudius, connais-tu les apprentis qui se sont proposés ?

– Pas suffisamment pour être certain de leur loyauté envers nous.

– Bien, voyons cette liste. Il reste nous trois, plus Titus, Mamercus et...

– Vitus, propose le soldat, il est sûr. C'est mon ami depuis toujours.

– Et Octavius ?

J'explique, catégorique :

– Il n'est pas en état de combattre. Comme tous les serviteurs, il n'a que la peau sur les os, même s'il commence à aller un peu mieux. Donc, cela ne fait que six. Et Toutèche ? Toutèche ne s'est pas inscrit ?

– Aucune chance de ce côté-là, précise Claudius. Un message a circulé dans les rangs des Oreilles coupées juste après l'annonce des résultats : « Celui qui combattra à côté de Méto le traître s'exclura de lui-même de la communauté des rebelles. »

– Nous ne serons donc que six. Il faudra faire avec, mais nous allons avoir du mal à tenir deux ou trois manches sans remplaçant. Maintenant, parlons « ouverture », je propose l'Élégius 1.1, c'est une de mes préférées.

– Tu me flattes, Méto. Tu sais qu'elle requiert beaucoup de précision ? Cela dit, si on parvient à la maîtriser, je reconnais modestement qu'elle est très efficace.

– Il faut absolument qu'on puisse s'entraîner dans un endroit secret pour créer la surprise, précise Mamercus.

– Je m'en occupe, déclare Élégius en se levant. On se retrouve ici à quinze heures avec l'équipe.

Nous sommes dans la salle d'inche de la Maison des enfants. J'ai recruté Atticus pour surveiller la porte. Je respire avec bonheur l'odeur du lieu. Les retrouvailles avec Titus nous remplissent d'émotion. Je lui fais part de mon inquiétude :

– Est-ce que les Chevelus savent que tu as rejoint notre camp ?

– Non, je leur réserve la surprise pour demain.

Nous nous équipons, puis Élégius rappelle sa technique. La boule doit être sans cesse en mouvement et ne rester que quelques secondes dans la bouche de chaque partenaire : cela perturbe les adversaires qui ne savent plus sur qui concentrer leur effort. Si les passes sont précises et rapides, les autres sont vite épuisés et une attaque peut être portée. Et si le placeur est dans un bon jour, c'est gagné.

L'entraînement se déroule dans un climat chaleureux et rigoureux. Nous testons deux autres ouvertures avant que chacun parte rejoindre sa communauté. Je raccompagne Titus à travers le dédale des couloirs et des escaliers. Au moment d'ouvrir la porte sur l'extérieur, il me demande gravement :

– Et si on perd, Méto ? On ne va pas rester avec ces fous ?

– Je crois à la victoire. Mais si j'ai tort, je vous emmènerai ailleurs. C'est promis.

La plage de l'Ours est toute proche de l'entrée secrète de l'Entre-deux. Quand j'arrive sur place, à l'heure dite, je ressens une terrible envie de serrer Caelina contre moi et je parviens difficilement à détacher mon regard des blocs de rochers qui dissimulent l'étroit passage.

– Méto, ils nous attendent.

Le terrain a été délimité par des planches fixées dans le sable et les spectateurs sont massés sur une large dune en forme de croissant qui permet à chacun de bien voir le match. L'équipe adverse est impressionnante. Ils sont nombreux et costauds, principalement des soldats et des Sangliers, et nous toisent de toute leur hauteur. Nous relevons la tête et leur faisons face sans ciller, en nous tenant au niveau des épaules.

Le sort nous désigne pour l'ouverture. Au coup de sifflet, nous démarrons notre manœuvre. Les déplacements et les passes s'enchaînent avec la précision d'une mécanique bien huilée. Notre rythme très rapide surprend nos adversaires qui tardent à réagir. La niche est trouvée au bout de cinq minutes à peine. L'effet de surprise a payé. Nous nous mettons debout pour laisser exploser notre joie. Mamercus est resté à terre, la tête dans le sable. Il est sonné et incapable de continuer. Nous demandons la permission de le porter dans l'Entre-deux. Notre copain ne parle pas et son corps inanimé est très lourd. Nous sommes inquiets. Parvenus dans l'antre du Chamane, nous le confions à Octavius. Caelina ne se montre pas. Nous repartons à la bataille.

– À cinq, avec l'ouverture pour eux, ils vont nous écraser, déclare Claudius, très énervé.

– On doit tout tenter, les gars! affirme Titus pour nous motiver.

Sur le terrain, nous découvrons avec étonnement un nouveau partenaire en tenue, debout au milieu de notre camp. Je reconnais cette grande silhouette, c'est Hiéronymus. Nous sommes sauvés. Élégius le prend à part pour lui donner des consignes.

Nos adversaires sont en place. Ils se mettent en formation dite de la défonceuse, connue aussi sous le nom de Rémus 1.1 : les joueurs forment un triangle avec, à la pointe, le placeur, soutenu par deux transperceurs, eux-mêmes poussés par les trois autres. Ils s'accompagnent de la voix pour synchroniser leur effort. La seule parade consiste à arracher la boule de la bouche du placeur et à se coucher sur le passage du groupe pour freiner sa progression. C'est très douloureux, surtout quand les adversaires s'ingénient à enfoncer leurs coudes et leurs genoux dans les parties sensibles. Malgré nos efforts, ils tiennent bon et marquent le point. Nous déplorons deux nouveaux blessés : Vitus et Élégius. Des serviteurs nous aident à les charger sur les civières. Romulus accorde aux deux équipes dix minutes de pause. Pendant le court trajet, personne ne dit mot, sauf Vitus qui affirme qu'il est en état de continuer. Il n'a pas encore vu la forme curieuse de son tibia qui révèle une fracture ouverte.

– C'est foutu, affirme Hiéronymus en pénétrant dans l'Entre-deux. À quatre, impossible de résister, surtout qu'ils vont faire rentrer des gars frais. Je les ai vus se préparer.

Nous baissons la tête pour cacher notre désarroi, tandis que, secondant Octavius, les serviteurs prodiguent les premiers soins aux blessés.

Une voix timide se fait entendre derrière nous :

– Je crois que j'ai une idée, Méto.

Caelina apparaît. Elle a revêtu l'équipement mais garde le casque à la main. Elle porte une fine capuche serrée par deux cordons. Elle semble toute mouillée et dégage une odeur peu agréable. L'assistance la fixe, partagée entre l'accablement et la curiosité. Elle répète d'un ton plus assuré :

– Méto, j'ai une idée.

– Il faut y retourner les gars, annonce Titus, résigné.

– Écoutons-la. Vas-y, Caelina.

– Voilà, si j'ai bien compris, ce jeu de brutes se gagne aussi si on sait faire preuve d'imagination. Je pense que vos adversaires seront surpris.

À grand renfort de gestes, elle nous expose son ouverture.

– C'est génial ! clame Titus.

– Trop risqué, tu vas te faire broyer, explique Hiéronymus.

– Ce n'est pas à toi d'en décider, répond sèchement mon amie. Allez, les gars, on n'a pas le choix.

Sur le chemin du retour, nous bombons le torse, plus pour cacher la frêle Caelina que pour montrer notre courage. Nos adversaires doivent penser que nous avons recruté un Bleu un peu suicidaire. Nous nous mettons en position. Titus et Claudius sont à genoux pour masquer Caelina, qui se débarrasse de son casque et des protections de l'inche. Pour la dernière mise en jeu, la boule est jetée au milieu par Romulus. Elle est interceptée par Hiéronymus qui l'envoie directement à Caelina. Celle-ci mord avec répugnance dans la boule dégoulinante de salive. Nous devons chacun immobiliser un adversaire pendant qu'elle rampera et se glissera entre les joueurs dans sa combinaison enduite de graisse à chaussures. Elle a nommé ça la « technique de l'anguille ». Elle se déplace à une vitesse incroyable et s'appuie sur les corps pour se propulser en avant. Le temps que les lourdauds comprennent la situation, elle n'est plus qu'à quelques mètres de la cible. Un nettoyeur croit l'avoir attrapée mais elle lui glisse entre les bras et se dégage énergiquement en lui décochant un violent coup de talon dans la mâchoire. Elle s'élance alors vers la niche et la trouve à son premier essai. Hiéronymus a le réflexe de se lever pour la protéger de la violence de nos adversaires qui jurent et bousculent tout sur leur passage. La foule enfin libérée de la tension hurle et siffle, comme si on l'autorisait soudain à s'exprimer. Les spectateurs envahissent le terrain. Caelina profite de la confusion pour s'éclipser et regagner le passage secret par la plage.

– On a gagné! On a gagné!

Titus répète cette phrase une bonne dizaine de fois, comme s'il ne pouvait pas y croire.

CHAPITRE
11

Je regarde s'éloigner le bateau de Juan qui emporte loin de l'île les irréductibles opposants à la nouvelle organisation. J'étais présent, il y a moins d'une heure, lors de leur embarquement. Quirinus, Hiéronymus et Claudius m'accompagnaient en tant que responsables provisoires de la communauté. Le sourire goguenard que beaucoup des parias arboraient au moment de passer devant nous cachait mal l'angoisse qui devait les étreindre. Pour eux, c'est un vrai saut vers l'inconnu.

Deux mois se sont écoulés depuis notre incroyable victoire à l'inche : deux mois plus terribles qu'exaltants. Nos ennemis ont tout tenté pour faire imploser notre petite société en ravivant la peur. Beaucoup « ont pris le maquis », selon l'expression de Quirinus, et vécu cachés dans la forêt ou les grottes. Ils organisaient des missions éclairs pour terroriser les enfants et les serviteurs ou harceler les soldats. Ces actions ont entraîné quatre décès et une vingtaine de personnes ont été blessées. D'autres, en apparence convertis à la nouvelle donne, agissaient en fait dans l'ombre au sein de la Maison. Hiéronymus a échappé à la mort grâce à un membre de son escorte qui, en se sacrifiant pour le protéger, est mort d'une balle dans le cœur tirée par Stéphane, mon ex-collègue du groupe E. Les enquêtes auxquelles j'ai participé ont permis d'établir la liste des Bannis. Lors du procès, il a été donné à chacun une chance de s'amender. Et si trois personnes de la communauté acceptaient de se porter garantes de sa sincérité, l'accusé pouvait échapper à la sentence. Peu ont choisi cette solution. La grande majorité d'entre eux en ont profité pour nous cracher leur haine au visage. La phrase qui revenait sans cesse était: «Plutôt crever que de vous obéir.»

Au final, le groupe des Bannis se compose de vingt-huit personnes:

– Les quatre César numérotés et deux de leurs apprentis.

– Cinq enfants, dont Publius et Crassus, celui que j'avais naguère initié. J'ai décidé de me porter garant pour lui, mais aucun membre de la communauté n'a voulu me suivre. «Il est irrécupérable», m'a déclaré Octavius.

– Trois chefs de camp, dont le sadique Gros Pif.

– L'intégralité du groupe E, à l'exception de Stéphane, retrouvé mort dans sa cellule trois jours plus tôt.

– Huit Oreilles coupées, essentiellement des Lézards.

Le travail ne manque pas sur l'île. Et, depuis la neutralisation de nos ennemis, les travaux de construction ont repris. La première décision entérinée par l'assemblée a été d'offrir aux serviteurs des conditions de vie comparables à celles des autres. Après une première période durant laquelle ils dormaient dans les gymnases, nous avons entrepris la fabrication de pavillons et de lits. J'ai dû me rendre sur le continent pour acheter du matériel avec Juan et un de mes anciens professeurs, celui qui nous apprenait autrefois de façon théorique comment vivre de manière autonome. Son expertise nous a été très précieuse. Romulus a profité du bateau pour quitter définitivement l'île en emportant dans sa valise une grosse liasse de billets. Il paraissait soulagé de partir.

– J'ai pris cet argent au cas où il m'arriverait malheur mais je ne compte pas le dépenser. Explique aux autres que je le rendrai bientôt. Je veux construire ma nouvelle vie sur le continent sans l'aide de personne. J'ai envie de trouver un travail qui me rende fier. Je ne demande qu'une existence normale.

– Tu ne reviendras pas nous voir?

– J'espère que non, Méto. Si je le faisais, cela signifierait que j'ai échoué. Mais toi, tu viendras me rendre visite, enfin, si tu veux.

– Je le ferai, Romu. Tu es mon ami.

À ma grande déception, l'organisation de la semaine que j'avais exposée au moment du vote a été contestée par une confortable majorité, et même par des serviteurs qui refusaient catégoriquement l'idée de porter une arme. Il a tout de même été décidé que les enfants devaient participer une fois par semaine aux tâches ménagères, permettant ainsi aux personnels de service de prendre un jour de repos. Les Oreilles coupées se sont engagés massivement dans l'armée, d'autres ont pris en main les travaux de construction. Toutèche, devenu éducateur pour les petits, organise, entre autres, des parties de cache-cache dans les grottes qui ravissent ses jeunes participants. Mon idée d'une « journée secrète », où chacun pourrait profiter d'un moment de solitude pour penser, créer ou simplement contempler la nature, a été balayée sans discussion. Les commentaires montraient soit de la moquerie – « C'est la journée de l'ennui » –, soit de l'incompréhension.

Je fais partie du conseil restreint qui doit régler les problèmes urgents. Caelina est souvent à mes côtés et partage ma chambre. Même si elle s'habille comme un garçon, elle se sent encore observée comme une bête curieuse. Elle s'est donc spécialisée dans l'exploration des archives de Jove et quitte rarement la bibliothèque. Nous savons maintenant que Jove possédait deux autres Maisons, en plus d'Hélios et Siloé : Esbee, l'île où se trouve Gilles, le frère d'Eve, ainsi qu'une mystérieuse Maison en Zone noire, sur le continent. En compulsant le dossier de l'île interdite, mon amie a découvert que la « mise en quarantaine perpétuelle » d'Esbee n'était pas due à des observations scientifiques révélant une contamination mais résultait d'une punition que Jove avait voulu infliger aux César ainsi qu'aux chefs de la garnison de cette île, qu'il jugeait trop accommodants avec leurs « inférieurs ».

Il y a tant de tâches à accomplir ! J'ai envie d'être présent partout et je me régale des interminables réunions que nous tenons presque chaque soir. Beaucoup prennent plaisir à s'entendre parler et à être écoutés des autres. La liste des réformes à entreprendre semble infinie.

Claudius, Octavius, Titus et moi avons pris l'habitude de nous retrouver le matin pour courir et déjeuner ensemble. Nous partageons ainsi nos expériences présentes. Titus travaille auprès des enfants de la Maison. Il leur apprend à vivre ensemble, comme le ferait le grand frère au sein d'une famille. Octavius a abandonné la médecine pour se consacrer aux livres. Il est censé organiser le prêt des ouvrages mais il passe, selon son propre aveu, la totalité de son temps à lire. Claudius, pour sa part, va à la rencontre des différentes populations de l'île afin de recenser les problèmes et les aspirations de tous en vue de prochaines réformes.

Ce soir, nous abordons le programme de libération des Maisons de Jove. Hiéronymus a tenté de contacter par téléphone les César et Matrones qui les dirigent. Il a été impossible de trouver les coordonnées de la maison en Zone noire, sur le continent. Les chefs d'Esbee se disent prêts à rencontrer nos émissaires. En revanche, la responsable de Siloé se montre totalement opposée à la moindre réforme et plus encore à envisager un mélange de nos deux populations pour assurer une mixité des sexes au sein de nos communautés. Hiéronymus demande à Caelina de nous décrire les forces en présence au sein de son ancienne Maison.

– Notre île est très différente de la vôtre. D'abord, il n'y a jamais eu l'équivalent des Oreilles coupées car le lieu n'offre aucun refuge naturel et sa superficie est assez réduite. C'est une île-jardin presque entièrement cultivée. Les enfants ne sont pas confinés à l'intérieur et peuvent sortir plusieurs fois par semaine sous surveillance. La garnison est réduite, car les soldats sont uniquement là pour assurer la sécurité. Ils ne participent jamais à des missions à l'extérieur comme ceux d'Hélios, qui eux font figure de corps d'élite.

– Combien sont-ils? interroge Élégius.

– Vingt-quatre.

Les sourires échangés par les soldats indiquent qu'il leur sera facile de leur faire entendre raison.

– Je crois qu'on peut éviter un affrontement qui risquerait de faire des victimes parmi mes «sœurs». Il suffirait de contourner l'implacable Matrone 1. Serait-il possible que je me rende sur place?

– De quoi as-tu besoin? demande Hiéronymus.

– Les soldats de mon ancienne Maison ont été «fabriqués» ici. Il faudrait qu'un ancien ami d'Adrianus qui dirige les soldats là-bas m'accompagne.

– Adrianus! Nous avons fait quarante-huit heures de frigo ensemble après une bagarre. Cette épreuve a scellé notre amitié, déclare Quirinus. J'espère qu'il n'a pas trop changé.

– Caelina, tu vois autre chose à nous demander?

Le ton de mon amie, jusque-là très assuré, se fait plus timide:

– Oui, j'aimerais que Méto vienne avec moi, parce que... parce qu'il est très... enfin, vous me comprenez.

– D'accord, Caelina, Méto t'assistera. Il faudra quand même envisager d'utiliser la force si la médiation se passe mal, explique solennellement notre chef.

– Sommes-nous absolument sûrs de la neutralité de Marc-Aurèle en cas de conflit? interroge Élégius.

– Pour les Maisons relevant de l'ex-empire de Jove, il a juré de ne pas intervenir, à condition que personne sur le continent ne soit au courant de ce qui se passe ici et que les Retours Famille soient effectués en cas de demande des parents. La réunion est terminée. Caelina et Quirinus, préparez votre voyage, de mon côté, je contacte Juan. Méto, il faut que je te parle en privé.

Je me retrouve quelques minutes plus tard dans le bureau de Hiéronymus.

– Ton grand-père insiste à chacun de nos contacts pour s'entretenir avec toi. Tu as toujours refusé jusqu'à maintenant, mais...

– Cet homme a détruit ma famille, lobotomisé ma mère, éloigné mon père et gâché mon enfance, il m'a privé de ma sœur...

– Je sais tout ça, mais pense à ce que tu pourrais obtenir pour toi ou pour la communauté si tu acceptais. J'ai l'impression qu'il tient tellement à cette conversation que n'importe quelle condition pourrait être négociée. Je veux juste que tu y réfléchisses.

– D'accord.

Alors que chacun reprend son souffle après un entraînement particulièrement intense, j'annonce à mes amis ma prochaine mission sur Siloé avec Caelina.

– Tu nous la caches, ta petite copine ? interroge Titus en souriant. Tu as sans doute peur qu'elle soit sensible à notre charme ?

– Pas de danger, intervient Octavius, quand nous étions ensemble dans l'Entre-deux, Méto était presque l'unique sujet de conversation.

– Tu ne connais pas ta chance, Méto ! ajoute Claudius.

Cette nuit, nous sommes quatre sur le bateau de Juan. Caelina plaisante avec notre capitaine. À les voir ainsi, on les croirait amis depuis toujours. Quirinus est assis près de moi et m'offre un visage très détendu. Je sais que son corps le fait souffrir car il s'appuie en grimaçant sur une canne depuis quelques jours.

– Dans un mois ou deux, je passerai aux béquilles et réduirai au maximum mes déplacements. Puis je terminerai sur un fauteuil, incapable de bouger. J'ai signé un pacte avec Achilléus, il m'aidera à en finir plus vite. Mais parlons d'autre chose, Méto. C'est la première fois qu'on se retrouve comme ça tous les deux à discuter et je voulais te dire merci pour le bouleversement que tu as suscité sur l'île. Je m'étais résigné depuis si longtemps.

Cette révolution a été pour moi comme une nouvelle naissance. Je continue à être militaire mais je fais mon travail en y adhérant pleinement, pour le bien du plus grand nombre. Je ne te cache pas qu'il m'arrive de douter que tout cela soit vrai. Et je ne peux m'empêcher de me dire que cette aventure finira bientôt. Aussi, je profite de tous les instants qu'il me reste à vivre.

Au petit matin, Caelina indique à Juan un endroit protégé pour jeter l'ancre. Il a été convenu que le vieux soldat demeurerait sur le bateau en attendant notre retour ou la venue de son ancien camarade. Je suis mon amie le long de la plage pendant plus d'un kilomètre. Nous nous cachons dans une anfractuosité de la falaise.

– Nous ne bougerons pas avant dix heures, quand les filles sont réunies avec Matrone 2 pour la chorale. Elle se déroule à une centaine de mètres d'ici, dans l'ancienne carrière où l'acoustique est excellente. Cela nous laisse le temps de dormir un peu à tour de rôle.

À mon réveil, nous grimpons dans un vieil arbre noueux. Nous nous calons à mi-hauteur contre le tronc. La vue n'est pas très dégagée. D'après Caelina, l'endroit est sûr. À l'heure précise, j'entends arriver la troupe, précédée d'une femme au crâne rasé et au visage anguleux. Elle s'écarte du groupe pour venir poser un livre sur une pierre plate près d'un buisson de ronces et retourne faire face aux enfants parfaitement rangées en arc de cercle et affublées de leur ruban. Caelina descend silencieusement de l'arbre et rampe jusqu'au buisson. Elle s'est coiffée d'une couronne de lierre en guise de camouflage. Le chant commence. Le répertoire est similaire à celui des garçons. Je me surprends à fredonner. Mon amie est de retour. Elle chuchote à mon oreille :

– Dans une demi-heure, elle accordera un quart d'heure de récréation aux filles avant de rentrer et viendra lire de la poésie dans son coin. Je lui ai glissé un message pour l'inviter à me rejoindre sur la plage. Je préférerais que tu ne te montres pas.

– Entendu. Tu sais que cette couronne te va à ravir?

Elle l'enlève pour me fouetter avec. Les voix se sont tues. Matrone 1 a fait son apparition, escortée d'un groupe d'adolescentes vêtues de noir et au visage masqué. Je suppose que c'est le groupe E de Siloé. Caelina est très tendue. Elle sort sa lame et me fait signe d'en faire autant. Le bateau a peut-être été repéré. Nous parvenons à entendre ce qui se dit :

– Lucia !

Une frêle jeune fille avec une longue natte blonde sort du rang précipitamment. Elle garde la tête baissée.

– On t'a vue pleurer ce matin. Est-ce vrai?

– Oui, Matrone, je me suis réveillée en larmes et je ne sais pas pourquoi. Peut-être parce que… Caelina me manque…

La Matrone gifle violemment la jeune fille, qui titube quelques secondes avant se remettre au garde-à-vous.

– Personne n'a le droit de prononcer ce nom. Caelina, la traîtresse, est morte. Si je le pouvais, j'irais avec mon couteau arracher son souvenir dans toutes vos cervelles.

Elle brandit une arme au-dessus d'elle puis vient en appliquer la pointe sur la tempe gauche de Lucia qui ne bronche pas. Je crois voir perler quelques gouttes de sang. Je sens Caelina au bord de l'explosion. Je lui prends doucement la main pour tenter de la calmer. L'horrible cheftaine reprend :

– Tu sais aussi qu'à la Maison on n'a pas le droit de pleurer et que cela mérite toujours une punition.

– Je le sais, Matrone.

– Deux jours de frigo. Suis-nous.

Deux membres du groupe E se saisissent de Lucia sans ménagement pour la pousser vers la Maison. Le silence est glaçant. Avant de les suivre, les autres anciennes collègues de Caelina observent avec insistance le paysage, comme si elles se doutaient de notre présence. Elles s'éloignent enfin et le chant des enfants reprend. J'en profite pour glisser à l'oreille de mon amie :

– Tout ce cauchemar sera bientôt terminé. Très bientôt, Caelina.

Je l'entends respirer profondément. Elle prend sur elle pour ne pas craquer. Lorsque la chorale se termine, je vois à son visage qu'elle est prête pour la suite des opérations. Elle se glisse au pied de l'arbre pour prendre le chemin de la plage. L'attente me paraît interminable. Je ne les ai pas dans mon champ de vision et je commence à imaginer le pire. Je regarde les fillettes discuter à voix basse. Certaines se tiennent la main. Caelina est de retour et me fait signe que tout va bien. Nous regardons partir les enfants.

– Elle fera passer le message à Adrianus et m'a fixé un lieu pour l'attendre à minuit.

– J'ai du mal à comprendre comment tu peux avoir une telle confiance. C'est quand même une Matrone !

– Elle est très différente des autres. C'est notre ange gardien. Beaucoup se seraient laissées mourir si elle n'avait pas été là. Elle nous a appris à contrôler nos émotions et retenir nos pleurs jusqu'au moment des douches, à justifier nos yeux rouges par le fait qu'on avait malencontreusement laissé entrer du savon sous nos paupières. Elle ne laissait rien transparaître de sa douceur en présence des autres cheftaines ou des traîtresses, mais les regards bienveillants qu'elle nous adressait au cours de la journée nous permettaient de tenir.

J'espère qu'elle restera veiller sur les enfants quand nous aurons libéré l'île.

Nous parcourons le chemin jusqu'au bateau en courant. Nous retrouvons nos deux complices en grande conversation et leur racontons notre matinée. Comme nous n'avons rien à faire jusqu'au soir, Juan nous propose de pêcher à la ligne pour occuper le temps. Caelina s'isole dans la cabine. Assise à même le sol, elle semble perdue dans ses pensées. À vingt-trois heures, notre capitaine met le cap vers le lieu de rendez-vous situé à quelques kilomètres plus au nord.

Aux alentours de minuit, deux soldats se présentent sur la plage. Quirinus sort du bateau et va à leur rencontre. Avant de parler, ils s'embrassent avec chaleur. Les deux chefs retournent à bord pour engager la discussion. Celui qui les accompagne s'appelle Callistus. Il me reconnaît tout de suite :

– Salut Méto ! Alors, c'est la révolution !

Nous nous installons sur le pont, juste éclairés par la pleine lune. Quirinus explique en détail ce qui se passe sur Hélios depuis la mort de Jove, les accords conclus avec Marc-Aurèle et les contacts infructueux pris avec Matrone 1. Adrianus intervient :

– Je crois que la seule solution pour éviter de blesser des innocents, c'est de supprimer la « Reine de Siloé » car elle fera tout pour empêcher la moindre remise en cause de l'ordre établi. Son exécution servira aussi d'exemple et nous assurera l'obéissance du groupe E et des deux autres Matrones. Caelina, qu'en penses-tu?

– C'est une bonne analyse, Adrianus.

– Sur Hélios, interviens-je, nous avons choisi d'exiler nos ennemis plutôt que de les tuer...

– Méto, tranche Adrianus, tu ne connais pas la situation ici. Laisse-nous régler nos problèmes entre nous. Nous vous contacterons dès que nous aurons fini, pour organiser le transfert des populations. Merci à vous d'être venus. Caelina, allons-y, nous n'avons pas de temps à perdre.

Mon amie me fait un signe rapide avant de disparaître dans la nuit avec les deux soldats.

Trente-six heures que nous sommes sans nouvelles de Siloé. Mes copains, après la course, essaient de me rassurer:

– Tu n'as pas à t'inquiéter, déclare Claudius. Nous avons mis deux mois pour faire admettre les changements aux plus réticents et nous débarrasser des irréductibles, accordons-leur au moins une semaine pour accomplir la même tâche.

– Je sais tout ça, mais je ne suis pas tranquille et je me sens inutile ici.

– Si, dans trois jours, intervient Titus, nous n'avons pas de nouvelles, nous t'accompagnerons pour une mission commando sur l'île des filles afin de récupérer ta bien-aimée. Vous êtes tous d'accord?

– Bien sûr qu'on est d'accord, ajoute Octavius, on doit bien ça à Méto.

Tout au long de la journée, je m'arrange pour croiser Hiéronymus au moins une fois par heure, au cas où il aurait des informations concernant l'île de Siloé. Au repas du soir, il s'installe en face de moi.

– Nous devons maintenant préparer le voyage sur Esbee. Depuis leur mise en quarantaine, les gars souffrent d'un manque de médicaments et de produits d'hygiène. Tu vas te rendre sur le continent avec un peu d'argent pour régler les achats. Là-bas, tu retrouveras Eve, qui a déjà passé commande à une pharmacie dont le patron soutient notre cause. Tu la ramèneras ici. Ensuite, j'irai avec elle rencontrer la communauté de son frère. Tu veux partir quand?

– Le plus tôt possible. J'ai besoin de m'occuper l'esprit. Au fait, j'ai réfléchi à la demande de Marc-Aurèle: dis-lui que, s'il m'indique précisément où est mon père et me donne les moyens de le rencontrer, j'accepterai d'échanger quelques mots avec lui.

– Je le lui dirai.

Je vais revoir Eve... J'éprouve de la joie mais aussi une certaine appréhension. Nous avons été autrefois si proches. Elle a tellement compté pour moi. Elle a été ma «première femme», celle qui a su raviver les doux souvenirs de ma mère aujourd'hui perdue. Je l'aime aujourd'hui comme une grande sœur, même si, quand nous étions tous les deux près l'un de l'autre dans la grotte, des sensations inconnues m'ont submergé et troublé.

– À quoi tu penses, Méto? demande Juan.

– À tout ce qui nous arrive. Tu as des nouvelles de ton frère?

– Hiéronymus négocie sa libération et j'ai bon espoir.

– Ça doit être bien d'avoir un frère. Moi, je ne sais pas si je reverrai ma sœur de sitôt.

Eve m'attend près de la statue du Triumvirat. J'ai du mal à la reconnaître. Elle m'embrasse sur les joues et me demande:

– Comment tu me trouves, petit frère?

– Tu es magnifique!

– Merci. J'ai repris un peu de poids. Il faut maintenant que je contrôle ma consommation de bonbons, sinon je ne vais pas garder cette silhouette.

– Ton visage est plus doux. Tu sembles très heureuse.

– Tu te rends compte, je vais revoir mon frère ! Mais ne restons pas là, nous avons du travail. Au fait, Hiéronymus n'est pas avec toi?

– Tu es déçue que ce soit moi qui sois venu?

– Non, idiot, mais j'avais cru comprendre qu'il viendrait.

Elle m'entraîne dans des petites rues jusqu'à une porte de métal où est fixé un panneau indiquant *Livraisons*. Nous pénétrons dans une réserve remplie de cartons. Un homme d'une cinquantaine d'années en blouse blanche nous attend. Je sors l'enveloppe contenant l'argent. Il l'entrouvre mais ne compte pas les billets. Nous chargeons ensuite un taxi et retrouvons Juan au port. Je ne serai pas resté plus d'une heure sur le continent. Au moment de défaire l'amarre, deux policiers surgissent sur le ponton et crient dans notre direction. Nous faisons mine de les ignorer. L'un d'eux sort un pistolet et nous menace avec son arme. Juan arrête le moteur. Les deux gars s'invitent sur le pont et s'intéressent à notre cargaison.

– Mademoiselle, ouvrez-moi tout ça ! ordonne celui qui semble être le chef. Ramon, surveille les deux autres.

Je dois agir vite, avant qu'ils n'aient le temps d'appeler du renfort. Eve déballe les cartons et tend au chef les lots de médicaments et les boîtes de compresses. Je me rapproche insensiblement de l'autre homme qui pointe son arme vers nous en tremblant un peu. Après un bref échange de regards, Juan se plie en deux, comme surpris par une violente douleur au ventre. Le dénommé Ramon fait un pas dans sa direction. Je lui décoche dans le poignet droit un coup de pied qui le contraint à lâcher son revolver, plonge sur le sol pour le ramasser et braque les deux policiers. Eve court se réfugier dans la cabine pendant que Juan désarme le chef et leur lie les mains avec une corde. Puis le capitaine met le moteur en marche et nous quittons le port. Une centaine de mètres plus loin, il coupe les gaz. Nous détachons nos prisonniers et leur demandons sous la menace de l'arme de sauter dans la mer. Le chef s'exécute tout de suite mais l'autre hésite et déclare en bégayant :

– Je... je ne... ne sais pas na... nager ! Pitié !

– Saute ou on te plombe ! hurle Juan.

Ramon est paralysé par la peur. Je m'approche de lui. Soudain, il cède et se laisse tomber dans l'eau. Nous nous éloignons sans attendre. Juan est énervé :

– On ne devrait pas faire ce genre de chargement en plein jour ! On a failli y rester.

– Tu as raison. La prochaine fois, on embarquera la marchandise dans un endroit moins exposé.

Affolée, Eve s'écrie :

– Mais qu'est-ce que vous avez fait !?

Elle détourne la tête pour cacher ses larmes. Je me dis qu'il est préférable de la laisser seule un moment. Peu après, elle vient me dire d'une voix sourde :

– Méto, tu es devenu froid et insensible.

Elle s'installe vers la proue et contemple l'horizon. Elle ne m'adresse plus la parole jusqu'à notre arrivée sur Hélios.

Hiéronymus nous guettait. Il aide Eve à sortir du bateau et l'embrasse sur les joues.

– Vous avez eu des problèmes ?

– C'était osé d'agir en plein jour, déclare Juan. On a dû neutraliser deux policiers.

– Excusez-moi tous les trois, je vous ai fait courir des risques inconsidérés. Heureusement, vous êtes sains et saufs. Je vais faire remplir les cales avec du savon, du dentifrice et de la nourriture sucrée. Nous partirons ce soir pour Esbee.

Pendant le trajet vers la Maison, Hiéronymus me glisse à l'oreille :

– Eve t'a parlé de moi ?

– Je crois que c'est toi qu'elle espérait voir ce matin...

Il ne fait pas de commentaire. Je vois sur son visage, d'habitude si impénétrable, comme une émotion qui lui rougit les joues. Je l'interroge à mon tour :

– Tu n'as pas de nouvelles de Caelina ?

– Je te l'aurais dit tout de suite. Tu prendras les rênes de l'île avec Quirinus pendant mon absence. J'ai eu ton grand-père au téléphone. Il accepte ton marché et nous rappelle dès qu'il a localisé ton père.

Malgré les encouragements de mes fidèles amis, j'éprouve des difficultés à suivre le rythme imposé par Titus. Je n'arrive pas à faire le vide et à me concentrer sur ma foulée. Je m'assieds sur un rocher pendant que les autres poursuivent l'entraînement par des étirements.

– J'ai rêvé de Marcus cette nuit, me confie Claudius. J'aimerais bien le revoir.

– Moi aussi, il me manque, confirme Octavius. Tu ne pourrais pas l'appeler au téléphone, Méto?

– C'est une bonne idée. Quand je l'avais rencontré chez lui, il m'avait dit que si on réussissait la révolte, il envisagerait de revenir.

– On se retrouverait comme avant! s'enthousiasme Octavius.

Cet après-midi, je reste de permanence au bureau à surveiller le téléphone. Je n'ose pas m'en servir de peur de rater l'appel tant attendu de Caelina. Je reçois la visite de deux serviteurs qui se plaignent d'avoir été bousculés par des soldats.

– Ils ne se sont pas excusés. Nous ne sommes pas assez respectés, Méto. Il faudrait faire un rappel des règles et envisager des sanctions en cas de récidive.

Je prends en note cette doléance ainsi que celles d'un groupe d'enfants qui veulent que des cours de natation soient ajoutés au programme, puis de soldats qui proposent une journée de défense avec simulation d'attaque. Notre cahier déborde d'idées. Soudain, le téléphone sonne : c'est une voix féminine que je ne connais pas :

– Je suis Illaria, l'ancienne Matrone 2 de Siloé. Je voudrais parler à Hiéronymus.

– Il est sur Esbee jusqu'à demain matin. Je suis Méto et je le remplace.

– Bonjour. Caelina m'a parlé de toi. Nous avons un groupe d'éléments ingérables dans notre frigo. Doit-on les éliminer comme la numéro 1 ou serait-il envisageable de les exiler ? Je crois que vous avez procédé ainsi sur Hélios.

– En effet. Nous viendrons les chercher demain dans l'après-midi.

– Nous sommes en train de recenser les candidates à l'émigration vers votre île ou celle d'Esbee. De votre côté, où en êtes-vous ?

– Nos listes sont établies. Pourriez-vous me passer Caelina ?

– Bien sûr.

– Allô, Méto?

– Tu vas bien? Tu reviens avec le bateau demain et après...

– Non, Méto. Je veux rester encore un peu avec mes «sœurs». Elles ont besoin de moi.

Je marque un long silence avant d'ajouter:

– Je comprends. Au revoir.

– Méto! Tu me manques aussi. À très bientôt.

Cette nuit, je ne trouve pas le sommeil. Je rêve tout éveillé à ma mère qui m'a définitivement oublié, à ma sœur pour qui je resterai à jamais un inconnu. Qu'aurait été ma vie si les lois sur la famille n'avaient pas été promulguées? Serais-je plus heureux ou plus triste qu'aujourd'hui? Cette autre vie m'aurait-elle permis de rencontrer tous ceux qui maintenant comptent tant pour moi? Mon père va-t-il me reconnaître ou me rejeter?

Je suis fatigué mais je ne parviens pas à garder les yeux clos plus de quelques minutes. Vers cinq heures, je pars me promener sur les collines. Je découvre que Toutèche a organisé une nuit à la belle étoile avec un groupe d'enfants. Je reconnais l'un d'eux qui surveille le feu:

– Décimus, tu ne dors pas?

– Non, je suis trop excité. Demain, je vais avoir accès au classeur gris et connaître mon vrai prénom. Toi, qu'est-ce que ça t'a fait de savoir?

– C'était comme un vertige… À propos, tu ne m'as jamais dit si tu avais entendu ce que je te promettais dans le dortoir quand nous avons été obligés de fuir.

– En fait, je ne comprenais pas tes paroles mais le son de ta voix était bienveillant. Au matin, après la scène d'épouvante que nous avaient préparée les César et les soldats, j'ai rassuré mes copains en leur disant que vous reviendriez bientôt. Je trouve juste que vous avez mis beaucoup de temps. Mais cette fois-ci, au moins, c'est pour toujours.

– Oui, Décimus. Je vais rentrer pour essayer de dormir un peu.

Sur le chemin du retour, je croise quelques pêcheurs que se rendent sur leur bateau. Chacun me lance un tonitruant «Bonjour, Méto». Je leur réponds sans pouvoir citer aucun de leurs prénoms. Le dernier lève sur moi son regard gris en souriant. Son visage amical me trouble. À cet instant, j'ai l'impression que des souvenirs essaient en vain de remonter à la surface. Il s'arrête et déclare:

– Je suis Syrius, c'est moi qui t'ai appris à souder. Tu ne peux pas te souvenir de moi, je portais un masque de protection.

– Mais je te connais d'avant, non? C'était… pendant cette nuit d'horreur où Tibérius a trouvé la mort. Au cœur de la bataille, tu as été là pour veiller sur moi. Tu m'as sauvé la vie en me poussant dans un abri souterrain. Je t'ai enfin retrouvé, Syrius...

– En protégeant un petit, je ne faisais que mon devoir. Bonne journée, Méto.

– Bonne journée, Syrius.

Ce matin, j'ai raté le rendez-vous sportif avec mes copains et je traîne dans ma chambre en attendant le retour d'Eve et de Hiéronymus. Celui-ci revient seul vers midi. Je le mets au courant des dernières nouvelles.

– Eve aussi a choisi de rester, pour aider le César médecin à traiter les urgences. Tu n'es pas le seul à te sentir un peu abandonné.

Je suis étonné d'une telle confidence de sa part. Je n'ose pas demander s'ils se sont embrassés ou même tenu la main, mais j'en crève d'envie.

– Esbee est une île étrange, reprend mon ami. Suite à leur disgrâce, des conflits ont brièvement opposé les César et les soldats, chaque groupe rejetant la faute sur l'autre. Puis, après quelques blessés graves et des tentatives de fuite, ils ont décidé de faire la paix et de se serrer les coudes. Devant la pénurie qui s'imposait à tous, ils ont même informé les enfants de la situation et les ont associés aux décisions. Il leur a fallu imaginer un mode de vie plus solidaire, plus économe. L'ambiance sur place n'est pas à la peur et la méfiance, comme elle a pu l'être ici autrefois.

– Et le frère d'Eve?

– Gilles va bien. Tu sais qu'ils envisagent de s'installer tous les deux sur Hélios d'ici quelques années? Mais Eve veut d'abord suivre des études de médecine sur le continent.

– Quand va-t-on inviter les enfants errants de la Zone 17 sur notre île?

– Ils arriveront la semaine prochaine. Jeannot est impatient de te revoir. Je les ai souvent au téléphone.

Plus tard dans l'après-midi, je décide d'appeler Marcus. Je tombe d'abord sur sa mère qui me fait subir un véritable interrogatoire avant de consentir à me passer son fils. Heureusement que j'ai appris à improviser.

– Allô, Méto! Ma mère m'étouffe un peu. Elle me pose sans cesse des questions sur ce que je pense, ce que je fais quand elle n'est pas là. Si je ne lui réponds pas, elle fond en larmes. Alors j'essaie de lui faire plaisir en lui disant ce qu'elle veut entendre.

– Et ton père?

– Il est distant. Il ne semble s'intéresser qu'à mes résultats scolaires.

– Je t'appelle pour te dire qu'on a enfin pris le pouvoir ici.

– C'est vrai !

Je lui raconte rapidement les événements qui nous ont conduits à la situation actuelle. Il m'oblige à rentrer dans les détails, comme pour s'assurer que je n'invente pas. Je conclus par cette proposition :

– Sache qu'il y aura toujours une place pour toi au sein de la communauté.

– Merci. J'y réfléchirai. Mais pour plus tard. Peut-être.

– ... Je comprends... Tu as une famille maintenant et... sans doute de nouveaux copains au collège.

– Oui, c'est ça. Mais tu resteras à jamais mon meilleur ami, Méto. Dès que Maman ira mieux, je viendrai te voir.

Quand je raccroche, une immense tristesse s'abat sur moi. J'avais imaginé qu'il n'attendait que mon signal pour revenir près de nous. Autrefois, nous aurions sacrifié nos vies l'un pour l'autre. Rien ne sera plus jamais comme avant.

Dans la soirée, Hiéronymus me fait appeler. J'essaie de ne pas lui montrer le chagrin qui m'envahit aujourd'hui, mais c'est peine perdue.

– Qu'est-ce qui t'arrive, Méto ?

– J'ai des douleurs au ventre et je ne dors pas très bien.

– Marc-Aurèle a appelé. Il envoie cette nuit un bateau pour ton voyage dans la Zone noire où se trouve ton père. Départ d'Hélios demain vers six heures. Passe à l'infirmerie pour tes maux d'estomac, il faut que tu sois en forme pour les retrouvailles. Profites-en bien. Je t'envie, Méto. Beaucoup d'entre nous ne connaîtront jamais cette chance.

Il a raison et j'ai soudain un peu honte de m'apitoyer ainsi sur mon sort. Je vais préparer mon sac et essayer de dormir.

Un grand bateau blanc m'attend au port, comparable en taille à celui que la Maison utilisait pour le transport des troupes. Sur le pont, je suis accueilli par un homme d'environ cinquante ans vêtu d'un costume strict. L'équipage compte cinq matelots, deux jeunes femmes en uniforme et un capitaine. L'intérieur est vaste et luxueux. Une carte est dépliée sur une grande table ovale dans ce qui ressemble à un immense salon.

– Je suis Stan, un proche collaborateur de votre grand-père. Je vais d'abord vous situer sur la carte l'endroit où nous allons. Voilà, c'est ici, dans un pays qu'on appelait autrefois l'Espagne. Comme vous le constatez, c'est assez loin et nous ne serons sur place qu'en fin de journée. Je vais vous conduire à votre cabine où vous pourrez vous reposer. Si vous avez besoin de quoi que ce soit, le personnel du yacht est à votre disposition.

Je dispose d'une chambre avec plusieurs gros fauteuils, une télévision, des revues et des livres. Une lettre à mon intention est posée sur le lit.

Cher Méto,

Il semblerait que je t'aie mal jugé dans le passé et que tu sois devenu un vrai meneur d'hommes capable d'initier des projets audacieux et d'affronter les épreuves en faisant montre d'un réel courage physique. Je me réjouis de cette évolution et souhaite renouer des liens avec toi. En attendant que nous puissions nous parler de vive voix, profite de ton séjour à bord.
À bientôt.

Ton grand-père

PS : Ouvre les tiroirs, je t'ai préparé quelques cadeaux de bienvenue.

Je découvre un peu partout des paquets aux papiers colorés, dont les rubans portent une étiquette à mon nom. Dans le premier se trouve une montre argentée affichant plusieurs cadrans, dans le second, une chaîne dorée, dans les suivants, des vêtements de « riches », que j'ai appris à reconnaître lors de mon intégration au groupe E. Il y en a pour une fortune. Je ne sais pas ce que Marc-Aurèle a derrière la tête, mais là où je vis, toutes ces choses ne servent à rien. Je refais les paquets et les remets à leur place. Une jeune femme vient déposer un plateau chargé de nourriture sur ma table. Elle attend un long moment avant de finir par me demander :

– Monsieur désire-t-il autre chose ?

– Non merci, mademoiselle.

Je mange un peu puis m'allonge pour réfléchir. Stan passe me voir dans l'après-midi. Il s'étonne :

– Vous n'avez pas déballé vos cadeaux ?

– Je ne suis pas venu pour ça.

– Comme vous voulez. Avant de descendre, vous revêtirez une combinaison protectrice pour ne pas attraper de virus en vous faisant mordre par un rat ou piquer par une puce infectée. Nous arriverons dans une heure. Vous serez alors pris en charge par un guide qui vous conduira à votre père.

J'attends le dernier moment pour enfiler le costume épais entièrement hermétique. Calfeutrés à l'intérieur du bateau, les autres me regardent sortir. Sur le port, personne ne porte de protection. Ici, l'habillement des gens est proche de celui des Chevelus des grottes. Un homme avec une barbe m'attend sur le ponton. Il m'invite par gestes à prendre place dans une voiture sans toit qui démarre sur-le-champ. Je suis gêné de m'exhiber dans cette tenue au milieu de la foule dépenaillée et exposée à tous les dangers. Certaines personnes présentent des malformations, surtout parmi les enfants. Même si la population ne manifeste aucune agressivité à mon égard, je me sens soulagé quand nous quittons la ville. Nous grimpons au sommet d'une colline couronnée de hautes clôtures métalliques. Nous franchissons une barrière. Un garde portant une combinaison semblable à la mienne vérifie les papiers tendus par mon guide et me désigne la porte principale d'un bâtiment sans fenêtres. À l'intérieur, un homme me vaporise un liquide bleu des chaussures à la capuche. Dans une seconde pièce, j'enlève ma combinaison. En quittant un dernier sas, je vois tout à coup mon père, les bras croisés, qui guette sans doute depuis quelques minutes l'arrivée de son visiteur inconnu. Il me regarde approcher avec curiosité. Je suis profondément heureux de me trouver si près de lui ; en même temps, je suis très angoissé à l'idée qu'il puisse me rejeter ou ne pas croire à mon histoire.

– Bonjour, jeune homme. Suivez-moi dans mon bureau et expliquez-moi pourquoi j'ai reçu ordre de l'AZIL de vous recevoir toutes affaires cessantes.

– Vous allez comprendre, monsieur.

– J'y compte bien.

J'attends qu'il ait fermé la porte et se soit assis pour sortir de ma poche une des lettres de Marc-Aurèle adressées à Jove, que je lui tends sans rien dire. Il observe d'abord l'enveloppe avec minutie.

– Qui est Jove?

– C'était le créateur d'un ensemble de Maisons pour les «enfants en trop».

Il hoche la tête et commence à lire la lettre. Soudain, il se fige. Il parcourt plusieurs fois la feuille avant de pincer le haut de son nez avec son pouce et son index, peut-être pour essuyer une larme. Il baisse les yeux. J'avale une grande bouffée d'air et déclare:

– Je suis Méto. Je suis ton fils.

Il relève doucement la tête et respire comme s'il avait couru pendant plusieurs minutes. Il me regarde enfin avec une grande douceur. J'articule difficilement:

– Papa?

– Oui, Méto?

– Papa, tu pourrais me prendre dans tes bras?

Il se lève et bouscule maladroitement son bureau pour me rejoindre. Je suis envahi d'une joie immense et je pleure. Je sens que je ne suis pas le seul.

Pendant les heures qui suivent, nous ne nous quittons pas. Mon père donne des ordres pour ne pas être dérangé. Nous parlons sans arrêt jusqu'à ce qu'une de ses collaboratrices nous apporte un plateau avec des sandwichs. Vers trois heures du matin, nous nous endormons côte à côte.

Au matin, il me présente à ses collègues, qui m'embrassent ou me serrent la main avec chaleur. Ensuite, nous nous enfermons dans son bureau. Pour que je comprenne mieux le sens de son travail, il me propose de compulser avec lui quelques-uns de ses dossiers. Je découvre que mon père coordonne les actions de plusieurs équipes de techniciens dans le but d'organiser la survie des populations des Zones noires. Certains cartographient les surfaces, après analyse, afin de déterminer celles qui restent cultivables et celles à éviter à tout prix. D'autres enseignent de nouvelles méthodes de culture mieux adaptées aux besoins des groupes de population. Son domaine d'action s'étend aussi à la santé, l'éducation, la sécurité et la gestion de l'eau. La tâche paraît immense. Parfois, je tourne mon regard vers lui juste pour me remplir de son visage si doux. C'est mon père et il est merveilleux. Quand nous nous quittons, il est très ému :

– Je ne veux plus te perdre, dit-il en m'embrassant. Je vais bientôt rentrer à la maison car ma mission ici prend fin dans quelques semaines. Je révélerai la vérité à ta mère. Ce sera difficile pour elle d'admettre que son père l'a ainsi trahie. Quand elle sera prête, nous nous réunirons tous les quatre. En attendant, il faudra communiquer à l'insu de Marc-Aurèle, dont la capacité de nuisance est, tu le sais, immense. Ce sera notre secret.

– Quand penses-tu qu'on se reverra?

– Je ne sais pas exactement mais je te contacterai d'ici une semaine. As-tu la possibilité d'acheminer du courrier depuis Hélios?

– Oui, nous nous rendons régulièrement sur le continent.

– Je vais te donner une adresse sûre. Et toi, connais-tu quelqu'un dans la Zone 17 qui pourrait te servir de boîte aux lettres?

– Je trouverai.

– Je t'aime, mon fils.

– Moi aussi, Papa.

Affublé de mon équipement anticontamination, je refais le trajet en sens inverse, conduit par le même guide muet, jusqu'au bateau de Marc-Aurèle.

– Tout s'est bien passé, Méto? me demande Stan.

– Idéalement. Merci. La nuit a été brève, alors je vais me reposer un peu.

– À votre réveil, je vous promets une belle surprise.

Je m'écroule sur mon lit sans trop réfléchir à sa dernière phrase. J'ai rarement été aussi heureux. Hiéronymus a raison. J'ai beaucoup de chance.

J'ai du mal à évaluer si j'ai dormi longtemps. En me levant pour aller rafraîchir mon visage, je me sens observé. Je me retourne vivement : un vieil homme aux longs cheveux blancs est assis sur un fauteuil. Il s'approche et me tend les bras. Je n'esquisse aucun geste en retour. Il grimace à peine et retourne s'asseoir. Je m'installe en face de lui.

– Bonjour, Méto.

– Bonjour.

– Enfin, nous nous rencontrons ! Nous avons beaucoup de choses à nous raconter, tu ne crois pas ?

– Non. Tout ce que je sais de vous ne me donne aucune envie de vous connaître mieux.

– Ne me prends pas de haut, Méto. Je ne suis pas le méchant grand-père face au petit-fils innocent. Je sais de quoi tu es capable. Tu n'as pas les mains bien propres, toi non plus. Combien as-tu de meurtres à ton actif ? Deux, je crois.

– Je n'ai tué que lorsque ma vie était en danger.

– Pour le motard peut-être, mais je n'en suis pas sûr pour le policier, celui que tu as laissé volontairement se noyer. C'était un père de famille très apprécié de ses collègues. Je t'ai apporté une photo de sa fille. Tu veux la voir ? Elle a l'âge de ta sœur.

Je le fixe en tentant de ne laisser transparaître aucune émotion, mais la photo de l'enfant qu'il me plaque devant les yeux me déclenche une crampe au ventre.

– Et je ne compte pas les crimes que tu as laissés faire ou même encouragés, l'archiviste des Oreilles coupées, le chef des Lézards, la responsable de Siloé, le jeune Stéphane… Il y en a sans doute d'autres dont tu n'as même pas conscience. Je n'ai aucune leçon à recevoir de toi.

Pendant tout son discours, son ton est resté égal. Sa voix est glaciale. Je décide de répliquer :

– Et vous ? Combien de morts à votre compteur ? Directement ou indirectement. On parle de dizaines de millions, voire de centaines de millions de victimes, et la liste s'allonge chaque jour. Il vous faudrait plusieurs autres vies pour contempler ne serait-ce qu'une seconde le portrait de chacune d'elles.

– Je ne suis pas venu en ennemi. Tu me déçois, Méto.

– Vous êtes exactement tel que je vous imaginais et j'espère ne jamais vous ressembler. Mais, pour la première fois de votre vie, grâce au chantage que mes amis et moi exerçons sur vous, vous êtes contraint de faire le bien. Dans les anciennes Maisons de Jove, nous formerons des êtres solidaires et fraternels qui un jour changeront ce Monde que vous avez bâti.

– Tu peux toujours rêver. Je ne donne pas deux ans à ta «société idéale» avant qu'elle ne devienne le pire panier de crabes que la Terre ait jamais porté.

– Vous vous trompez. L'avenir vous donnera tort.

– Je n'aurai pas le temps de le vérifier, Méto. Si j'ai absolument tenu à te voir, c'est que je suis condamné. Mes médecins parlent de quelques mois de sursis tout au plus. Que tu le veuilles ou non, mon sang coule dans tes veines et tu seras mon seul héritier. Je voulais, avant de partir, qu'on fasse la paix tous les deux. Réfléchis à ce que tu feras de ton héritage. Au revoir, mon petit-fils.

Il se lève et quitte la pièce sans se retourner. J'entends peu après le bruit d'un moteur qui démarre.

ÉPILOGUE

Ce soir, nous sommes une quinzaine, réunis autour d'un grand feu sur la plage. Entouré de tous mes amis, Caelina, Claudius, Octavius, Syrius, Élégius, Toutèche, Titus, Décimus, Mamercus, Atticus, Hiéronymus, Lucia, Eve et Gilles, je profite du chant des vagues et de la douceur du soir. Nous savons tous que nos lendemains seront ce que nous en ferons et nous voulons le meilleur.

Je contemple l'horizon en repensant au matin où tout a commencé. J'avais simplement entrouvert les yeux alors qu'on nous intimait l'ordre de les garder fermés. Aujourd'hui, je le sais. Il faut parfois désobéir.

Du même auteur

Aux éditions Syros :

C'était mon oncle !, coll. « Tempo », 2006

Jacquot et le grand-père indigne, coll. « Tempo », 2007

Méto, tome 1 : « La Maison », 2008

Prix des Collégiens du Doubs 2008

Prix *Tam-Tam* Je Bouquine 2008

Prix jeunesse de la ville d'Orly 2009

Prix Enfantaisie 2009 (Suisse)

Prix Ruralivres en Pas-de-Calais 2008/2009

Le Roseau d'or 2009 (44)

Prix Gragnotte 2009 de la ville de Narbonne

Prix Chasseurs d'histoires 2009 de la ville de Bagneux

Méto, tome 2 : « L'Île », 2009

Chez d'autres éditeurs :

Mon premier rôle, Nathan, 2004

Comme les cinq doigts du pied, Nathan, 2005

L'auteur

Yves Grevet est né en 1961 à Paris. Il est marié et père de trois enfants. Il habite dans la banlieue est de Paris, où il enseigne en classe de CM2.

Il est l'auteur de romans ancrés dans la réalité sociale. Les thèmes qui traversent ses ouvrages sont les liens familiaux, la solidarité, l'apprentissage de la liberté et de l'autonomie.

Avec *Méto*, il aborde un genre nouveau pour lui : le grand roman d'aventures, tout en restant fidèle à ses sujets de prédilection.

4. *L'Arche des derniers jours*
Éric Simard

Une histoire fabuleuse aux couleurs de la mythologie. Un combat âpre pour la liberté, un roman poignant sur les liens mystérieux qui unissent l'homme à l'animal, un conte cruel sur les dérives de la science.

5. *Les Clefs de Babel*
Carina Rozenfeld

Une quête haletante à l'écriture rythmée et aux multiples rebondissements, dans un angoissant univers post-apocalyptique. Mais aussi un précieux message d'espoir et de tolérance.

6. *ÉdeN en sursis*
Jeanne-A Debats

Un roman d'aventure riche en péripéties et pétillant d'humour, dont l'action se passe sur une planète étrange et fascinante. Un message écologique clair : face à la cupidité de certaines multinationales, notre Terre est en sursis !

7. *Le Mensonge dans les veines*
Michaël Espinosa

Un thriller futuriste au rythme trépidant, qui touche le lecteur dans ce qu'il a de plus intime – son corps – et pose le problème des dangers liés aux nanotechnologies.

Mis en pages par DV Arts Graphiques à La Rochelle.
Cet ouvrage a été imprimé en France par
CPI Bussière
à Saint-Amand-Montrond
en janvier 2010
Dépôt légal : mars 2010
Loi n° 49.956 du 16 juillet 1949
sur les publications destinées à la jeunesse
N° d'impression : 100232/1
N° projet : 10164549